华北抗日根据地及解放区文艺大系

陈晋 郑恩兵 主编

《晋察冀日报》
文艺文献全编

散文报告文学
第十卷

关小彬 编

河北出版传媒集团
河北教育出版社

图书在版编目（CIP）数据

《晋察冀日报》文艺文献全编．散文报告文学．第十卷／关小彬编．－－石家庄：河北教育出版社，2023.12
（华北抗日根据地及解放区文艺大系／陈晋，郑恩兵主编）
ISBN 978-7-5545-7642-7

Ⅰ．①晋… Ⅱ．①关… Ⅲ．①文艺－作品综合集－世界－现代②散文集－中国－现代③报告文学－作品集－中国－现代 Ⅳ．①I11②I266③I25

中国国家版本馆 CIP 数据核字（2023）第 064025 号

书　　名	《晋察冀日报》文艺文献全编·散文报告文学·第十卷 JINCHAJI RIBAO WENYI WENXIAN QUANBIAN SANWEN BAOGAO WENXUE DI-SHI JUAN
编　者	关小彬
责任编辑	任晓霞　王隽曦
装帧设计	郝　旭
出　　版	河北出版传媒集团 河北教育出版社　http://www.hbep.com （石家庄市联盟路705号，050061）
印　　制	石家庄众旺彩印有限公司
开　　本	787毫米×1092毫米　1/16
印　　张	15.75
字　　数	200千字
版　　次	2023年12月第1版
印　　次	2023年12月第1次印刷
书　　号	ISBN 978-7-5545-7642-7
定　　价	98.00元

版权所有，侵权必究

丛书编委会

顾　问

陈平原　刘跃进　王长华　李　扬

编委会主任

吕新斌

编委会副主任

彭建强　孟庆凯　刘　月

主　编

陈　晋　郑恩兵

副主编

董素山　向　回　汪雅瑛

编　委（按姓氏笔画排序）

马春香　王少军　田浩军　包来军　吉　喆　刘书芳　刘贵廷
关小彬　杨　程　杨春生　宋少净　张　辉　张川平　赵　华
高露洋　郭义强　阎晓宏　梁晓晓

编纂说明

在中国共产党百年发展历程中，文艺始终是党领导人民开展进步事业的有机组成部分，是党在各个历史时期的中心工作的实时反映和重要推动力量。"华北抗日根据地及解放区文艺大系"，是一部全面展示抗日战争和解放战争时期华北地区党的历史创造、奋斗风采和形象建构的大型革命历史文艺文献丛书，对于深入研究华北地区革命文艺史、红色新闻史，弘扬伟大建党精神、梳理中国共产党人精神谱系，是必不可少的第一手资料，是我们在新时代坚定树立文化自信的重要思想资源。

一、编纂缘起

抗日战争及解放战争时期，华北地处各方政治与文化力量激烈博弈的前沿，这种特殊政治、军事、文化、地理环境中产生的革命文艺，具有鲜明的地域性特征，是五四新文化运动以来的革命文艺发展史上的突出标识。

但一直以来，由于史料文献整理不足，对华北抗日根据地及解放区文艺的研究，始终未能深入，其独特的地域性实践价值和蕴含的文化创新意义被严重遮蔽。这些史料文献主要以党报党刊的形式呈现，梳理汇编这些党报党刊中的革命文艺史料，借之以探索华北革命文艺的发展路径、发展方向、创造机制和创新经验，是深入贯彻习近平总书记关于"把红色资源利用好、把红色传统发扬好、把红色基因传承好"、"用好红色资源、赓续红色血脉"等系列重要讲话精神的有力举措，也是新时代文艺研究者不可推卸的责任。

2017年6月左右，我们去中国社科院文学所拜访时任所长刘跃进先生，协商合作研究事宜，寻求中国社科院文学所的帮助。请教过程中，刘先生建议我们结合地方特色，做好地方红色文艺文献的搜集整理与编纂出版工作。经过一段时间筹备，2017年底，我们以"河北红色经典系列丛书"为名，正式申报"2018年度河北省省级宣传文化发展专项资金"项目并成功立项，旨在通过选定刊行河北红色经典作品、梳理汇编河北红色经典研究资料、系统阐述河北红色经典发展历史等基础性工作，打造一个集大成式的河北红色经典文献资料库。

项目最初设计共二十四卷，包括六大板块：《河北红色经典史》一卷、《河北红色文艺作品选》六卷、《河北红色经典作家作品索引》三卷、《河北红色经典研究资料汇编》四卷、《〈晋察冀日报〉副刊文学作品全编》六卷、《晋冀鲁豫抗日根据地文艺作品及〈新华日报〉太行版文艺作品汇编》四卷。但在项目实施过程中，我们充分吸收专家意见，认为网络时代和大数据背景下的科研活动有了很大变化，《河北红色经典作家作品索引》与《河北红色经典研究资料汇编》的编纂工作，在当前学术生态中价值不大，并予以取消。同时，在项目实施过程中我们发现，《晋察冀日报》《人民日报》等党报除刊发大量文艺作品外，还有大量记录边区文艺工作者行迹，反映边区戏剧、音乐、文学、美术、舞蹈、曲艺活动与报刊书籍出版发行等各方面情况的文艺史料，以及体现我党文艺方向、方针变化的政策文件与重要领导讲话，是华北地域党和人民对敌作战的重要宣传武器，更是飘扬在华北地区军民心中一面旗帜。这些史料是华北地域革命文艺发生、发展与壮大的真实记录，对我们正确认识革命文艺的特点与历史地位有重要的决定性作用。

为此，我们精心整理了《〈晋察冀日报〉文艺文献全编》《晋冀鲁豫〈人民日报〉文艺文献全编》《〈晋察冀画报〉文艺文献全编》《晋察冀日报社人物志》（共五十一卷），同时收入全国抗战时期和解放战争时期与河北地域相关且被广大群众所喜爱并广泛传唱的红色文艺作品，结集为《河北红色文艺作品选》（共六卷），至此形成丛书目前的五大板块，而且将名称由"河北红色经典系列丛书"改为"华北抗日根据地及解放区文艺大系"，方便以后在此基础上做进一步拓展。

二、地域范围及文艺特质

华北抗日根据地包括当时山东、河北、山西、察哈尔、绥远、热河全部及豫北、苏北、皖北部分地区，分晋绥、晋察冀、晋冀豫、冀鲁豫、山东五大块。1941年，冀鲁豫合并到晋冀豫，称晋冀鲁豫。其中晋察冀抗日根据地作为开辟最早、地域最大、人口最众的模范抗日根据地，是华北抗日根据地的坚强堡垒，牵制和抗击了三分之一以上的华北日军和二分之一的伪军。

在河北及其邻省周边地区开辟与创建华北抗日根据地，是红军长征到达陕北之后党中央迅速做出的重大战略决策。这些根据地地处对日武装斗争最前线，不仅打开了抗战的新局面，成为华北敌后抗战的主战场，而且进行了新民主主义社会的实践探索，对解放战争的历史进程产生了巨大影响，成为我党开辟东北解放区的前进基地和逐鹿中原的战略后方。随着抗日根据地的开辟，延安文艺工作团、西北战地服务团、东北促进纵队干部队、八路军总政治部前线记者团等大批文艺工作者，随同党政干部一道陆续抵达华北，东北、平津的青年学生也纷纷冒着生命危险来到边区。他们一手拿枪，一手拿笔，深入农村与抗战前线，切身体会工农兵的生活，深刻了解工农兵的需求，从而根本上克服了艺术至上主义思想倾向。所以，华北抗日根据地及解放区文艺，既响应了伟大的民族抗战对文学艺术提出的时代要求，亦充分兼顾到广大人民群众的接受习惯和欣赏水平，真实地反映了华北人民火热的战斗与生产生活。很多作者本身就是农民、战士或基层工作者，他们把自己的经历和熟悉的人和事，通过小说、戏剧、诗歌、报告文学、歌曲、绘画、舞蹈等文艺样式记录下来，语言通俗平实，富有生活气息。由于产生于特定时代、特定区域而又适应特定需要，故而无论是题材、语言还是风格，在体现革命大众文艺共性的同时，又具有强烈的华北地域特性。

华北抗日根据地及解放区文艺的繁荣发展，是专业文艺工作者与工农兵群众共同创造的结果。人民群众不仅是革命文艺运动的主导主体、推进主体、受益主体，还是一切成败得失的评判主体。华北抗日根据地及解放区文艺，归根结底，是"以人民为中心"的文艺。

三、学术价值

今天的河北在抗日战争、解放战争时期是晋察冀、晋冀鲁豫两大根据地的中心区域，有着悠久的革命历史传统和丰厚的红色文化底蕴。据不完全统计，抗日战争和解放战争期间，仅晋察冀边区专区以上就办有报刊四百余种，编印图书五百余万册。如果将这种统计扩大到环绕河北的整个华北抗日根据地及解放区，时间扩展至从中国共产党成立到中华人民共和国成立，数据更为可观。这些红色图书、报刊的出版发行，团结了一大批来自全国各地的著名革命文艺家和专业文艺工作者，其中有大量文艺相关信息，是研究近现代中国革命文艺的重要史料。但因受当时物质条件及复杂局势影响，它们传播范围有限，保存困难，如今已普遍出现老化或损毁现象，面临着消失、断层的危险。

长期以来，由于对抢救、整理和利用红色文艺文献的意义认识不足，现行的科研评价、出版机制亦难以有效刺激科研工作者积极从事老旧报刊等红色文艺文献的系统整理，大量有待整理的红色文艺文献尚未进入学界的视野。特别是华北抗日根据地及解放区的文艺文献，有很多甚至还是学术盲区。如《冀中导报》《救国报》《边政导报》《冀南日报》《团结报》《前进报》《新察哈尔报》《冀热察导报》等各类党报，以及《冀热辽画报》《冀中画报》《北方文化》《五十年代》《新长城》《新群众》《诗建设》《诗战线》等期刊，虽有部分学者对其办报（刊）历程、思想以及传播等方面予以研究，但均无系统的文艺文献整理本。"华北抗日根据地及解放区文艺大系"整理的《晋察冀日报》、晋冀鲁豫《人民日报》、《晋察冀画报》，是当时华北抗日根据地及解放区党报党刊的典型代表，是党的理论和实践同文艺结合的主要媒介和载体，是华北革命文艺重要的传播平台。这些报刊，既客观记录了华北革命文艺的传播与发展，也完整展现了华北革命文艺的特殊使命与风格特征，具有极其重要的史料价值。在此基础上，我们还会将视角延伸到《晋绥日报》《新华日报·太行版》《新华日报·太岳版》等党报，不断地充实这套大型文献史料丛书，以此来系统建构华北抗日根据地及解放区的"文艺史料学"。

四、丛书特色

这套丛书的编纂，主要以抗日战争及解放战争期间华北境内各根据地、解放区出版、发行、制作之图书、期刊、报纸等红色文献中的文艺资料为内容。编纂特色主要包括：

（一）抢救珍贵历史文献，弘扬伟大建党精神。

华北抗日根据地及解放区的红色文献发行于条件艰苦的战争年代，数量少，印制质量粗糙，历经岁月的洗礼，留存下来的品相完好者已经很少，有些到今天已成孤本。这些文献作为特定历史时期和区域的产物，见证了中国共产党领导华北人民争取民族独立和人民解放的伟大历程，反映了华北近代社会的巨大变化，蕴含着珍贵的史料价值和鉴往知来的现实意义，是中国共产党领导的文艺事业、新闻出版事业与意识形态建设发展的历史见证。它们诠释了党的初心和使命，蕴含着坚定的理想信念与崇高的革命精神，到今天仍然具有强大的感染力与说服力，是陶冶情操、磨炼意志，走好新时代长征路的有效精神资源。抢救性搜集、整理与研究这些珍贵历史文献，有利于增强党政干部政治信仰，弘扬伟大建党精神和践行社会主义核心价值观。

（二）文艺与党史密切融合，拓展革命文艺与党史研究的新视野。

革命文艺作品的创作、发表和传播，和党的历史任务和奋斗实践是分不开的。在艰苦卓绝的革命岁月，奋斗前行的中国共产党始终强调，既要拿"枪杆子"，也要拿"笔杆子"。革命的文艺工作者，一手拿枪，一手拿笔，深入农村与抗战前线，以人民大众易于接受和欣赏的形式，宣传党的政策，推行党的方针，为中国共产党顺利完成不同历史阶段的中心任务和伟大使命发挥了独特而重要的作用。本套丛书收入的文献史料,主要是抗日战争与解放战争时期党报党刊中的文艺作品与文艺史料,它们鲜明生动地体现了党的历史,党领导人民争取民族独立、人民解放的奋斗历程和精神面貌,从而为学界从文艺角度研究党史和从党史角度研究文艺提供了有力支撑。

(三)作品汇编与史料梳理并行,还原革命文艺的历史场域。

"华北抗日根据地及解放区文艺大系"的编纂,全面辑录华北抗日根据地及解放区党报党刊上刊登的诗歌、小说、戏剧、报告文学、散文、歌曲、版画等文艺作品,并系统梳理当时文艺发生、发展、传播以及社会各界文艺活动的各类消息和报导,同时选编了大量的河北红色文艺作品作为补充。这种文艺史料与文艺作品的配合整理,还原了革命文艺的历史场域,有利于构建对革命文艺的科学认识。

五、丛书内容

(一)《〈晋察冀日报〉文艺文献全编》共三十八卷:

诗歌三卷

戏剧一卷

小说二卷

文艺评论三卷

文艺史料九卷

外国文艺二卷

散文报告文学十七卷

歌曲版画一卷

(二)《晋冀鲁豫〈人民日报〉文艺文献全编》共十一卷:

诗歌一卷

戏剧、小说、文艺评论一卷

散文报告文学五卷

文艺史料四卷

(三)《〈晋察冀画报〉文艺文献全编》一卷

(四)《晋察冀日报社人物志》一卷

(五)《河北红色文艺作品选》共六卷：

诗歌一卷

戏剧一卷

散文一卷

小说三卷

六、编纂体例

(一)整套丛书题材丰富、门类众多，在体裁上不做强行统一。

(二)丛书中所录作品均为当年报刊发表的原文。为确保丛书的文献性、学术性、专业性和资料性，丛书编辑加工的总原则为保持文献原貌，内容上不做改动。

(三)文字的使用

1. 丛书中文字的使用以2013年教育部、国家语言文字工作委员会公布的《通用规范汉字表》为准。

2. 丛书中的古体字、通假字、俗体字，以及所涉及姓名字号、职官地理等专用字，均予保留。

3. 丛书原文字迹模糊残损，但仍可辨认或可依上下文校正，以字外加方框"□"表示；原文缺字或无法辨识，且无法校补，每字以一个方框"□"表示；如无法统计所缺字数，则以"☒"表示。

4. 丛书中数字的使用，保持原貌。

（四）标点符号及其他符号的使用

1. 丛书在不改变原文意义的情况下，将旧式标点改作现行标点符号。

2. 丛书原文中出现代表文字的符号，如"×""△""○""▲"等，保持原貌。

3. 丛书原文中的着重号、专名号等不再保留。

（五）其他

1. 丛书原文中的注释，保持原貌；编者亦出部分注释，供读者参考。

2. 因为原始文献本身产生于战争年代，保存不易，漫漶不清处较多，丛书疏误之处在所难免，希望专家读者批评指正。

七、鸣谢

本套丛书得以顺利面世，要特别感谢中共河北省委宣传部、河北省社会科学院、河北教育出版社的资金支持，以及北京大学陈平原教授、中国社科院文学所刘跃进研究员、南开大学文学院李扬教授、河北师范大学文学院王长华教授等，为丛书编纂提供了多方面的学术支撑；晋察冀日报社老报人及报史研究会诸位老师，中国社科院文学所现代室、中国丁玲研究会、中国现代文学馆各位专家，也在丛书编纂过程中提出了许多建设性意见；院内外的数十位年轻科研工作者，在原文录入和校对方面付出了艰辛劳动，确保了项目的顺利进行。在此一并致谢。

把艺术交给大众（代序）
——祝贺"华北抗日根据地及解放区文艺大系"结集问世

中国社会科学院　刘跃进

由河北省社会科学院文学研究所编纂、河北教育出版社出版的"华北抗日根据地及解放区文艺大系"结集问世，值得庆贺。

文艺是时代前进的号角。1937年7月7日，卢沟桥事变爆发，全面抗战由此而起。广大的爱国知识分子和青年学生，表现出同仇敌忾的民族气节，走出书斋，走出校园，用知识，用智慧，用不屈的精神力量唤醒民众，用实际行动担负起抗日救亡的历史重任。在此后的岁月里，延安文艺和华北抗日根据地及解放区文艺，是中国共产党领导下的两大主体，双峰并峙，展示着那个时代的风貌，引领了那个时代的风气。

随着抗日根据地的开辟，延安文艺工作团、西北战地服务团、东北促进纵队干部队、八路军总政治部前线记者团等大批文艺工作者，随同党政干部一道陆续抵达华北，东北、平津的青年学生也纷纷冒着生命危险来到边区。他们一方面积极创作大量街头剧、活报剧、街头诗、墙头小说、木刻版画、歌曲、舞蹈等革命文艺，开展抗日救亡宣传运动；一方面也通过开办文艺干训班，开展各行业、各阶层甚至全民的文艺创作与评选活动，吸引工农兵群众加入文艺队伍，掀起了"晋察冀一周""冀中一日"等具有深化性质的群众写作运动，以及"创造模范村剧团""穷人乐"等群众戏剧运动，为晋察冀文艺史添上了浓墨重彩的一笔。

说到这里，我想起 2009 年参加《北平学生移动剧团团体日记》捐赠仪式的一段往事。从 1937 年到 1938 年，在中国抗战史上唯一以大学生组成的"北平学生移动剧团"在长达一年半的时间里，历尽艰难，转辗于国民党第五战区的各个战场，演出话剧，创办报纸，宣传抗日，鼓舞斗志，谱写出响彻云霄的时代赞歌。移动剧团的成员每人一周轮流记述，用日记形式记录了那段不平凡的岁月，《北平学生移动剧团团体日记》就是这部历史的记录。它不是写给个人看的私密记录，也不是为将来面世扬名。作者完全出于一种历史责任，真实客观地记录了那段鲜为人知的历史，体现出强烈的史家意识。日记封面上有这样一段题记，"北平学生移动剧团·愿我永恒·中华民国二十七年二月二十三日始·璧华"。孤立地看这部日记，也许没有什么轰轰烈烈的战斗业绩，也没有什么感人肺腑的情感纠结。客观、平实是它的本色，正是这种本色，为那个历史年代留下一段真实。"北平学生移动剧团"的抗日活动，是文艺工作者投身抗日洪流中的一个历史缩影。

随着抗战的胜利，察哈尔省会张家口解放，晋察冀文协、晋察冀剧协、晋察冀音协、晋察冀美协、晋察冀通讯社、晋察冀边区剧社、晋察冀日报社、晋察冀画报社等文化团体随中共晋察冀中央局和军区领导先后开赴华北根据地，一大批文艺工作者也随之来到华北，开展丰富多彩的文艺活动。他们坚持毛泽东《在延安文艺座谈会上的讲话》中指出的方向，一手拿枪，一手拿笔，深入农村与抗战前线，既为切身体会工农兵的生活，也为深刻了解工农兵的需求，从而在根本上克服了自身相当普遍和严重的艺术至上主义思想倾向，为工农兵而创作，为工农兵所利用，以人民大众易于接受和欣赏的形式，普遍写人民大众的生产战斗故事。譬如左翼作家邵子南，于1938年10月随西战团到晋察冀，主持战地社日常工作，主编《诗建设》；1943年整风运动后，他到阜平任小学教员，在反"扫荡"中与群众、民兵一起转移、战斗，还直接在五丈湾跟随李勇的游击组对日寇展开地雷战；1944年5月随团回延安，在鲁艺任教，后调陕甘宁文协搞专业创作，开始大量创作反映晋察冀边区生活的小说。他以亲身体验为基础创作的短篇小说《李勇大摆地雷阵》（后改为《地雷阵》），运用阜平农民群众的语言，以口语化方式讲述了爆炸英雄李勇的抗日故事，明显吸取了民间说唱文学的优点，特别是在白话叙述中还插入不少快板式的韵白，更适合群众的喜好，因而在当时广为流传，家喻户晓，起到了很大的宣传鼓动作用。其他作品，如《荷花淀》《太阳照在桑干河上》《漳河水》《赶车传》《王九诉苦》《孟祥英翻身》《新儿女英雄传》《白求恩大夫》《我的两家房东》《穷人乐》《李殿冰》《戎冠秀》《没有共产党就没有中国》《团结就是力量》《没有土地的人们》《白毛女》等，都是成功的文艺典范，在现代中国文学史上占据比较重要的位置。

在华北抗日根据地及解放区的文艺创作成果中，还有数以万计的文艺作品和极具研究价值的文艺史料刊发在根据地及解放区所办的报刊上。很多作者，本身就是农民、战士或基层工作者。他们把自己的经历和熟悉的人和事，通过小说、戏剧、诗歌、报告文学、歌曲、绘画、舞蹈等文艺样式记录下来，语言通俗，富有生活气息。人民既是历史的创造者，也是历史的见证者；既是历史的"剧中人"，也是历史的"剧作者"。让故事中的人物自己编词、自己表演的创作方式，很好地反映出人民的心声，并让人民群众从生动活泼的艺术作品中得到教育，这确实是一个成功的尝试。

配合党的中心工作，"把艺术交给大众"，通过文艺唤醒大众，这已成为华北文艺工作者的自觉意识。他们积极响应伟大的民族抗战对文学艺术提出的时代要求，充分兼顾到广大人民群众的接受习惯和欣赏水平，创作了大量的作品，真实地反映了燕赵儿女火热的战斗与生产生活，起到了良好的宣传教育与鼓动激励效果。刘萧无编排新闻报道剧《李殿冰》，编剧与演员一起住到李殿冰家里，以便于熟悉主人公的生活，搜集真实生动的群众语言，还模仿他们的动作，理解他们的心理，甚至还让主人公李殿冰等直接参与剧本的修改和编排。描写群众的生活，邀请群众参与创作，这是当时文艺工作者走群众路线的生动体现。该剧演出后获得当地老百姓的极大赞赏，鲁中实验剧团还专门学习该剧的创作方法，创编了三幕五场话剧《过关》。艾思奇《前方文艺运动的新范例》更是誉其开创了前方文艺的新范例。抗敌剧社的《王老三减租小唱》、冀中火线剧社的话剧《我们的母亲》，也都具有这种特色。

这些文艺作品，可能略显仓促，有的甚至急就于战火中，所以在素材提炼、人物形象塑造以及语言的使用、细节的刻画等方面还有很多不足。但是，这不是一般意义上的创作，而是燕赵大地为争取民族独立、人民解放的集体记忆和行动号角，是中国革命事业的重要组成部分。华北抗日根据地及解放区的文艺，有很多这样未经沉淀的纪实作品，不管其艺术性如何，但在发动群众、组织群众、铸就抗击日寇和国民党反动派铜墙铁壁方面，发挥了无可替代的作用。20 世纪五六十年代，河北地区涌现出大量的红色经典，便是华北抗日根据地及解放区文艺的传承和发展。

2017 年 6 月，河北省社科院文学所郑恩兵所长来京与我们协商合作研究事宜。我根据所了解的信息，建议他们结合地方特色，做好地方红色文艺文献的搜集整理与编纂出版工作。"华北抗日根据地及解放区文艺大系"就是那次商讨的成果。全书由五个部分组成：第一部分为《晋察冀日报》文艺文献全编，第二部分为晋冀鲁豫《人民日报》文艺文献全编，第三部分为《晋察冀画报》文艺文献全编，第四部分为晋察冀日报社人物志，第五部分为河北红色文艺作品选。全书收录各种文体的作品六千余种，包括小说、诗歌、文艺评论、戏剧、报告文学、散文、文艺通讯、美术、书法和音乐、文艺史料，还有文艺信息、文艺广告，基本涵盖了华北抗日根据地及解放区的文艺创作情况，具有很高的研究价值。

时值中华人民共和国成立七十五周年之际，我们有机会阅读这部皇皇五十余册的"华北抗日根据地及解放区文艺大系"，更加深切地感受到新中国的建立真是来之不易，她是无数条战线的可歌可泣的人们不懈奋斗的结果。在这样一个特殊的日子里，我们感念当年那些有名无名的作者，感谢参与整理工作的学者，当然，更要感激我们这个伟大的时代。

目 录

戎冠秀冬学	1
争取胜利早日实现	3
记岗南惨案的周年纪念	7
"尊爱运动"的开展	10
井陉劳动英雄印吉子和井沟村	14
龙华劳动英雄葛存	22
儿童气节模范温三郁	35
白刃猛将史孟阳	38
魏占英和他的手枪队	41
侯松坡越狱记	47
战斗英雄燕秀峰	52
武工队长王树平	61
阜平合作英雄陈福全	70
彭雪枫同志略历	75
苦心钻研的牛步峰	77
矿工英雄杨东来	85
群英生活杂记	88
平山民兵战斗英雄张吉	102
涞水县民族女英雄杨怀英	105
"三全齐美"的李殿冰	115
民兵故事	119
鞋工英雄 锄奸模范张宝玉	121

郭秋根同志作风的转变 ······125
平山民族英雄贾玉 ······127
旧历年关在北平 ······132
赵贵说边区 ······133
五台的合作社 ······135
繁峙高易璞与民校 ······138
九支长枪的奇迹 ······139
最后的战斗 ······143
保卫着祖国的领海 ······151
平原上的歼灭战 ······159
阎廷玉和鞋厂的文化学习 ······166
十来个民兵打一千多敌人的村落战 ······173
被难的烈士们和烈士们的被难 ······178
围困安平城 ······181
曲阳孝墓村落战 ······188
解放了的任邱城 ······191
狂欢在冀中平原 ······193
秦庄战斗 ······195
韩村铺歼灭战一角 ······198
怀安人民从敌人铁蹄下站起来了 ······202
曲定路上歼敌记 ······206
战火燃烧到蔚广平川 ······212
赤崎的罪行 ······215
十一号战斗 ······219
活捉"毛驴"赤崎 ······223
狂欢之夜 ······226

戎冠秀冬学

娄霜

下盘松村掀起了学习高潮，戎冠秀被选为冬学的校长，冬学的名字也就叫"戎冠秀冬学"。白天，妇女们三三两两在一起做针线，戎冠秀笑眯眯地来了，她把鞋底往膝上一搁，从口袋里掏出个纸头来，"做鞋"两个字，那是戎冠秀发明的记事学习法，这两个字其实她已经学会了，但她故意和人讨论，接着其余几个人都会掏出同样的纸头来，不同营生，不同的字，互相问问、写写。

晚上，戎冠秀督促打上学锣，锣声在嬉笑的人群中响了，各归各组，街上立刻静寂。

学习小组按喜爱学什么、年龄、文化水准等自由组合，小先生也自由聘请，一般小先生都与家庭结合，如儿子教母亲，侄子教叔叔等。

全村现有三个坐月子（刚生小孩）的妇女，反正不能出门，干脆白天黑夜都学，那就是一人一组，都有小先生。

最有趣的是"老头组"，戎冠秀计划以她丈夫李有为骨干，都是五十以上年岁，挤满一炕，抽着旱烟，学习珠算，讨论政治。戎冠秀忙着督促别人学习，弄得自己学习时间不多，她只好散学后叫闺女喜华子在家里给她补习，炕头锅头都用粉笔写得满满的。她还跟丈夫李有比赛，有一天李有要去开会，她说："别走，写□'开会'两个字再走。"随手递给他粉笔，李有说："我只会认，还不会写，但是我学会了珠算，等回来咱们比一比。"

盘松村的学习，是与戎冠秀不能分的。她苦口婆心动员上学，她对人说，你没有东西我可分给你，字是没法分的，只靠自己学，我们可不敢落后,叫儿童□成懒婆,那可不好了。她到处讲着××村一个不识字的人,吃了一个麻糖给了五十块钱的故事。

开学以后灯油不够,戎冠秀号召克服困难,男人打柴、刨大黄,妇女做棉鞋、砸核桃,二月来每人平均已赚得百余元,哪里用得清。

她每天到各小组检查,看见屋子里在学习,就悄悄地走了;如果没有学习,才进去问问为什么不学习,是不是有什么意见。

为了鼓励学习,她自己掏了一百六十块钱,买两刀麻纸,交给村长分给冬学生。

现在下盘松除五十岁以上老婆婆以外,只有两个中年妇女没上学,她很不安的,常常和村长讨论动员这两个人上学的方法。

(《晋察冀日报》1945年1月5日)

争取胜利早日实现

——新年献词

《解放日报》

【新华社延安三日电】一九四四年过去了。这一年是反法西斯战争决定意义的转变的一年。在欧洲战场上，以这样的辉煌的业绩标指着：苏联领土的全部光复，盟军在西欧第二战场的开辟，芬、保、罗轴心附庸的投降，法、比、南、希、波兰人民解放运动的巨大增长及这些国家领土的全部或大部解放。一九四四年完成了从东、西、南三面围攻德寇的战略计划，战争现在已经进行于纳粹帝国本土的边境上，苏维埃大炮轰击着东普鲁士的防线，美英大军攻打着德寇的西墙。无论德寇还怎样在竭力挣扎，甚至局部地还企图反扑，但是战争对希特勒是输定了。德寇的一切挣扎，至多只能苟延若干时日，但是绝没有可能抵御一九四五年的盟国的最后联合攻势。一九四五年，将是纳粹德国最后覆灭的一年。

在太平洋上，一九四四年，美军展开了对日寇规模宏大的攻势，相继攻破日寇的内外防线，从马绍尔、新几内亚经马里亚纳、帕琉而抵菲岛，并将日本本土放在美空军的战略轰炸之下。一年来，日寇在海上丧土失地，损兵折将，完全处于防御地位。但是，日寇依然保持着它的海军实力，陆军尤其没有受到重大损失，且在中国国民党战线上得到巨大的进展。因之，一九四五年在远东战场上，将必然会有比一九四四年更残酷激烈的战斗，远东战争的胜利的迟速，在很大程度上，将取决中国的战争□力，取决于同盟国□□□海上与陆上的联合反攻。要增强中国的战争努力，准备与实施中国战场上的反攻，就要克服由国民党执政者的法西斯主义、失败主义政策所造成的军事、政治、经济各方面的危机,而克服这种危机的道路,只有废除国民党腐朽的一党专政,改组国民政府与统帅部,成立联合政府与联合统帅部。

　　一九四四年是中国战场上重大变化的一年。一九三九年到一九四四年四月,这五年零四个月,在中国战局上来说,形成一个阶段。这个阶段中,日寇在中国战场上停止正面进攻,集中进攻敌后解放区。国民党统治者,对于抗战则文恬武嬉,对于反共、反人民则非常积极。因此,敌后解放区的军民,就处在严重的困难情况中,肩负着坚持中国战场抗战的全部重大责任。这五年余的时间中,在敌后解放区的城市村庄,经过敌寇十余次烧杀的只算是普通现象,绝不稀奇;而在边缘地区,甚至有经敌寇烧杀六七十次者。在这样闻所未闻的严重摧残之下,人民旧日的积蓄,荡然无存。然而由于执行了中共中央的十大政策,团结更加巩固了,战斗更加强韧了。从一九四二年下半年起,解放区由缩小的状态,又一天天地扩大了,我们打败了冈村宁次,也打破了国民党内反动派的三次反共高潮,创造了历史上罕见的奇迹。在国民党战场上,敌人五年半中没有大举进攻,国民党军队采取敌来我去的消极避战政策,驯致士气丧尽,见敌即溃。而在国民党统治的大后方,专制独裁,贪污横行,党政军民,离心离德,官僚机构,腐败不堪。日寇把中国人民看作"猛虎",而把国民党政府看作"猛虎的囚笼",甚至声明"不以重庆军为敌"。但是从去年四月以来,敌人由于美军在太平洋反攻所造成的战略形势的不利,无可奈何,不得不除了在敌后依然控制着庞大兵力以外,以一部兵力向这"不以为敌"的"猛虎的囚笼"进攻,以求得贯通大陆交通线及驱逐美军在陆上的空军基地。自从去年四月日寇恢复对国民党战场的攻势以来,国民党军队一触即溃,豫、湘、桂诸省相继沦陷,不到半年而达到了打通大陆交通线的目的。而在同一时期,中国解放区却节节胜利，解放了八万余平方公里国土，一千二百万同胞。一年来中国战局的变化，鲜明地反映了抗战中两种方针、两条路线、两种办法的对比。消极抗战、坐待胜利、保持实力、排斥异己的政策，引导到溃败与危机，而新民主主义的抗战的政策，则引导抗战走向巨大的胜利。

由于国民党的腐败无能造成的大溃败，使国民党战线处于严重的局势中。如果继续日寇深入国土，那么日寇是能够相对地、暂时地挽回其颓势，使战争延长，使中国人民与同盟国人民遭受更多的痛苦和牺牲。不承认这一点，或者不强调这一点的严重性，那就是对于我国人民，对于我们盟国不负责任。事实上国民党战线的溃败，已经使日寇能够多少挽回其战略颓势，已经延长了战争和增大了人民的痛苦与牺牲了。这个责任，是应由国民党内的反动派担负的。

在这种情形之下，我们全国同胞的任务，就是一方面在可以反攻的地方，要进行反攻，在应该准备反攻的地方，要准备反攻；而另一方面，则必须努力停止敌寇对大后方的前进。我们的任务，在毛泽东同志的《一九四五年的任务》中概括为四个口号，这就是"加强解放区抗日工作""组织沦陷区人民""援助大后方人民""建立民主的联合政府"。

在这四个口号中，最中心的一个是"建立民主的联合政府"。这是处于三种不同条件下（解放区、大后方、沦陷区）的中国人民所应一致努力的任务。因为一九四四年的经验已经明白地指出了，如果不彻底肃除国民党统治者的错误政策，采取新的抗战民主团结的军事、政治、经济、文化各方面的政策；不驱逐政府中的失败主义、法西斯主义分子及贪官污吏、土豪劣绅，而代之以代表人民意志与力量、能够领导中国走向胜利和自由的新人物，那么日寇继续深入是无法阻止的，更说不上配合盟国实行在远东战场上的海陆联合攻势。只有民主的联合政府，才能挽救中国正面战场的危机；只有民主的联合政府，才能缩短战争，争取抗战的早日胜利。

今天抗战已经进入第九个年头了。在这悠长的岁月中，我全国同胞备尝了战争的种种痛苦，我们渴望着战争的迅速胜利，而日寇则希望着拖延战争，国民党内的反动派则以其错误政策来帮助日寇延缓中国的胜利，加深人民的痛苦。际此新岁，我们希望全国同胞，以严肃的态度、切实的工作，来争取抗战的迅速胜利。尤其是在今年之内，要争取到这一迅速胜利的先决条件——民主的联合政府——之实现。

(《晋察冀日报》1945年1月6日)

记岗南惨案的周年纪念

嵇涌

一、开大会

双十二有两千老百姓到岗南开会,纪念惨案的一周年。

天阴沉着,格外冷。但群众的情绪,是空前高涨的,当主席报告到东西岗南及邻近村庄一百三十八个优秀儿女,被敌人用刺刀刺死、砍死、烧死的时候,群众怒吼起来了。

"对,给鬼子说吧!你杀了俺们的人,杀不了俺们复仇的决心,越杀账越多,总有还账的一天哩!"主席讲到这里,讨还血债的呼声又起来了。

东西岗南震动了!

许多群众自发地提出了没有整理过的誓词,向政府宣誓,向人民宣誓:

"保守军事秘密,保守军资秘密;

配合军队作战,掩护抗日干部;

敌来坚决跑,被捕坚决逃;

彻底坚壁清野,完成战时工作;

加强岗哨,严查汉奸;

封锁消息,探听敌情。"

最后报告时事,讲到国民党寡头统治,连打败仗及换汤不换药欺骗老百姓的局部人事更动时,群众气愤得几乎要跳起来。当时有曾经坦白过的特务分子曹×也发表意见,要求大会通电蒋介石迅速改组国民政府和统帅部。

东西岗南被呼喊声淹没了!

二、祭奠

十二号的早晨,烈士家属们为了纪念死者,集中到一块向死者祭奠,做长时间的静默、回忆,每个人都回忆到过去的情境,眼泪从脸上流下来。任翠亭不自禁地号啕大哭了,曹更明解释说:"唉!难受有什么用,记住,报仇吧!"

早饭过后,又到烈士塔前进行追悼仪式,区干部讲了话,提出绝对保证给烈属解决困难。

有些老太太,端上点子馍和酒、纸火到坟上祭奠死难同胞。

三、复仇组

复仇组是自去年惨案以后,一部分烈属与村里的青壮年及原有的游击组自发地组织起来的,并请示政府补发武器,成为捍卫东西岗南的一支武装力量。

敌人于二月间再次的包围东西岗南,复仇组占领了阵地,掩护了全数的群众突围、转移、脱险。

四月,敌人想破坏麦收,敌中队长署钟率领敌伪一百九十二名,从南甸奔袭郭苏,返回时到尚家湾休息做饭,当有尚家湾游击组协同复仇组只九人分三处向敌射击,敌人摸不清咱们的力量,狼狈地逃走了。击毙敌二名,伤敌四名。

在围点斗争中,他们更以复仇的决心围困着楼子口的堡垒,一直到逼退。

复仇组在辛勤地工作着:白天警戒,晚上巡逻。他们经历了多次战斗,现在成长起来了,在群众的热爱中壮大了。每当过节的时候,村里的人们把一些好吃的东西慰劳复仇组。

十三号,他们进行了检阅——做了射击、瞄准、制式教练等动作，并宣布了他们一年来的战绩，全村的人们在周围看着，称赞着"俺们的复仇组"。

四、烈属座谈会

干部们又召集了烈士家属座谈，问他们有什么困难，有什么意见。一个五六十岁的老太太说："我一个小子也叫鬼子给杀了，家里统共五亩地，也没人管了，自觉着得饿死，谁知道咱们的政府照顾得那么周到。五月里拨工组和军队给我收了夏，又种上，秋里又收了秋，种上麦子，唉！"她长长地出了一口气，眼里噙着泪感激地接着说："我这么老了，没见过这样的政府和军队！"

曹更明说："我两个小子都死了，可是今年的生产比往年都强，毛主席搭救了咱们，号召大生产，组织起来，拨工组替我解决了困难。"

曹秀花的拨工组来慰问烈属，提出来替烈属纺线，解决困难。

五、剧团活动

有南庄、朱亳、夹峪等七个村剧团赶来参加演出，计有《天王台》《上冬学》《血泪仇》《两个时代》《地头会》等节目，收效卓著。特别值得提出来的是，东岗南村剧团演出的《惨案经过》是最成功的。因为他们亲身参加了这个斗争，又在舞台上再现，所以非常逼真，观众对于舞台上的人物也感到亲切，许多观众都呜咽起来了。当幕落时，复仇的怒吼声又在舞台下咆哮起来了。

（《晋察冀日报》1945年1月9日）

"尊爱运动"的开展

——陕甘宁部队展览会参观记

继昌作

【新华社延安五日电】官兵关系是部队团结内部的一个基本环节，经过几个月来对于谭政同志《政治工作报告》的学习和检讨，有一个很大的变化：干部对战士不再用"斗争"和处罚了，代替它的是感化、教育、鼓励和表扬，是启发群众自觉性的新的领导方法。在这个运动中，出现了很多转变的典型和模范。

一

某部七团五连，在去年练兵时，领导作风是一个较差的单位，不关心战士生活，形式主义，强迫命令，斗争关禁闭。经过这个学习，现在赵连长经常夜里起来给战士盖被子，带食物到医院看病人，亲手给生疮的战士换药，对犯错误的同志耐心地谈话，召集班长开会，专门研究领导方法。过去，有一次他夜里从外边工作回来，战士们谁也不理他。而这一次他从定边回到盐池区，是下半夜，他怕惊醒别人，悄悄地走到厨房，但被未睡熟的战士知道了，一下都起来了，争着围上前和他问话。这事更感动和教育了赵连长，使他清楚地认识到：只有自己先爱护战士，他们才会热烈地拥护干部，服从领导。

八团霍恩泰，四二年开小差回家，四四年又自动要求归了队。他向指导员承认过去的错误后，在干部的鼓励与帮助之下，他很快地进步，重新入了党。部队号召归队战士要学习霍恩泰，号召大家对归队战士要欢迎多帮助。在霍恩泰的影响下，有很多归队战士和以前不同了。

警三旅九团，为了爱护战士，成立了战士休养所，里边有各种娱乐工具，每天每人有六两肉。第一批修养回去的十五个战士，异口同声地说："走遍全国，哪个军队里有战士休养所的呀？上级这样关心，我们回去一定要好好干！"

冲锋部五连，是有很多从敌伪压迫下解放出来的新战士，他们受过欺骗的教育，到连上大家就欢迎慰问。老战士把自己的鞋子、牙刷送给他们；公差勤务替他们出；行军中帮体力弱的背东西；饭做少了，房子住不下，就先让给他们。很快他们就深感八路军的友爱精神，感动地说："知道八路军是这样，我们早就'反正'过来了。"

二

善战部四连的郭德友，在前方十四岁就参加了八路军，打过很多漂亮仗。但是到后方以后，他不愿意生产，发牢骚，讲怪话，还偷老百姓的萝卜吃，知道有战士要逃跑也不报告。这样把他的班长资格给取消了，他心里更气，要离开革命，他逃跑了。但在外边住了几天，越想越没意思，他就又背起铺盖回来了。

"你这么落后呀，要逃跑？"连长骂了他一顿，就关了禁闭，罚了三个月苦工，让他到厨房当伙夫，战士们瞧不起他。郭德友越想越不舒服，在挑着担子往山上送饭的时候，他同一个伙夫又逃跑了，但又被捉回来。

"组织逃跑呵！"大家一致要求枪毙郭德友，干部也觉得要不这样做，就无法维持纪律，连长就向团部提议，非枪毙郭德友不能解决问题。

联政甘主任到团上来了，干部们都觉得甘主任一定可以判决郭德友的死刑，这一下问题可以解决了。

但是，甘主任没有决定枪毙郭德友，却传达了谭政同志的报告，要教育和说服他转变。

干部们觉得这样的办法好是好,但总还有些怀疑,觉得对别人也许可以,但对郭德友就不一定适合。但人们中间有着争论,决定从郭德友试试看。对郭德友没有处罚,团政委亲自找郭德友慢慢地、和蔼地谈话,把他心里要逃跑的原因说出来了,团政委向他解释,用他十四岁参加革命的光荣历史提醒他,让他思前想后。郭德友自己哭了,他觉得自己要学好。

按照他自己的意见,郭德友回到连上当战士。听了甘主任的报告,连上对郭德友的看法也不同了,连上开了欢迎会,以后连长改变了过去讨厌的态度,常同他个人耐心谈话,有点进步就提出表扬,大家也不再讽刺他了。郭德友以后在生产中卖力苦干,公差勤务抢在人头里,见大家都看得起他,越干越起劲。他睡得迟但却一早就爬起来,唤大家起床,在班里他成为一个积极分子。

这件事情,清清楚楚摆在大家面前,对新的方针,谁也不再怀疑了。

三

经过这一个运动,谭政同志所讲对战士的新方针,是被更加具体化了。这里得出对七种战士两种不同的办法。

第一种办法:

对逃跑的是斗争、处罚、歧视、苦工;对新战士是轻视、讽刺、不愿接近;对患病的是不关心,说他装病,送卫生队就不管了;对落后的是看不起、不顺眼,小错不管,大错就处罚,搜集材料,找岔子,算总账,调出去或送上级;对进步慢的、比较笨的、体力弱的三种不同情形的,则把他一律看成落后。

第二种方法:

对逃跑的则是开欢迎会，教育感化，首长亲切谈话与群众的自我批评相结合；对新战士是尊重他们，提高他们的政治觉悟，倾听他们的意见，帮助他们日常工作，解决他们的困难；对患病的是请医生，吃病号饭，照顾周到，首长战士亲切地慰问，食物慰劳；对落后的是积极分子和他交朋友，劝他说出心事，帮助改正，耐心教育，感化鼓励他们进步；对进步慢、比较笨的、体力弱的是分清各种对象，提出不同要求，发扬友爱互助。

由于官兵关系的开展和深入，继之提出"尊爱运动"，这是一个连队所提出的尊爱公约：

和气爱兵，最为重要；战士生活，时刻关心；

领导作风，民主耐心；表扬进步，培养英雄；

尊重干部，应尽责任；有了意见，按级反应；

命令任务，迅速完成；力求进步，争取英雄。

——警卫旅四团五连

（《晋察冀日报》1945年1月10日）

井陉劳动英雄印吉子和井沟村

许怀玺　陈春森

一、印吉子翻了身

印吉子，井陉井沟村人，是个模范村干部（抗联主任），领导全村生产的劳动英雄。今年二十八岁，全家五口人，妻子、妹妹和两个孩子，全靠他一个人来养活。他现在有七亩地，另租种三亩地。

印吉子是在旧社会的重压下，艰苦挣扎起来的。印吉子说，事变前他家受地主资产阶级的剥削，仅有的七亩坏地，还被二百七十元的外债抵押着；每年除了交租交息之外，所余粮食只能吃到年底；又因付不起利息，债主由二分半利提高到三分半，并且把一头毛驴也强拉走了。民国廿二年正月，被迫净产还账，全家哭着要到山西榆次去逃难，但是爷爷老了，又因热土难离，便又四外托请，央求着债主，答应一亩给五大斗租，又把七亩四分地租回来。可是几年来，一亩地只能打七斗粮食，得拿出五斗交租，因此，年年没得吃。由于愁老病苦，二十七年爷爷去世，二十八年爹爹也愁闷死了。此后，一家老少五口，干瞪眼，生活没了一点办法。

共产党八路军来了，帮助穷人找出路。二十七年村里一开始组织农会，印吉子就参加了。在政府减租减息的法令下，印吉子又得到机会把抵账七亩多地从债主手里抽回来。印吉子凭着自己的劳动，在抗日民主政府不断的帮助和救济下，一天天又翻过身来了。从二十八年起，他被选为农会主任，后与团体合并，又当选抗联主任，至今五年，一直为群众所热烈拥戴。印吉子感动得常对人说："咱如今也当了个干部，可得好好替大家伙办事哩！"

今年大生产，印吉子自家先加油干起来，白天黑夜，没个休息。今年十亩旱地打了十二石五斗粮食，比去年（八石）多打了四石五斗，除掉一家吃用，还可有三分之一的余粮，生活是用不着再发愁了。

印吉子是经受过苦难的生活的，他知道挨饿受冻的人是如何的需要帮助。"咱哪！"印吉子说，"受过那样艰难，一见到谁要没的吃，就想起咱当年的光景来啦……白天黑夜思谋着，怎么使大家不挨饿。"在今年大生产运动中，他为了"使大家不挨饿"，不管白天的营生怎样累，晚上回来总是连饭碗也放不及就跑出去，问这家问那家，去解决种种困难问题；从春到夏到秋收，常是半宿不睡觉。春天，单是为了组织拨工组，就一连向北沟（附村）跑了仨黑夜，每次回来，天都快明了。清早，一听到村里打钟，就又起来和拨工组一起去做营生。突击锄苗时，他常累得眼皮都睁不起来。

为了"使大家不挨饿"，印吉子尽了全力去帮助村里的懒汉们参加生产。苏德顺在井沟是多年的大懒人，什么营生都不干。当印吉子去动员他时，苏德顺竟翻脸乱骂："就是你鸡巴这样啰唆，刨那生地顶球事！"可是印吉子一点也不生气，仍耐心地说服他，天天招呼他早起勤作。苏德顺一年下来，刨坡三亩，连六亩旱地一起，共打粮十二石，比去年多打一倍；往年总是不够吃，今年一家五口全年吃不完。最后苏德顺感谢印吉子说："要不是你催动我，我万也打不下这样多粮食，光景怎会有这样子！"还有懒汉王会、王良，拨工组谁都不要他们，印吉子把他们收到他那一组里，天天帮助，也都被改造过来，变成了好劳动。

对于抗属，印吉子更注意帮助。区干部印秀家中，没有劳动力，印吉子今年动员她参加拨工组，帮助她生产，比去年多打了九石粮，一年吃不清。抗属印土魁，六十多岁了，地里的营生不能做，印吉子便动员他和别人拨工补瓮,今年多打了六石粮,明年也可接到秋收了。

二、印吉子领导全村大生产

井沟是井陉城北十六里的一个行政村,全村包括四个自然村(井沟是主村,还有南槐、北庄与柿家庄),十二个小庄子,散居在一道宽五里、长十五里的山沟里,有居民一百三十六户,共六百二十人,全村有旱地一千三百五十一点五亩,坡地三百一十二点五七亩,共土地一千六百六十三点七二亩,平均每人二点七二亩。全村有整劳动力(男十八——五十五岁)一百四十三个,半劳动力(妇女、儿童、老头)一百一十六点五个,共有劳动力二百六十九点五个。有驴四十五头,牛二十八头。全村租佃户四十三户,有三十一户出租土地,其中四户是小地主。这是一片人多地少生活困苦的村庄,其中有百分之六十以上的人家,是常年粮食不够吃。一九四三年大"扫荡"中,井沟村又遭了大祸,全村房子被烧毁了二百零三间,镢子锄头等农具损失一千一百多件,粮食菜蔬也被敌人抢掠糟蹋了许多。

印吉子说,一开春,他看到全村这种景况,就和村干部们商量,先要替群众解决眼前的困难。当时村里有四户穷人生活没有一点办法,印吉子动员全村救济他们,他自己先拿出了三升玉蜀黍(他也不够吃),于是全村跟着捐助,共得二石谷、一石五斗细糠、一千零三十七斤萝卜、十斤萝卜条、三十块钱,这四家的生活完全解决了。接着利用拨工,把木匠樊恭动员出来,盖好了四十多间房子,各家都有住处了。又召集铁匠,补充农具,穷人花不起钱就还工,这样全村补充了二百九十九件农具,镢、锹、镰刀都有的使了。

在今年的大生产中,印吉子响应上级的号召,把全村的劳动力统统组织起来。全村一百三十六户,组织了四个拨工队,分三十六组,二百六十四人，占全村劳动力的百分之六十七，占全村人口百分之四十三强。全村按不同季节，实行了男女老少大拨工。春天，全村拨工六百个，节省一百一十五个工。南槐村男女四十四人，从开春到九月底，共拨工一千六百六十六个。全村一切营生，都集体来干，并且订有村民公约：（一）吃饭要迅速；（二）走路要快；（三）早上工不挨罚；（四）做活时不说话。这样，生产效率是大大提高了。春耕施肥播种时，全村七十三头牲口全部组织起来，人力畜力一齐参加拨工，虽然全村畜力很不平衡（有几十家没有牲口），也都提前完成了送粪与播种工作。锄苗时，规定五天的"突击周"，参加男女一百七十五人，全村头番五百一十六亩苗子，结果三天就锄完了。割地边，拔地垄中的杂草，预定三天，两天就拔了个光。因为组织起来，劳动力强多了，今年全村苗子三分之二都锄了三遍，还有二百四十多亩地锄了四遍。开秋荒时，全村提出"加紧努力开秋荒，准备明年多打粮"的口号，各组展开竞赛，连春荒共开荒二百六十亩，超过了原计划五十亩。北沟张之瑞一个人就刨了四十多个工，开七亩半地，打了四石粮。压绿肥时，印吉子领导各拨工队，又提出口号："压绿肥不吃亏，谁干的还是谁""压绿肥不分老少男女，割多少挑战竞赛也比"。各队竞赛起来，一天一人割八九百斤，印吉子一天割到千斤以上。全村原计划割草三十二万斤，从八月五日立秋开始，三天半就突破了计划。壮年一百一十二人，完成三十四万九千九百斤；青年二十七人，完成五万一千二百斤；妇女三十九人，完成三万九千六百七十五斤；童子军五十六人，完成四万一千八百四十五斤。总共割草四十八万多斤，比原计划多割十六万斤。到秋收时，全村又实行"三快"口号（随割随晒随坚壁），男女老少能干活的一齐下手，男人割，儿童运，妇女打，十月一日前就全部收打完毕。同时为防敌人突然的"扫荡"，更加紧进行秋耕种麦的大突击。这时拨工队又在"加紧把地耕二遍，每亩上粪一百担，要想提早完的快，各户竞赛来挑战"的新口号下，牲口人力全部动员起来，牛管耕地驴送粪，全村二百三十四亩麦地，很快就耕完种上了。别的生地也都耕了二遍和三遍。

在农业生产拨工之外，印吉子把村里的抗战勤务、家务零工等，也都利用拨工，形成了有组织的活动。有抗战勤务时，拨工组出工，五十斤顶工一个。这样指派灵便，效率也高。拨工赶集（背二斗粮食顶半个工），节省了许多劳力。光棍人家或是集体生产时，做饭也拨工（一顿饭顶二分）。家家户户日常的推碾推磨浪费很多时间，于是也拨工推碾（妇女一天顶工七分，驴顶五分，谁的粮食谁管草料）。身体弱不能做重营生的人，和好劳动力实行站岗拨工（站一天顶五分），使劳动力没有一点浪费。清早担水，全村担水的挤在一起，等一早晨才担一担水，实行拨工担水后，每天全村可节省出二十个工，去参加别的生产。此外铁匠、木匠、编筐的、织布的，也都有组织地集体活动起来了。

井沟村组织起来大拨工的结果，不仅生产效率提高了，而且节省了大量的劳力。往年光柿家庄在农忙时就需要雇二个半月工、五十个短工，今年只雇了六个工。南槐冯祥昌，往年雇许多找工还感种不过来，今年他参加拨工组，把原有的地按时种好外，还刨地三亩，挖药材得利六百多元，割荆条得利九百元。高德山往年至少得雇短工十三四个，今年在拨工组里一个也没有雇，就把地连种带收完成了，还开了一亩荒，修了二分地。冯五昌家二十亩地，去年三个人种还很忙，今年两个人就种得了，还开荒一亩，修地三分，打坚壁洞一个（二十个工）。此外，由于大拨工的结果，生产量是惊人地提高了，今年全村种了二千零六十亩地（去年只种一千七百四十六亩），比去年扩大耕地面积三百一十四亩，打粮一千二百零九石，比去年多打了二百八十石。有许多户比去年打粮增加了一倍。

大生产在全村展开以后，文化教育也跟着加强了，拨工队不管生产多么忙，读报识字也是经常进行。井沟村现有巡回民校、一座小校、五个识字班、五个读报组，还有不定期的墙报、黑板报十一面。他们干什么学什么，需要什么学什么，如锄苗时就学"锄苗拔净"，拨工组长就学字码记账。黑板报上写的是当前工作或中心口号，如秋收时写的是"快打、快割、快藏、地净、场光、家里不见粮"，种麦时写的是"加紧把地耕二遍，每亩上粪一百担，互相挑战来竞赛，温汤浸了种，必定有光沾"。这种学习法，又实用，又好记，收到显著成绩。如南槐庄上，四个青年学会了开路条与洋码记账，学会写信的有两个，并有一个已能看群众报。印吉子也是积极学习的一个，他小时候没有念过书，个字不识，今年一面生产，一面学习，现在学会了二百多字，写路条，看通知已经不大遭难了。

三、井沟通过合作社组织起来了

当大生产运动在井沟村全面展开以后，拨工队、团体、合作社等工作都紧张活跃起来，这样，新问题就发生了：全村的大大小小，整天在忙着干生产，几乎连休息的时间都挤不出来。可是一个中心工作布置下来，差不多村里各种组织都得传达讨论，而来来回回就是这些人（全村参加拨工队的，大部分是农会会员，也大部分负担抗勤，在合作社里又几乎全是社员），今天开这会，明天开那会，甚至晌午开了一个会，晚上还得开另一个会，而且又常是讨论同一中心工作（生产是第一位，也从春到冬，贯穿了全年），群众感到会议多得真开不过来，各种会议实际成为群众最苦恼的大负担了。村生产委员会看到这种情形，接受了群众的要求，在八月里召开了一个村民大会，这个会上，根据群众的意见，把村生产委员会实行大改组，从全村领导以及小组上，把拨工队、抗联、合作社、抗勤（以拨工组为基本单位）密切结合，并从组织上统一起来。它的组织形式是这样：

生产委员

干事（村实业委员兼）

社长（村长兼）　　（抗联主任兼）

会计（村抗勤干事兼）

副社长（抗联主任兼）

干事（村教育委员兼）

文教委员

干事（民校教员兼）

干事（管供给和消费）

供给委员

会计

分社委员（共三人，分别负责领导其他三庄的分社）

井沟的大合作社，不仅把拨工队、抗联、合作社、抗勤结合起来，而且实际也与村公所的工作部分地结合起来，实行了全村的统一领导。这种组织形式，井沟试行的结果，在领导与组织村民生产上发挥了很大的效能，它不仅在大生产运动中节省了许多劳动力，而且村里各种工作都与生产密切结合起来，统一布置，协同执行，效率大见增高。它在开展今年井沟村的大生产中，起了决定的作用。这是印吉子和井沟村干部，在上级的帮助下，根据群众要求做出来的新创造，因为它能更好地组织与帮助群众生产，所以得到全村群众的赞成和拥护，合作社的威信也空前提高，现在这个大合作社成了组织井沟全村的生产、教育、文化娱乐、日常家务以及日用消费的总机构，把村民的经济生活与文化生活开始有组织地经理起来了。老百姓们用热眼看着合作社，相信合作社能够帮助他们解决困难，改善生活。在合作社（七月以前即村生产委员会）的领导下，全村组织起来，扩大生产，往年是有七十多家饿肚子，要依靠政府和村民的救济，今年大生产的结果，全村一百三十六户都有吃有穿了。只有三家因为偿还借粮，明年春天将不够吃，而印吉子与合作社干部已商量着把这仅有的三家组织到冬季生产中，成立了一个编筐组，他们的困难也得到解决。

四、印吉子当了英雄

井沟在一九四四年的生产运动中，已成为井陉县的模范村，印吉子则是井沟村主要的领导者与组织者。他是全村的一面大旗，群众看着他，跟着他，人人相信他。印吉子刻苦成家、舍己为人的精神，高度的劳动热忱，对穷苦人们的热爱与关怀，数不清的模范行为，已经深印在群众的脑子里。在今年总结大生产的群众会上，全村一致推举他是劳动英雄。县上又被选作劳动英雄与模范工作者，并且当选为出席边区第二届群英大会的英雄代表。印吉子感到无上光荣。他从没有想到过，自己这样个穷小子从死难中会变成一个英雄，回想起自家的景况来，印吉子内心里感动了，他兴奋地对人说："要不是共产党，咱哪有今儿啦！"

（《晋察冀日报》1945 年 1 月 12 日，《英雄与模范》专栏）

龙华劳动英雄葛存

赵鹏飞

从贫困中翻了身

葛存同志，小时家里很穷，以后赶脚开店，置地十八亩，骡牛各三头，后因屡年增租，实在种不起了，就改种河滩，刚淤好地，又被地主夺走。民国十三年以后，兵荒马乱，年景不好，不得不借贷，利滚利，不几年就倾家败产。二十八岁上，哥儿三个分了家。葛存同志只分了三间破草房，好容易租到坏地五亩，刚收拾得能长庄稼，地主就又拿回去了，只得靠打柴烧炭，卖短工混日子，后来借了他叔父二十元钱，赎回他岳父当出去的河滩，种来种去，成了一亩半园子。三十一岁上，东拼西凑，买了二亩半山坡，这才落个半饥半饱的日月。

刚事变，本地闹土匪，好多人都不安心种地，老葛想："慌乱不慌乱，种地才能够吃饱饭。"就租了一道三亩地的小山沟，领着老婆孩子拾石头，挑石子，一气干了二十多天，女人的手指头都流了血，把地却整得平平坦坦，上粪多，过秋粮食打得不少，地主红了眼要长租。这时候八路军已经来了，抗日民主政府，颁布减租的法令，他地有了保障，他就把地当到自己手中。二十九年秋后，又租了一段大水冲开了的河滩，挑土垫粪，成了四亩能长庄稼的地。三十一年当过来，就垫成园子了。三十二年，又成了四亩稻田，此外他历年来还入了大小五个稻地股，垦荒团也有他的股。几年的辛苦，现在他已经是有五亩半旱地、五亩半园地、七亩半稻地、四亩半垦荒地、二头牛、一头猪、合作社投资一千一百五十元、雇半个活的富农。

老葛每天起五更，和他的小姑娘拾头遍粪，地里做活，不抽烟，少歇些儿，下地回来，顺道割一抱青草，人家都说他一个人顶两个人。年年多压蒿，起淤泥，哪块地赖，就惦记着多垫土粪。坡地年年捡石头，种园子，大粪铺了再使沟子粪，麦茬庄稼还要抓粪，坡地也年年钻坑儿上粪。开展大生产运动，每亩水地上粪一百驮，旱地每亩平均七十驮，三亩麦茬棒子锄过五遍，其余都锄过三遍。试种大麦一亩，研究改种两季作物，浸种、田间选种也都做到。开荒不怕远，找好地，能垒堰的地方垒堰，土薄混种上桃杏树，地阴烧□肥，不然就拿秸秆换大粪羊粪。大生产年不算半亩菜园子，打粮食十七石五（老斗）。要不是稄子焦花、稻地发浑水，还可以多打四五石。一家四口，老婆做饭、做针线，大姑娘使碾子织布，二姑娘拾粪、上学，割草喂牲口，活忙时，就一齐下地，谁干什么，都顶有次序，和和气气，过着快乐富裕的生活。老葛那话："八路军没来以前，做梦也想不到过成这样好的日子！"

全村组织起来

二十九年春天，正当发大水以后，他领导群众成立垦荒团，三十三个人开荒二十三亩，年年拿秸秆换粪，现在还是好地。三十一年组织全村开滩八十亩，又联合了十二户贫农把他自己剩下的一段河滩开了九亩。三十二年，旧滩扩大五十亩，他又领导全村开渠，当时好多人都不愿意让挖，老葛不言不语，首先把自己地里的渠道挖通，才去动员别人，这道渠浇地一百八十亩。这年大旱，可沾了大光。都说："没这道渠，春天要有一半人挨饿。"当午夏天他又组织了集体拨工打蒿，一共打了二十五万斤，解决了大生产运动的肥料。

三十三年组织起来，开展大生产运动。旧历正月，老葛就想："往年总是净顾两个眼儿（一个灶火眼，一个嗓子眼），忙的春天种地受大影响。"今年又开渠又修滩，非集体打柴不行；他怕别人不干，约七个干部集体打一天，打了三千二，比一个人打多一半还多。当天晚上，打柴大队就组织起来了，半个月打三十万零二千斤，够一年用了。这时老葛从分区开了双英会回来，专署赠他一"专区生产模范"称号。他向村里提议组织拨工组，群众会上，由七个能干活的干部发起，当下全村六十个男整劳动力、十二个男半劳动力都参加了。大家又一致推举葛存同志担任拨工队长。每晚各组开碰头会，至多十天一齐工；按活的忙闲，规定工资，齐工找价；组与组实行调工，规定打点制，按点作息；以及动员妇女，让饭等着人，人不等着饭；按价段作出拨工计划，活等着人，人不等着活。每次都要挑战竞赛，村公所用二十元作奖金，□□赌个小输赢。根据这些，又规定了劳动公约；全村数□起得早，就由他担任打钟。

组织起来以后，马上就是送粪、开渠、开荒，这几件活挤到一块，他们就用男半劳力出圈，儿童跟驴，妇女抬驮子，一边抬，一边纳鞋底，三四头驴一组集体来送，送完一户再送一户。男全劳动力集中全力先开渠，按组划开地段，事前安排好到地里上动工，各组保证各组按时交工，互相挑战。本来规定谁先完谁先走，可是大家发扬互助精神，快的帮慢的一齐下工。一道浇九十亩地，二里长、五尺宽、三尺深的新渠，原计划需要二百八十个工，结果只用了二百零五个工。接着清理旧渠，原计划需要三百七十个工，结果二百六十个工也就完成了。在送粪开渠中，地少、粪少的贫农和贫苦中农，都存下工在开荒中来找齐，春天开了四十多亩地，大多数都□了他们。

下种突击，全村组织了十二班，每班五个人，儿童丢籽，妇女抓粪，其余才用男人。各组干的都挺起劲儿。老葛那一班，离村二里地，半天点了五亩地，还打了十二道埂。地邻岭子南村刘占荣，在旁边耕地，看呆了，直说他们发了疯。全村四百多亩，五天就突击完成了。只剩一户，他恐怕拨工吃亏，虽然参加了拨工组，但是总没拨起来，不听拨工队调用。这时他还没完成，可真着急啦，老葛马上给他拨了两套牛，七个人连耢带耧两天半一气完成。经此之后，他就服从拨工队的调用了。接着就全体去修滩，一气修了四十五亩河滩，旧滩又扩大了三十五亩，为了保护滩的安全，还修了两道挡水坝，一道三十丈，一道八丈，都宽八尺高四尺。这时候，建国村也修滩，就是没有经验，老葛就带着三十个人到他村去突击，做个样子。到了之后，葛存村各组马上动手，挖了三分之一，建国村的还在抓号头儿、分地段。按建国村一天的份子活，不到多半天就交工了，挣回六斗多棒子，拨给缺吃的五户贫农拨工队员。总计从送粪开渠到修完滩地，共三十三天，往年没这么多活，还要雇四百多个短工，今年一个外短儿没雇，还挣回六斗玉米，全村的人都说："大生产运动，组织起来真是两个顶三个，活做得又快又好，毛主席这个法子可真强。"

　　说话就锄头遍，稻地又忙着下种，老葛就打主意让向来不下地的妇女先间苗。好多人都说妇女做不了，老葛就让他大姑娘和几个妇女干部试做，给村长家做了一天。村长的父亲原来很不高兴，后来一看拨得很好，马上逢人就讲，大家才都没了意见。当天生产委员会把这几个妇女奖励了一番，第二天连五十三岁的一个老太太也参加了。全村一顷二十亩谷地，连垦荒和中队部开的荒地，也是她们先给间的苗，老太婆们开玩笑说："八路军来了，什么都变了，媳妇能顶儿子用，练巴练巴什么都行。"老葛就开始组织妇女拨工队，六十四个女整劳动力，十六个女半劳动力都参加了，成立了八个组。生产委员会又派抗联主任专来领导她们，帮她们计划，教她们做活，这时有些青年妇女提出小孩子累手的困难，老葛就组织了四个老太太，成立抱娃娃小组，一个老婆儿看三个到五个小孩，都是自己本家、亲戚的孩子，也不计工。（后来，妇女们给这几个老婆儿帮了几个工作为答谢。）妇女下地以前给孩子吃饱乳，有的小组早一个时辰下工，回来也误不了喂；有的就由大孩子送到地里去就乳。这样一来青年妇女参加生产就没得牵挂了。

锄地，谁都愿意先锄，老葛提议按小组一户锄半天，先让群众后是干部。种完滩地，集体开稜子地菜地，男的开了一顷二十亩，妇女儿童开了十二亩，开到后半段，谁也怕开晚了庄稼长不好，也是一组半天拨一户，这样大家都满意，谁也没发生争执。锄三遍拔稻草挤到一块，天又热又没有锄三遍的习惯，老葛就主张前半天趁凉快锄三遍，后半天趁小热拔稻草，结果全村四百六十亩棒子，只有六十亩因受风灾锄过二遍，其余全锄过三遍。

往年打蒿，从二伏一直打到立秋，要有一个多月的工夫，今年老葛想秋前要备战，挖洞、弄场、编家具都得用工，为了明年的生产，又需要多打蒿，老葛就让妇女们先在村边打，男的早晚下地也背着打回一捆。三遍锄完，他就号召组织打蒿大突击，有驴的二十六户编在一起，一个人一个驴算一股，一个人跟四个驴，到远处去割，驮的驮，打的打，回来按股分蒿；没驴的三四人到五个人一组，在村子附近打，轮流要蒿。把牛也组织起来，轮流给各户踩圈。打蒿大队去的地点离村十里地，到地点之后，马上散开突击，保证一驮就驮回去，等到驴再回来的时候，捎回干粮来，吃了就又接着干，每天一个人保证八大捆（每捆一百多斤），打得多的，回来时背上一捆，归自己要。平常每天驴驮三回，存下蒿早清驮一回，这样一个人一个驴平均每天可分蒿一千二百斤，比自己打超过一倍还多。他们打蒿的地方一个住户，怕他们把蒿都割完，就带领全家也参加了，干了半天跟不上，他说："是这么做活，倒是你们村×数。"驮蒿队路过奇峰口、龙王庙，这两个村的群众也都说："倒是集体干，这蒿都让他们要割完了。"在这样影响之下，他们也很快组织起来，集体打蒿。经过了十二天的突击，男子共打蒿五十万斤，妇女打蒿十一万三千多斤，按区里原要求旱地每亩五百斤，水地每亩八百斤，应该是三十二万多斤，这样差不多超一□□倍的样子。

紧张的备战工作

备战工作来了，老葛想："为了坚持战时生产，应当把拨工组重新整顿一下。"他首先征求各户意见，在反"扫荡"时要往哪里去，根据大家意见，把全村划成三个战时乡村，拨工组也按三个战时乡村自由组合，每个组里还是都要有干部。于是就按战时乡村拨工队又分成了三个分队，一共还是男七组，女八组。每个分队分队长领导拨工，分队副都由中队干部兼任，所有自卫队也都按战时乡村重新编制，一个组内的人也都在一个班里面。拨工队长参加村指挥部，各分队长也都参加所在地的指挥分部，游击小队随战时指挥部一面战斗一面生产，就这样把劳力与武力结合起来。战时乡村建成后，组织了一次演习，干部互相检查，结果良好。接着集体割条子，抽出技术工人编花篓、编圃，每人准备抢秋工具。他们的口号是"每人一把镰刀，一条绳子，一个花篓，一条口袋"，并建立了野场。

秋收，谷子很快就收完了，剩下四顷六十多亩玉米，好多还都带着满天星的豆子。旧历八月十五，敌情紧张起来，区里命令抢秋，邻村宋各庄又来挑战，老葛可是急了。经过群众会上商讨，大家一致同意按三个分队实行集体大突击，妇女在前面割豆子，男子在后面刨棒子，不分谁的地，统一抢收，头一天做了一个试验，效率不怎么大。可是试验出来，最不好刨的棒子一个男工可刨二亩半、三亩到三亩半，最密的豆子女工一个可割一亩半、二亩到二亩半；就这样按□按亩计工，刨一块计一块。这时女工因为费衣裳又费力气，活又不少做，就规定三个男工顶四个女工。第二天按地形站开，每人分四个眼，大块宽绰的地站成雁□翅，狭长的地就一个分队分成两班从两头挤，收山沟地就按地派出一个组半天的活来，组长在前面领着干，干部后面督促和检查（也干活），一边做一边呐喊，互相鼓励。尤其是从两面挤的等到快打透的时候，两边一喊"冲啊""冲啊"，真像打仗似的，干净、利落、快。往年稀稀拉拉，半个月才能弄清的活，四天就突击完了。当时分区摄影干事刘峰同志，在村里工作，拿着表计算时间来竞赛，葛存领着的小组七个人四十八分钟收了七亩，创造了秋收中全村最高纪录。开始抢秋的时候，有一户上午全家都没去，怕的是大集体误了工，或者是做活不细致，可是大家干活的时候，他却在旁边偷着看了看。午间老葛到他家去访问，没等老葛说话，他就说："下午我们就全去了，没想到大集体这样快，庄稼收□真干净。"一户地主有九亩棒子，十二个人一个早清零一时辰活，就突击完了，他说："我还睡早觉，棒子就收完了。毛主席的组织起来，对谁都有好处，不然我得央求多少人才能锄完呢？"秋收的时候，谁的粮食也没进家，野场里头打了晒了，□坚壁好了。庄稼在地里放着没人看一点也没短。

刨完棒子，马上以组为单位，集体腾地，全村五套牛耕不完，开始就调牛，一共凑了七套牛。为了早耕完好帮助别的村子，葛存同志就提出，壮牛集体耕大块，按亩计工；按地形和半天的活拨牛。七套牛在一块耕了半天，三套牛、四套牛分两班耕了几天。这样集体耕，牛在一块儿，前头牛走，后面的牛就紧跟着，用不着紧打，前面的不快走，后边牛就要踩着前面人的"鞭梢儿"，谁都要快着耕。大块地不分地界，一直往下耕，打纵耕横耕，而且耕深耕浅，马上就可以比较出来，谁也不敢耍滑；铁具不好使，马上互相帮助收拾；早晚放牛只用一个人就可以，一户只管一天饭，也都省事。这样做一□牛比不集体一天可以赶出半亩多地来，半天耕一大片，干部说："这是我们的土造拖拉机。"小牛分散耕小块地，拉的地头小，回头多，也不少做活。当时敌情不太紧张，山坡背阴的地，怕冻怕旱就先耕，然后，才耕平地。全村五顷八十多亩地，二十九天就全部耕完。然后一套牛去帮助南城司，两套牛帮助岭子南，一套牛帮助建国村。邻村有二十多亩地也给他们耕完，耕地工钱，每套牛每天九十元，后来上山吃草困难了，外加一□料。不过一直到耕完才齐工，粮价涨了钱，牛主吃点亏是个缺点。

在秋耕中，为了保持旧垦和新垦荒地的土壤，区生产委员会号召种树，全村就组织了一天大突击，合作社预备好桃杏核，各户一齐下手。一天的工夫全村种了二斗多杏核，所有三十度以上的垦荒地全部种好，都是一棵杏树、一棵桃树混种的，为的是桃树可以早得利，平均每亩地种树都在四□棵以上。如果七年以后每棵杏树出五升杏核，一年就可□两石（老斗），至少出油六十斤，比种谷利益□□。为了使树株不被牲口破坏，村里召开了牛羊倌和养□□□□，共同到山上划定哪里是林场哪里是牧场，□□放养，养树林就得到了保障。人们都说："五年之后就成了杏花村了。"秋收之后，为了冬天多打柴，修水库，马上组织出夜圈，夜间各组拨工，出完一户出一户，吃一顿夜饭，在葛存村住店的人都纳闷："白天地里还没粪，一夜之间怎么竟跑出这么多粪来？"一共用了十二夜，就把所有的圈粪都送到地里去了。现在他们正集体打柴，计划完成三十万斤，把明年自己用的和公柴都打齐。开始拨工以后，大家休息时又唱歌又说笑话，老葛就提议趁这个机会读报识字，每组都添了一个学习组长，每天早晨到□□教员处去识字，教的是种庄稼常用的字。大集体□校教育，到地里去读报，小集体就在碰头会以后利用休息时教。人们都有了瘾，一天不念就闷得慌，从春天□□到秋收，识字多的到三百五十，最少的也有二白多。以后又想学习战斗，就由中队干部带地雷到地里去教。□□有五十八个男的、十五个女的学会了埋雷（六个妇女会起），把文化和战斗的学习和拨工结合起来了。春天打柴的时候，赶上送公粮，交通站要了十个人十头驴，□□马上组织了一下，用五个人跟驴，五个人打柴，驴在回头脚把柴火捎回来。锄地的时候，站上又要了十个伕，老葛怕耽误锄地，就派了二个半劳力赶了四个驴去，换下十个工，锄了二十亩地。从此之后，交通站要大批伕，抗勤□□就找拨工队商量怎么拨换，村里一个打绳的，替人站岗，岗上打绳，给谁站就在谁家吃饭，把勤务和拨工也结合起来了。

黑板报及其他

从下种开始，村里出了黑板报，都是生产委员会讨论的材料写出来的，一个阶段有一个阶段的号召，每个阶段谁好谁坏，都在报上登出来，好的画上图样，坏的不写名字，黑板报正在当□□□锅烟子刷写出来，黑底白字挺显亮，一登出来就围一堆人看，过来过去的人也念诵。儿童心灵，一看，就知道说的是谁，马上就地指出来。这一来，好的更加劲，坏的害羞也就赶紧改正。妇女参加生产、老婆抱娃娃组、改造懒汉，都是在黑板报上发动起来的。全村的人谁都喜欢"大黑板"，他们说："村里的事，上了墙，真有意思。""有毛病的在墙上改正过来了，比罚可效力大。"

老葛领导拨工队，每天轮流参加一个组，领着干活，走在前头，歇在后头，处处做模范。晚上亲自参加碰头会，检讨每个人做活的情形，解决队员的困难，有问题也都在会上大家讨论，谁家里有别扭，就到谁家开家庭会议来检讨，男女老少谁干什么活合适，哪块地里庄稼长到什么程度，老葛都料的到。老葛那话，"领导拨工像端着一碗水，必须平平正正，才能不出问题"。整个拨工队都挺团结，大家都说："我们拨工队比亲哥弟兄还亲。"做买卖的张福、张玉祥把地全交给了拨工队；家具也是大家串换着使；锄地时，地主邢子周，把事变前买下的四张大锄也拿出来啦。龙华大队在村里种了二十五亩地，村里又多给他们八亩滩，调畦，□口子，村里都帮助他们。做活时，军队分开参加各拨工组，互相帮助；军队来不来，地里活老葛都替他们照顾,该怎么"拾掇"就派人"拾掇",军队来了再还工,军民团结得像一家人一样。

打蒿以前,把本村合作社整理了一下,清算了账目,选出了人人拥护的多年老村长葛恺当主任,拨工队也跟村社合并起来,入工使工都由合作社,记账、借账,存工使钱,存钱使工,以工入股,以工买货,更加灵活,更加方便。从此之后,合作社业务也扩大了,组织了三个铁匠,成立了铁匠组;三盘磨,成立了三个压面组;七个妇女纺织组,又请了一个织布的,一面织一面教,现在已经学会了两个;此外还组织了两个运输组;秋后添□大母羊六十只,连以前共一百六十只;贷出一万五千元,养牛十头,伴养猪十六口;秋后群众存粮三十多石;现在流通的资金从春天的六百元,已经达到十七万元了。

拒马河以北,从来水地只种一季庄稼,今年老葛在村里推广了四十亩大麦,又试种红薯十五亩、棉花十二亩。因为种大麦没经验,好的好,坏的坏,原因是种得晚,好些人没用□地,渠水太大,浇水淹坏了苗。麦茬棒子有的长得不好,是没有抓青。老葛的大麦一亩打一石,麦茬棒子一亩打了二石二斗半(老斗),大部分都是一棵上结三□棒子,棉花红薯也都很成功。春天播种大麦和玉米,三十多户都浸了种,没出什么黑疸。秋收时,老葛亲自领导田间选种,所有各户种子都是在地里选的;此外还组织儿童拿山药蛋上的虫子二十亩,秋后全村挖了二千多个"刺蟥坑儿",里外放土□糠谷糠拌"麻尘",准备春天捉"刺蟥""蝼蛄",老葛说:"精耕细作除了多上粪,拿虫子、改种两季作物多□水地,是大事。"

全村得到耕一余一

在葛存同志的领导下,秋后全村共打粮食七百八十五石,山药、萝卜和林木收入合粮食二百二十石,副业收入二十万七千元,总计全村共收入一千零五石二斗（老斗）玉米，平均每人合三石二斗八（老斗）升玉米，达到了耕一余一的地步。葛存村事变以前百分之八十以上的人口都是贫农、佃农，佃耕四百多亩，在共产党和抗日民主政府进步政策指导之下，在葛存同志积极领导生产之下，到现在有三十五户贫农变成中农，五户贫农、五户中农变成富农，富农也更富了。现在佃耕地还有四十九亩，其中二十五亩是军队租种着，正如葛存村人所说："在共产党领导下，我们都翻过身来了！"所以秋收之后，全村组织了大谢秋，打扫街道，十字路口结上松枝牌楼，高搭彩棚，男女老少都换上新衣，整整齐齐地□毛主席的画像鞠了三个大躬！葛存说："本来咱们应当送□石大米给毛主席，可惜，路远不能办到，现在冀中八九分区发了大水，咱们大伙募□捐，跟谢了毛主席一样。"当场不一会儿，各户就捐了三石六斗玉米（老斗）、四百元钱，晚上群众请英雄模范会餐，演戏开会，像过大年一样！

老葛是全村群众的眼珠子，谁见了他也是眉开眼笑。从老葛活套点以后，年年过年总是送给几户贫民大米年糕。夏天连阴雨，谁家没柴，都到他家去抱。今年□□自己借出六斗七升稻种，六升稜子种。贫农存工，老葛不主张都挣了短工，"吃了花光一辈子受穷"，除过生产贷粮，老葛借给五户贫农一斗六升玉米、四斗大麦，存工让大家给他们开荒修滩地，还帮他们租了十二亩地。大秋下来，连三辈子受穷，从来没作过囤的□□也打了六石多，够吃也够穿了，仅有的五户贫农，也都变成了中农。

三十二年秋后，工人正下班，老葛和他叔，伙雇了一个长工，是山前的难民，带着一个老妇、二个小孩。老葛热□给他们吃，工资定了一石六。他不会使背架子，不能上山打柴，谁都说"老葛雇了一个扫雷的"。参加拨工又慰劳了二斗米，他又组织全村七个工人利用休假日入稻地股，稻地用工，由拨工组□□，休假日工人再还。

村里有两户地主，一户雇着工人修稻地，弄了好几天上不去水，老葛派人去帮他们弄好；没稻种儿，又借给了他一斗，粮食贵了只给了二百二十元，老葛也不在乎！又一户完不成打蒿计划，谁也不多给他，老葛先多给了八百斤，大家这才你拼我凑，卖给他四千斤蒿。没有牛，老葛又派牛给他踩圈。在这样影响之下，这两户从来不劳动的地主，自己也背起粪筐到地里做零活，帮助拨工组读报，连儿媳妇也参加了拨工组。

一个懒婆，品性也不好，开过好几次斗争会，也改不过来。老葛派干部领导她参加生产，表现很努力，就马上登黑板报表扬，村工所还给她奖金，并拿这个例子去动员其他妇女："谁谁参加生产得了奖，你们还不努力？"妇女个个都不服气，就都加油来干，今年组织妇女参加生产，这办法起了很大作用。另一户懒汉也是这样改造的。

老葛的一套牛，春秋两季有三天就可以耕完，余下的牛工，先替抗属还了耕地的工，谁爱使谁使。村里一个七十岁的老寡妇，只有八分地，儿子参加中央军始终没回来，年年村里救济。今年老葛出了个主意：地由合作社租种，一年拿一石二斗租（老斗玉米），每月给她一斗，从春天存在合作社，以利钱保证她穿上棉衣服。村社出本让她合伙卖豆腐，赚钱零用，她爱吃谁家的菜就到谁家去摘。这八分地，合作社种的棉花收了六十斤籽棉，出过工钱、粮租，连做棉衣裳，贴钱无几。三十二年腊月三十晚上，老葛去站岗，碰到一个刚离过婚无家可归的年轻妇女，老葛把她让到家中，问明来历，检查了离婚证，商同干部给本村一个光棍做了老婆，夫妇挺和美。提起老葛，她就说："是我救命恩人。"秋天英模选举，她还给老葛在大会上竞选。

葛存同志，在全县人民拥护之下，得了一面光荣的奖旗、一头健壮的黄牛，当选了出席边区群英会的劳动英雄。他老葛并不骄傲，他说："我不过是个庄稼人，一切全仗着上级的指示，村长抗联主任的领导，和全村群众的团结、辛苦、努力，轮到我个人头上算不了什么！""我们三年没经'扫荡'，战斗上没经验，备战工作还得抓紧，牲口还没妥实地方坚壁，两季作物推广得不够，今年没种小麦，棉花种得也少，布太贵吃了大亏，这都是大缺点；个人文化低，不会讲话，都得赶快克服。"

有人问老葛的心愿，老葛说："我只有老老实实和全村乡亲们，按着毛主席的道儿把日子过得更好，更繁华！"

(《晋察冀日报》1945年1月14日，《英雄与模范》专栏)

儿童气节模范温三郁

于辉

今年才十三岁的温三郁，是武强××村人。父亲当小学教员，大哥在小队上当事务长。去年春天他爹他大哥被敌人捕去，死在关东煤矿里了。现在家中有母亲、二哥、弟弟和妹妹，种着十几亩地，日子很困难。

"五一"后，点碉林立，环境残酷了。

四三年正月二十日，城里敌人包围了他村，三郁说："小队早起去挑水，被敌人看见了，回去后我爹和小队一个班就钻了洞，把口盖好。"敌人上了他们的房，问有八路没有。他母亲说："没有。"汉奸和鬼子下了院，东西屋看了个遍，就问他母亲："有八路没有？洞的有？"他母亲说了个没有，一刺刀给把脸挑破了，随又踢了几脚，躺在地上，连疼带吓得死过去了。小三郁在一旁呆呆地立着，屋里的妹妹和小弟弟啼哭着叫："娘！起来吧！娘！起来吧！"汉奸指着小三郁说："你害怕，打死你！"

汉奸们不问他母亲了，将三郁拉到院里问："住八路没有？村长是谁？谁们住八路？"小三郁说："我净在姥姥（外祖母）家住，不知道什么是八路！"当时汉奸们气冲冲地说："你净装混！眼巴巴看见了，你不说打死你！"三郁说："不知道！"汉奸们的狰狞面孔吓唬着追问："哪有洞？不说非打死你不行！"一个汉奸啪啪踢了他几脚："说了不打你！"接着又一个汉奸墩了几枪把子："不说挑了你。"这时小三郁面色焦黄地说："没有！""眼巴巴看见了你说没有，非挑死你不行！"小三郁哭不敢出声，屈抽、屈抽地说："我净在洼里拾柴火，不知道什么是八路！""你们大人在哪里？""在外边做头卖。"小三郁只是"不知道，不知道"地回答汉奸们。

汉奸们这一个一句，那一个一声"哪有洞"，"这小孩真坚决，挑死他个兔崽子吧"。一刺刀扎在胳膊上。汉奸们抄着影说："那不是有八路的衣裳吗！"三郁说："是我父亲的大袄。"鬼子嘟噜了几句，一个汉奸又照着他的胳膊刺了三下子，袖筒里哗哗向外流血，又一枪把子打倒了他，三郁说："疼得我滚来滚去，就不觉事了。"

汉奸和鬼子到别人家去了，小三郁醒过来到屋里去，见母亲在炕上躺着，脸上有血，母子二人吓得不敢哭，他母亲说："怎么打也别说！"

"敌人吹号了，眼看要走，又把武全经抓住了。他四十来岁，敌人打了几下子就说了洞口。汉奸和鬼子去了就把洞口掀开了。"这时敌人又进来，三郁吓得躲在炕角里，他母亲又装了死。

汉奸们抱柴火在洞口弄烟，一个鬼子一个翻译官拉着小三郁去看洞口。翻译官说："你不是说没有吗？"鬼子说："死了死了的有！"翻译官说："让他看看再挑他。"离洞口不过一丈远，洞里爬出来的人把翻译官一枪给打死了，鬼子吓跑了，立时就打起仗来，三郁蹶在坑口底下，动也不敢动。

战斗结束了，汉奸和鬼子要在三郁身上出气。三郁说："不打仗了，一小队上牺牲了好几个，鬼子也死了好几个。有一个鬼子两个汉奸把我拉到别人家院里去，先让我伸出胳膊来剁手，我一抽没有砍着。又让我跪下，汉奸用刺刀挑我的帽子，要砍头，我一面哭，一面抱着头，两眼盯着刺刀。汉奸说：'你看窗户上是什么？'我一看，汉奸照着我脑袋就是一刀，我一闪没有砍着，跑到屋里去，汉奸追到屋里，按倒在地，用刺刀向脊梁上乱砍，衣服厚没有砍透。随后汉奸踏着我的肚子，我抱头哭叫。汉奸用刺刀向我头上'呵喳'，只觉身上凉凉的，我就死过去了。"

三郁说:"我又醒过来,见手指头掉在地上,满脑袋浑身净血,疼得我不住地打哆嗦。哭着去找俺娘,又碰上一个鬼子,把我吓坏了。"

三郁说:"俺爹和俺大哥当天被敌人捆到城里去了,指洞口的武全经又给敌人在井里捞枪,又被敌人打了一顿,敌人走后他就死了。"

在八分区群众大会上,温三郁得到"气节模范第一名"的光荣称号和一头牛的奖励。

现在他双手只有五个指头,脑袋上有一寸多长的大疤瘌。

(《晋察冀日报》1945年1月21日,《英雄与模范》专栏)

白刃猛将史孟阳

夏蓝

□□英雄史孟阳□是四□□□□□□连连长。在一九四三年反对敌人疯狂蚕食和一九四四年深入开展敌后斗争期间，创下了许多光辉动人的战功。

一九四三年春天，他刚到八区队一连当副连长的时候，正是敌人向灵行地区疯狂蚕食的时候，敌人筑下了密密层层的堡垒和封锁沟，到处"清剿"，抓人抢粮，人民陷在苦海里。面对着这疯狂的敌人，有的不免产生恐惧和悲观。这时候，史孟阳奉命下到灵寿地区去活动，打击小股"清剿"的敌伪。他们打击了出来抢掠的敌人，解放了被捆着送到村里去准备烧死的老乡；在西洼村伏击敌伪，一枪未放将正在村里吃喝的伪军人枪全部俘获；在七里岗打□敌人运送给养弹药，三次卡住敌人大车，打死七个鬼子，得枪七支和大批的子弹炮弹。连续数月的活动，他把部队的战斗情绪提高了，人们胜利的信心也坚定了。

七月间，他们在灵寿活动了一个多月，打了十七次仗，就又配合别的连打上下邵敌人。史孟阳负责警戒寨里的鬼子。那边枪一打响，寨里炮楼里的鬼子就出来增援来了，他把敌人让过去，随后就带着队伍追上来，追了一阵，敌人分散了，剩下四个鬼子伏在一块洼地里向他们抵抗，他叫着说："同志们，我在前面领，咱们冲呵！"他冒着敌人的火力冲过去，后边的人差不多都掉下来了。这时候，离敌人已不远，他向一个新战士要了几颗手榴弹，一面前进一面扔，接连扔了四颗，炸死了两个鬼子。剩下两个敌人乘着他把手榴弹打完，一拥就冲上来了，一个鬼子手里握着一把刺刀，一个端着枪，枪上也上了刺刀，恶狠狠地赶过来。这时候，史孟阳的子弹也打光了，仅端着刺刀等敌人来，心里很明白，他想：你来吧，我跟你拼，不是我死就是你死。眼看着两个鬼子一前一后，哇哇哇跑过来了，离他只二十步远了，一个小个子鬼子拿着一把刺刀，首先向他头上劈下来，史孟阳等他刀还没□落下，一个直刺，穿进了敌人的肚子，敌人倒下了。这个鬼子被刺倒，另一个也接着呀呀地冲上来，猛的一枪，他身体一歪，只听□□的一声，刺刀从身旁穿过，刺破了胸前的米袋和衣裳，他枪上的头道箍脱掉了，敌人又连续向他刺了几次，都被他挡开。这时候，史孟阳因为跑了三里多地，又拼死了一个鬼子，力量已用得差不多了，他只能用枪拨弄着，来回招架，心里想着：我已经够本了，你刺死了我，也算为革命牺牲，你来吧！他们对战了十几分钟，史孟阳忽然想起"白手夺枪"的方法，他想试试看，右手一松猛地一把把敌人枪口抓着，这一下，敌人也不知怎么着啦，慌忙挣扎，史孟阳左手提起自己的枪，喊了一声，一使劲，把刺刀刺进敌人的心窝里了。这一场搏斗，史孟阳同志发挥了高度的英雄主义，把四个凶恶的敌人消灭在一起。从此，灵寿、正定地区的老乡们都知道了这跟鬼子拼刺刀的连长，队伍从村走过，都争着问史孟阳。游击区的人民都要求着他们去打鬼子。

去年五月他们夜里巧取正定柳□□堡垒，史孟阳在战场上以身作则，首先冲进堡垒，逼着十九个伪军缴枪，结果堡垒里一个伪军中队全部被俘，全连共缴到枪四十二支。史孟阳同志在许多次战斗中，以自己的英勇模范行动，来影响教育战士们，用枪逼着敌人，让战士们上去缴枪。这样他们在战斗中的勇敢和信心都提高了，大家都愿学习他们的连长，个个变成勇将。

以后他们打的仗越来越多，越打越有劲，连里在他指挥下，缴到步枪五十三支,机枪一挺,掷弹筒一个。他个人缴得步枪九支,毙俘敌伪三十多名。他领导部队在灵寿、正定地区坚持斗争的二年间,打垮了敌人的"清剿"和蚕食,使我们的解放区扩大了。

(《晋察冀日报》1945年1月26日,《英雄与模范》专栏)

魏占英和他的手枪队

姚远方　叶曼之

一、"盖老姚"的队伍

有一支八路军,叫作"老姚"带的队伍,挺进到平汉铁路穿过的定县到望都的一片平原上,那里的敌伪军都怕他。现在老姚走了,又出现和"老姚"一样的一支神出鬼没,百战百胜的八路军。敌人管他们叫"盖老姚",他们常常三四支手枪就突进据点里,把七八十个伪军压得不敢动弹。"盖老姚"的队伍打仗可真坚决,在平地里打仗一冲就冲到底,一直冲到敌人鼻子跟前把他们的枪夺过来。他们一年来从敌人手里夺过来的枪,如果再配上自动火器,足够武装两个连,而他们自己在开春的时候还只有十七个人十七条枪呢!

这位被敌人传说成"七侠五义"般的"盖老姚",就是战斗英雄魏占英同志。这"盖老姚"的队伍就是现在云彪支队的第二队,过去望定支队的手枪队。

魏占英,二十三岁,他十七岁就当八路军,十八岁加入中国共产党。前几年,他还年幼的时候,就化装过要饭的小孩子,杀死鬼子炮楼的哨兵,得了一支插着明晃晃刺刀的三八大盖,还化装过日本鬼子,和他的支队长老姚,两个人巧袭北合炮楼,把十一个伪军全部俘获。

魏占英带领的手枪队,一年来摧毁了望定平原上的东市邑、白坨两个据点,云彪山边的郭村、高昌两个炮楼,打退与迫退了留早、清风店、胡房、绿合营、来合庄、□南庄等七个据点炮楼。四次袭击清风店,在南支谷两次打击了抢粮的敌人,在胡房以伏击的动作三次歼敌；连同大大小小的二十多次战斗，共缴获步枪一百七十七支、短枪七支，俘虏伪军一百十七名（魏占英自己也得长短枪七支）。他们自己仅仅牺牲两名，三个挂花。从战果上来看，真可以说是"以一当百"呀！

二、知己知彼 百战百胜

这一队伍的惊人胜利是建筑在"知己知彼"的基础上的，魏占英有精密调查研究的本领，由于他是在家乡里打仗，经常出没在堡垒林里，乡亲们把他当作亲骨肉，当地的地形他又非常熟悉，哪一片地里种什么庄稼，哪一条胡同通到哪里，哪家房子在战斗里可以利用，凡是与战斗有关的他都说得上。至于敌伪军生活，士兵情绪，他们吃什么饭，是不是常变花样，夏天有没有单衣，冬天有没有棉衣，伪军内部有什么矛盾，炮楼里战备情形怎样，有几支枪，哪一个伪军有多少子弹，有几颗臭子弹，枪架着还是挂着，有几天不擦枪了，楼梯靠在哪里，有多少级，怎么上，凡此种种，他们都了如指掌。魏占英搞清了敌人的情况，主动地寻找敌人的空隙和弱点，研究进攻的办法，或把敌人引诱出来，让战士们对敌人动作上的弱点全都看清楚了，然后一举歼灭它。像这样方法取得胜利的战斗是很多的。魏占英同志经常自信地说："没有打不垮的敌人，没有拿不下的炮楼。只要你有调查研究，找出敌人的规律，什么仗都能打胜的。"

魏占英同志会带兵，战士们最乐意跟他打仗，他的队伍里谁也了解谁的缺点和本领，大家富有集体的精神；认识打仗是集体的事，只要一个有差错，就会影响战斗的全局。他善于分配每一个人，在战斗里担任一定的任务，一个上了年纪的战士安福全，魏占英专门分配他在战斗里担任化装老头儿的角色。为了完成任务，他好几年没有刮过胡子，终于在巧袭高昌炮楼的战斗，他建了奇功。魏占英的队伍有着火热的战场上的革命友爱，罗建中在清风店打击抢粮敌人的战斗中，被反冲锋敌人的机枪打伤了，一时撤不下来，在紧急中，魏占英发了一个号令："同志们，坚决把他救下来。"句刚出口，人们就冒着敌人的枪火把挂花的罗建中救了下来。魏占英自己在东市邑的战斗被伪军哨兵发觉了，打了一枪，没有打中，魏占英后面的战士孙致祥就跳上前把敌人打倒了。这一年的战斗里，他们队里有十来个战士成为支队和分区的战斗英雄，战斗鼓动能手席秉利同志就是他们队里的一个班长。

三、四袭清风店

魏占英的手枪队四次袭击清风店——那是离王京车站只五里地，四个门里都有岗哨，有伪警备队一个连，四五十名伪警察把守的大据点。

第一次，魏占英带四个人，大白天在清风店的大集上，连枪都不放，把定县宪兵队情报主任李金高拦腰抱出，枪毙在清风店的岗楼边。魏占英的助手罗建中沉着地拍着站岗伪军的肩膀说："你老实地站你的岗，我们打的是死心塌地的李金高。"

第二次袭击清风店只带了十六个人，□深夜跳上敌人的房顶，捕捉了敌人的哨兵，向敌人的据点里投射了七十多个手榴弹，伪军光着腚跑出来向他们缴枪。这一仗，他们缴获了二十多支枪，俘虏了二十七个伪军，把八路军的宣传品散在清风店的三里长街上。

第三次袭击清风店是最成功的一次巧袭，他和他三个伙伴穿着软纱衣裳，戴上礼帽化装了日本热海特务队，从容地走进伪警察所，哨兵恭恭敬敬地给他们敬了礼，就领他们到所长的办公室里去。那里有两个特务、一个伪书记正陪着伪所长吃饭。据魏占英原先调查：他的枪有的是放在抽屉里，但这时发觉他们的枪全都插在腰里，魏占英盘算了一下，敌人的火力强过自己，而且动作会比自己快，就不敢让大家都去吃茶用饭。只他自己陪着特务应酬，其余的战士都准备动作。这时候特务发现魏占英的神色不对，"砰！"就是一枪，未中。魏占英眼疾手快，一伸家伙，把特务打死。接着四支枪对三支枪乒乒乓乓打起来，魏占英的四支枪把伪所长和特务全部解决了。这之间，外面魏占英派出的牵制队，同时开始动作，布置在十字街口的步枪班牵制了敌人的一部火力，又利用伪警备队与伪警察所的矛盾，提出了"单打一"的口号，动摇了伪警备队，终于缴获了十一支步枪一把盒子，胜利地回来了。

经过三次的惊人袭击，清风店的敌人吓得撤走了。

到九月里，敌人三百多又到清风店修据点，魏占英化装了老乡到据点捕捉了一个特务，把情况研究好，搞清敌人的兵力，就准备好战斗的部署。第二天，敌人出来抢粮，魏占英让一支友军边打边退，引诱敌人一直追了五里去。在隐蔽地里，他让战士们把敌人动作上的弱点全部看清了，这才开始打。结果这一仗，把伪军的顾问打死了，把定县的伪县长打伤了。敌人在我火力下，抛下了七八条尸首，狼狈地从清风店撤走。

魏占英的队伍，最善于巧袭夺堡，每次打炮楼之前，魏占英总要逼近炮楼跟前去看看，然后再定战斗方案，他们多会儿打炮楼也是手枪指挥着大枪，他们有一句老话："我们多回儿搞炮楼都是外面的听里面的口气。"那次打东市邑据点，一下子把伪军的中队长逼住了，那家伙就对炮楼喊："不要打枪，不要打枪，我受着危险呢。"战斗后，那炮楼被俘的伪军，都莫名其妙的叹息："唉！谁也摸不清，你们打哪儿进来的，待我们一发觉，你们就下手了，简直是七侠五义。"十月间，那次打云彪高昌炮楼，伪军在炮楼上打手榴弹，战士史纪录同志利用一个栅栏门做地形，他知道日本手榴弹爆炸得慢，就利用手榴弹刚刚爆炸的空隙往里冲,一冲就冲到□□□的门口了。

四、魏占英对待伪军

魏占英和他的队伍最善于从精神上杀伤与瓦解伪军。战士们时常说:"我们对伪军打仗,一面打,一面进行政治攻势,敌人如不投降,就坚决消灭它!"他们善于抓取伪军的心理和规律,魏占英说:"打伪军你摸熟了他的情绪就好说,你离他远了他想打你,你一打响就冲到他的近跟前,他们指挥官就指挥不开,战斗好解决。"打高昌炮楼的时候,三支短枪堵住了七个伪军,伪军还想抵抗,魏占英看到了伪军在十月天气还穿着单衣,一张口就喊:"看你们当这个汉奸兵,大冬天还没有穿棉衣哩!"顿时感动了所有的伪军。那次打郭村炮楼,他们一边打一边在底下鼓掌欢迎,使伪军毫无斗志。魏占英的队伍忠实执行党的敌伪军政策,遵守俘虏纪律,有一个伪军在望定被他们俘虏过两次,都教育后释放。当魏占英打高昌炮楼的时候,那伪军也在里面,他看见魏占英的队伍,就对别的伪军说:"魏队长来了,别打了,缴枪吧,没问题,我被他们俘过两次了。"由于他们伪军工作做得好,和他们接触过的伪军,内部里常流传着"要回家,找老八"的口号。

五、沟线外的革命家务

魏占英是个二等残废,在沟线外流动的战斗环境,和战士们一样地劳动生产。

他们种地的地方,离平汉铁路不到十里地,离敌人据点只三里地。他们战斗生产的口号是:"来就打,不来就耕。"做活的时候,先利用坟地、土疙瘩做好工事,规定好集合点,把枪架在地中央,手榴弹掖在腰里,大家围着枪架锄地,随时应付情况到来。秋收时,据点出来三个特务，四下鸣枪，扰乱他们，他们即刻展开追击，战斗结束，回来照样干活。

他们除租种地外，还费了三十多天的劳动，把炮楼废墟翻耕出来，把封锁沟填了，得地三十多亩，一半给贫苦的老百姓种，一半留下给自己。每个战士平均在沟线外养种地三亩，成为望定支队在沟外生产以农为主的榜样。

战斗的时候又和老百姓拨工，肥料困难，在化装侦查或警戒时，战士们都背上粪筐，四月间，打下了两个炮楼，打扫了炮楼里的粪土，又给自己补充了好肥料。

在辛勤战斗生产的一年中，一共种了五十六亩谷子、二十九亩山药、四亩扫帚，秋收打了一万七百多斤谷子，四万多斤山药，值七万多元的扫帚，除了完成两个月自给外，平均每个战士分红三千元以上，每人每天吃到三两肉，每月杀三口百来斤的大猪，每月会三次餐，油盐菜都畅口吃，饭食常变花样，战士们的生活改善了。

望定平原有了这样好队伍，在军事斗争的胜利下，群众起来了，把望定的局面打开了，现在望定平原上，只剩下一个王家营的炮楼。

（《晋察冀日报》1945年1月26日，《英雄与模范》专栏）

侯松坡越狱记

周游

九分区战斗英雄侯松坡同志,今年二十五岁,年轻力壮,有勇有谋,现在是×××区队二大队的副排长,在冀中残酷的斗争里,不但在战场上考验过他的勇敢,而且在法庭上考验过他的气节。从他被捕一直到越狱脱险,我们可以看出他对革命无限的忠心,那种不屈不挠和钢铁般的坚贞,完全表现了中华民族英雄的本色。

四二年五一大"扫荡",刚开始不到几天,他就在郭四村战斗中负伤了,右膀子挨了一枪,养伤养了快一年,变成了残废。伤好以后,上级调他到赵县当联络站长。干了几个月,一切还都平安。四三年七月,他的联络站要挪地方,准备住在赵县城北十里地的史家庄。他的三个伙伴先到那里去找好地势,五天以后他自己才去。可是他到史家庄的第二天早晨,敌人就包围了村子。他和另外两个同志一同被捉住了。

来捉他的是赵县城里的伪军,他们一边打他一边问:"你是干什么的?"他答道:"我是逃难的。"这时,伪军中队长王某过来,不叫他们再打,张口就叫了一声"侯先生",接着就说:"我们也不是为别人来的,就是为你来的!你把那两架盒子拿出来吧!"侯松坡答道:"什么盒子,我连个烟盒子也没有,我是逃难的!"

一发现情况,侯松坡就把站上的文件和东西都坚壁了。敌人什么也没有搜着。他们把他带了出去,在门口碰着一队鬼子兵,一听是捉住了八路干活的,鬼子可就高兴啦,又把侯松坡带回原来住的院子里,捆绑着用三把壶灌了两瓢水,可是侯松坡还是说他是逃难的。敌人没法,这才把他往城里送,押在血腥的"红部"里。

五天以后,侯松坡第一次过堂被审。鬼子问:"你是干吗的?"

侯答："我是八路军!"鬼子一听就欢喜啦,又问道："你怎么到村里去的呢?"侯松坡答道："我头天半夜里跳进院子,赖在村里住,第二天就碰上你们啦!"在灾难中,他也没有忘记那些好老百姓,生怕连累了他们。那天在村里只说自己是逃难的,是为了自己,也是为了村里的老乡呵。

敌人追问他关于部队的情形,他就不说了。他说他和自己的部队早失了联络,什么也不明白。敌人打了他一顿皮鞭,仍又押回"红部"。

过了半个多月,他被送到宪兵队去啦。第五天上,赵县城里大特务头子郭贪块叫他到办公室里去,当时在座的还有一个日本教官。日本人客气极了,亲自给他端椅子,倒茶点烟,回头又拿来一些香蕉、橘子、点心等等,侯松坡一看,就知道这是来软的。他在监里已经蹲了不少日子,饿得够呛啦,不管三七二十一,吃饱了再说,他就乱七八糟地吃起来。吃完以后,郭贪块就开了话,劝他把心眼放活动点,随后又说什么"瞧我们吃的什么,穿的什么,你们官儿能抽上这前门烟吗?"一副狗样子,把侯松坡气坏了,当场就骂开了郭贪块："你老子要知道你今天会当汉奸,早在你一出娘胎就卡死了!"汉奸一听,一下就站起来,却被日本人制止住了,鬼子故意装出一脸温和,想骗取他的口供,可是侯松坡的话还是："我是个流浪人,跟部队早就失了联络,不用问部队的情形,我什么也不知道。"

日本人火啦,从后面屋子里搬出一个匣子来。那工夫,侯松坡可就表现土包子啦,他以为是让他听洋戏,实际上是要用电刑来治他。日本人再问一次,要他说出八路军的情形,倔强的侯松坡,连说了两个"不知道",于是日本人就从匣子上扯出两根铁丝,一根缚在侯的头上,一根缚在他的腿上,用手一摇那匣子,侯松坡便感到眼前嗤嗤嗤,火星乱飞。接着敌人又问,他还是说"不知道",敌人连摇几阵,电流通起来,闹得他浑身发麻,心里就像针扎一样,一下就死过去了。

一个多钟头以后,他醒转过来,头上腿上的铁丝都摘下去了,可是日本人见他醒了,又来重复他的问话,侯松坡的回答,照样还是"不知道"三个字,电刑一点也没有屈服了他。这时,日本人又把铁丝拿起来,侯松坡一想,反正是死,让自己先出一口气吧。当日本人面对面地要把铁丝来圈他的时候,他以无情的愤怒,照准日本人的脸,左右开弓,狠狠地打了两巴掌。站在旁边的汉奸郭贪块一看情势不妙,便大声嚷叫起来。立时从外面就进来十几个伪军,七手八脚地把侯松坡捆绑住,又给他套上了铁丝。挨了打的日本人,拼命摇那匣子,摇了一个不停,侯松坡又死过去了。这一次死去,时间可就长啦,从晌午到太阳落,足有七个钟头。

不管敌人用什么手段,软的也好,硬的也好,对于硬骨头的侯松坡算是没有任何用处的。敌人没法了,只好把他仍送回宪兵队去。

押送侯松坡的,是三个伪军,里面有两个是挂着盒子。走过大街的时候,侯松坡又说开话了:"哼,今天我姓侯的可阔气啦,有两个护兵跟着。"有个伪军要揍他,另一个伪军说:"这人也够呛啦,算了吧!"

住在宪兵队的监狱里,几天来没有什么事。过了几天,听到外面又抓来了人,就在侯松坡住的院子外面过起堂来。只听那人说,他是八路军,敌人问他为什么当了八路军呢,那人说,他是被八路军抓去当兵的。敌人听了很高兴,给了那人一件棉袄,并称赞了他一顿。

侯松坡听着,心里气极了。晚上,那个怕死的人钻到侯松坡的屋子里来住,侯松坡一脚把他踢翻,举起手就打,并斥问他道:"八路军多久也是自动参加的,你怎么说是压迫你当兵的?"同屋的人也附和着搞了他一顿。第二天再过堂的时候,这个人就变了腔调,说他是自动参加八路军的。

对于一道在灾难中的同志,侯松坡是非常关心的。曾有一个负伤被俘的八路军也在监狱里，侯松坡经常背他□去解大小便，发扬了高贵的革命友爱。

在赵县城里呆了一个月零三天，八月初，侯松坡又被押上汽车，送到□晋县"红部"去了。过堂的时候，他说的话和在赵县的口供是一模一样，日本人用藤鞭子打他，打折了三根鞭子，也没有弄出新的口供来。

那是一个大监狱，里面一共关了二十九个人。过了一些日子，有十二个难友被拉出去用刺刀挑在马棚里。不两天，又有四个被送往顺德，算上侯松坡，现在监狱里只剩下十三个人了。

有一天，侯松坡找布条做火绳，以便点烟吸，他把炕掀开，无意中发现炕头墙根有一个洞，他的心眼就活动开了。等死不如找活路，他就动员大家一块干，大家全都同意，于是从这天起，他们一面用两个人监视门外，一面大家用手挖墙。因为那是两道砖墙，旧的洞口只穿透一道。隔了一天，侯松坡去茅房解手，又找着了一个大铁钉，这以后，他们就使铁钉子作工具，慢慢地掏起来。掏了三天三夜，取下了五块砖。机会遇得很好，在最后掏的那天，刚好城里唱戏，隔壁那家房东，全出门看戏去了，因此洞挖透了，也没有被别人发觉。

可是波折还是不少的，比如十三个人中，有一个给敌人调出去了，大家都怕他会走漏消息。侯松坡用感人的话说服了他，他保证了出去一定不说。又有一个年纪较大的区助理员，心里很动摇，生怕出不去，又怕出了监狱也爬不过城墙，但是侯松坡软说硬说，也到底把他说服了。

在越狱以前，侯松坡做了周密的准备工作，每个人干什么，怎么动作，全都分了工。同时，把被子撕成布条，搓成绳子，以便作爬城或其他的用处。

半夜里，他们开始钻洞了，侯松坡第三个钻，墙洞的那边，是一张床，这家四口人，一个老头娶着两个老婆，另外还有一个八九岁的女孩子。侯松坡他们钻过去以后,一个个都蹲在床底下,可是当第四个人钻过去的时候,房东的大老婆发觉了,她起初以为是老鼠捣乱,起来划了两根洋火,一看是人,就吓蒙了,侯松坡往起一立,把床板顶翻。房东家里全惊醒了。侯松坡对房东老头说:"我们是借道过路的,你们也会知道咱们是干吗的,可别喊!"老头说:"好吧,现在你们就走吧,我不说。"侯松坡又说:"可是还得委屈你们一点,我们得绑起你们来,要不,敌人会找你们的。"房东同意了,大家便把三口子捆起来,把他们放在床上,压了所有的被子。

越狱的人们,每人都拿了一点东西作武器,如菜刀、擀面杖、棒棍之类。出了屋子,一个个都像破笼而出的猛虎,胆都壮了。他们穿过几条僻静的胡同和街道,摸到了城墙根。城墙上有一间小屋,住着五个没有带武器的伪常备自卫团,侯松坡和另一个同志跑到小屋边,吓唬住里面那几个看城的人,其他同志一个个都下了城墙。等大伙都过了护城沟,侯松坡这才赶上去。

就这样,十二个虎口中的难友,全恢复自由了。

在赵县城东,侯松坡找到了自己的队伍,休养了二十来天,身体壮了,他坚决要求上大队工作,以便在战场上找日本人算账。上级为了成全他的志愿,派他在三大队当班长。

越狱以后的侯松坡,在战斗上是越发勇敢了,在四四年三月的王庄战斗中,他猛打猛冲,用刺刀扎死了两个敌人,活捉了七个,自己个儿缴到了六支大枪和一架盒子。从四三年十月到四四年三月,五个月里面,他作过多次战斗,共缴到十一支步枪和□架盒子。王庄战斗以后的当天下午,他又参加石板桥战斗,不幸右胳膊负了伤,一直养了五个多月。九月间,他伤好归队,被派在二大队当了副排长。

(《晋察冀日报》1945年1月26日,《英雄与模范》专栏)

战斗英雄燕秀峰

魏巍　天辉

燕秀峰，二十二岁，冀中任邱县人，外号叫"燕嘎子"。

他十四岁上，因家贫参加了八路军，十六岁加入共产党。当过勤务员、通讯员，革命抚养他成人长大。十九岁那年，调他到手枪组，正赶上冀中区地区变质，点碉林立。五区不过四十余村，就蹲着三个据点、十一处炮楼。敌伪武装数量，超过他们十五六倍。他不管环境如何艰苦，两年多来，他始终一贯积极地努力，因而也获得了很多的成绩。这期间，经他捉放的伪军特务不计其数了，单说那人民最痛恨的特务，被他亲手斩杀的即有一百余名。经他担任突击攻克了的炮楼有八座，缴获了十二支步枪，八支盒子。

伪军特务们都怕他，临出门时还互相警惕："别叫燕嘎子打你的黑枪呵！"有一批反正伪军，知道他是嘎子，就指指点点地围上了他，问那次拿炮楼是不是有他？问某某是不是他打死的？他都微笑点头。最后，反正伪军说："过去可叫你给吓草□了！"

地下生活，度日如年

地区变质后，同志们失去了白日。地下生活，度日如年。有一次，他和一个伙伴，在王□遭五百多敌人快速部队合围。他俩钻了堡垒，敌人就掘洞，挖一截，他俩退一截。挖到差不多一天，眼看就挖到头，他俩无处可退，电棒打着、敌人吆喝着："出来吧！"那位伙伴，呼哧呼哧地出着粗气。嘎子想，今天非死不可啦。正在没门，忽然摸着一把小铲，看旁边像有一个填死的洞口，刨开，恰恰盛下两个人，就钻了进去，用土又堵上了。敌人走后，他们才从土里钻出来。

在这种环境里,同志们的脸黄了、眼红了,仇恨烧坏了人。

伏击白脖子

开初,他和同志们常用的是"挑帘战术",后来转变了战术思想——化装出来活动,打伏击,变成嘎子主要的战斗方式,而且他以那种可怕的大胆与突然性执行着这种方式。

去年秋天,八房的白脖可把老百姓腻歪坏了。老百姓咒着一个歌谣:

不怕神,不怕鬼(儿),
就怕碰见蒋顶水(儿)。

这天,蒋顶水等十三个白脖,一色盒子,骑着十三辆车子,溜溜溜溜地向鄚州(任邱北敌据点)飞奔。当两个尖兵驰过李庄子的时候,突然,一个人跳在这十三辆车子的正中。乒、乒、乒,打得车子站不住,走不了。

半响,一个被嘎子抓住又放回的伪军,才吃吃地说:"咱们缴枪吧!这是嘎子哥啊!"

初打梁召集

政委接到指示,派嘎子等六人到梁召集上,打死梁召炮楼上的大队长。到了集上,买了些葱、筷子,乱七八糟地插到口袋口。看见了好几个带枪的伪军,嘎子心里痒痒的,浓眉动着,眼巴睁巴睁瞅着。同伴止住他,专等那伪大队长。左等右等,不见影了,他就闷了起来,走着走着,面前突然出现了伪大队长和四个白脖。正要躲闪,大个子护兵一把将他抓住,问他:"你干吗?"

"我是赶集的!"嘎子说,腰往下就着掏枪,大个子伪军打了他两个耳光。

伪大队长和别的伪军齐说："捆起他吧！"

嘎子腰往下就着，大声央告着："老爷！我给你们磕头，我嫌怕！在村里，我就怕你们，这回我赶集，妈还嘱咐我，说不要碰见你们……"说着，连自己也不明白怎么这么快，掏出枪，砰的一枪，大个子护兵仰背倒了下去，又砰砰打完一梭子，那几个哇地趴在地上。

近处炮楼上也响起枪，打起手榴弹。

燕嘎子安然脱险。事后，才知道有汉奸报告。

化装入郑州

郑州的敌人，强迫老百姓去开会。嘎子等四个人，化了化装，天刚黑也就到郑州去了。一个老乡知道了他是八路，又知道了他是燕嘎子，高兴得很，说："正开会哩！我领你们去看看吧。"嘎子把老乡详细地盘问一遍就答应了。

月色朦胧下，老乡领着他们，看见一个站岗的白脖正在门前走来走去。嘎子紧走几步，想活捉他，谁知被发觉了，大声地问："谁？"嘎子答道："自家人！"说着，就扣了火。只听，大机头响起清脆的声音，打了空机。伪军听到扣枪机，发觉事情不好，端起枪就对着他，大声骂道："自家人为什么扣枪机？"嘎子说："我试试你的胆量，和你闹着玩呢！"伪军一愣，他随即又顶上了子弹，砰的一家伙，回头就跑。

第二天，听老百姓说："八路军打枪真有准，那家伙一嘴狗牙全给打掉了！"

虎口救人民

老百姓给政委说："你们快把郑州那三个收税的打死吧，我们快不能活了！"老百姓买卖东西，都得经过他，纳出重税，不然，就把你打得哭爹叫娘。

嘎子等三个同志奉命奔到鄢州集上。

说也凑巧，那三个收税的，一个胖的，一个瘦的，正分坐在桌子两边数钱；那个不胖不瘦的，正打骂老百姓，哄着老百姓好几十头牲口。老百姓忍气吞声地低垂着头，气黄了脸。

嘎子眼吐着火，"叭"的一枪，正打中那个打骂老百姓的家伙。嘎子的伙伴，也连发两枪，胖子和瘦子也倒在桌子两边，不动了。

又一次，八房楼上的一个特务，抢了一个大姑娘，正要上楼，他"叭"的一枪就把那个特务打死，把那个姑娘救下了。

斥退无耻诱降

嘎子染了一场大病，政委叫他回家休养。因为环境恶劣，有家伙就对他说："抗日抗出个什么劲，还不如做个小活哩！"

当家叔叔说："你上鄢州待待去，准吃香！在楼上先待着，以后反正也是一样！"但这遭到了嘎子的严厉驳斥，他说："我抗日好几年的战士，你叫我干那个吗？"

之后，他就转到了外村，敌人来捉也没有捉住。

区里决定捉他投敌的舅父。这时他已经病愈归队。政委问谁去。他马上接到："我路熟，我去！"他就领着区长政委，头一个爬过了房，叫道："奉林舅！"他舅一出来，他就把他生擒了。

深夜偷袭清河口

政委计划好拿清河口炮楼。

队伍在外面布置好，政委就让嘎子先进去，收拾那两个最手黑的家伙。嘎子和一个向导，在混蒙蒙的夜色下，爬过了外壕。这是夏天的午夜，壕沟里蚊子嗡嗡叫着。向导用手一指，他就爬上了房。看那两家伙正盖着被单,打着呼呼睡呢,可是枪都在怀里搂着。他就轻轻地扯那被单,扯开被单,又弯着腰,一只手拿着盒子,一只手扒拉那枪。一扒拉,一扒拉,就扒了出来一支。那一支他干脆一抽,也没有醒。

他把这两支枪交给政委。政委说:"上!"同志们就一拥而上。他就到了伪班长的门外喊:"光剩你了,快缴枪吧!"不大会儿,伪班长就把枪从窗口扔出来。嘎子说:"你那支搂子呢?"伪班长又扔出来那支搂子。

这次,总共缴了十八支枪,活捉了二十多名伪军。

白日戏袭大于村

大于村炮楼上有个贾班长,群众说:"这种六亲不认的坏蛋,抓住他,你们不打死,我们也得打死!"给他去信,他来信骂。这天,嘎子出外送信,恰恰碰见这个炮楼上也下来一辆车子送信。嘎子一堵他,吓得那个小伪军崽子直啼哭。嘎子卡了他的车子,又夺了他仅带着的几盘子弹,就扶着车把说:"我累了,借着骑骑。你回去给贾班长说,如果还要呢,就来信!"头也不回,一溜烟走了。嘎子回来,政委就接到了伪班长的来信,信上简单地说:"走着瞧!"政委就派嘎子五个人去打死他。

拂晓前,他们就化好了装,派那三个伙伴都到村公所附近埋伏。自己拿了镰刀,背了筐,走到炮楼底下割草。伪军们起床说话,他全听清了。一会就见两个伪军走了出来,说着到王约要菜金的事。他就悄悄跟在后面,看看离炮楼远了,他盒子一伸:"动!打死你!走,跟我到房子里待待!"他把这两个家伙送给同伴,就又到原地割草。隔一会,炮楼上又出来一个。嘎子背起筐就又悄悄跟在后面,走了一截,"动!"把他和刚才的两个家伙放到一块。他就又到那里割草。

隔一会出来两个八房炮楼的来客,也被擒住,并卡了一支盒子。点了点屋子里关着整整五个。这时,八房炮楼派一辆车子来找那两个"客人",也被嘎子的伙伴卡住。共是七个。后来嘎子又改了装,到原地割草。可是伪军已经发觉,指着他说:"打!他准是八路!"嘎子很快转移了。一回,他看见楼上的伪军正伸着脑瓜看他。他把盒子一举,那些小脑瓜像老鼠般地缩进去,待会,就又伸了出来。嘎子看着有趣,就走到另一个地方,拾起一支木棍向楼上瞄准。小脑瓜一伸一瞄,一瞄一缩,煞像一台小傀儡戏,把伪军弄得十分疲劳。可是伪贾班长还没弄到手,嘎子心里也是着急。他浓眉一皱,心里暗想:"你要真敢打我,我就跳到沟里和你推磨。"想着就挺着胸脯,走到落吊桥处,仰面望着炮楼大声喊道:"谁在楼上?"楼上问:"你是哪个?"他说:"我是燕嘎子!贾班长在楼上吗?"楼上有一个答道:"在。"他又说:"今天我们的队伍全来了,如果你不下来跟我谈谈话,我非把你这个炮楼戳倒不可!"贾班长虽坏,胆却不大,和一班伪军就空手下楼,落下吊桥,在吊桥上,伪班长满脸赔笑地说:"楼上喝点水吧!"嘎子上前一把抓住他,吓得他像长虫喝了烟袋油似的直颤抖着。嘎子禁不住笑了起来,说:"你哆嗦什么哩,走,跟我到屋子待一会儿!"这样就把他生俘了。

化袭石桥、石五集

前年冬,高阳、任邱敌进行"反共誓约"。石桥在任邱、文新的两交界,嘎子过去在这里活动较少,敌伪对他们不很熟悉。

这天拂晓,嘎子和其他四个同志,化装成四个"宪兵队"。政委叫他们走在前面,自己和十几个同志化装成"鬼子"跟在后面。燕嘎子穿得可阔哩,还戴着眼镜,一路包围村庄,三八枪叮叮当当地乱打,把老百姓吓得乱跑。走到石桥大乡公所,板着一副横样,烧水也不喝，说要打锣开会。折腾了好一阵子，估计炮楼上发觉了，就叫领着去楼上接头。

到了楼边，他凶里凶气地喊："队长在不在？我们是任邱宪兵队来接头的，快下来！"伪军们一听说是宪兵队，就吓得不知东西南北，就扑通扑通都下了楼，站在吊桥上，乓，打了一个立正，赔着笑说："辛苦啦！你们来得真早呵！"嘎子点了点头说："可不是，腰里还掖着饼哩！"伪队长也迎了来，一路进来，伪军一个个都打了立正。他像阅兵似的进了房子。

嘎子说："队长，请你给顶上的岗说，叫他特别注意。八路近来活动得很厉害。"说着，把头扭过来对跟来的李志华说："李志华，你也到顶上帮助站站岗。"李志华走了，就和队长开始了个别谈话，先问："举行反共誓约知道不知道？"又问，"老百姓都跑到近处了，知道不知道？"伪队长都忙说："知道！知道！"接着嘎子又客气起来："这不是任邱地界，我们本不愿来，日本子一定要来。后面，宪兵队长也马上就到了！"

"宪兵队长（日本）还来？"伪军队长惊恐地说。

"嗯，这几天他的脾气可坏着哩！"

"我去接接他吧！"

伪军队长带了个人出去了。他就在屋子里翻起来，东翻西翻，没有枪。忽在一个套间里翻着十支枪，他一下背了六支，背不了啦，就用嘎嗓子喊：

"拿烟来！"

自己的人进来，背上所有的枪。他又用嘎嗓子仰着头喊：

"李志华，下来吧！"

他们走到院里，顶上的李志华也把放哨的枪拿了下来。伪军们愣了。嘎子掏出了枪说："你知道我们是谁？我们是八路！"正在这时，这位"宪兵队长"（政委）也到了，那位出去迎接的客气的主人（伪军队长）也瞪眼了。政委说："别愣了，跟我们走吧。"这次共缴获了十一支枪，捉了二十多个俘虏，一把火烧了炮楼，作了"反共誓约"的回答。

押着这十一个俘虏走出炮楼的时候，炮楼外站满了群众。政委说："你们来干吗的呀？"群众说："不是宪兵队打锣，叫往这里开会吗？"同志们都笑了。政委说："我们是八路军，我们是来拿炮楼的，不是来开会的，改日见吧，老乡们！"

化袭石五集堡垒，更来得迅速。他们四个"伪军"，四支盒子，四辆车子，像刮风一样，一直卷到堡垒的近处，冲上吊桥，把十几个伪军都堵在饭桌上。被他抓过的伪军看见他惊愕着：

"你来了！"

"可不是吗，你们的枪呢？"

"在楼上。"

伪军还想拉关系，嘻嘻哈哈地拉他。

他把浓眉一扬，大声说：

"通我打死你！赶快收拾你们的东西去吧。"

这次共缴获枪四支，捉俘虏十多名，烧了炮楼。

这并不是说，拿炮楼是那么容易，而是说敌人怎么也挡不住我们，有千百万的耳目，闪电般的突然以及惊人的勇敢和机智！

他用类似的手段，和他的伙伴们一起，又拿下过大苟村公安局、八房、赵北口等处的炮楼。其他炮楼也惊慌地撤走了。现在他们区的炮楼已经全部消失了。人民又恢复了以前自由的生活。

人民最疼爱的孩子

敌伪把他当成"活阎王"，当成神奇似的人物。可是人民却把他当最可爱的、最朴实的孩子。这一带人民是多么疼爱他呀！要晚上他叫门，"谁呀？""嘎子。"那门便"呀"一声开了。人民关怀着他的一切。一次嘎子病了，转移到他不常活动的地区去休养。村长不认识他，问他叫什么？他回答说："我叫燕嘎子。""哟！你就是那个燕嘎子吗？"村长把他坚壁在一个最妥善的地方，怕他冷，给他屋子里生上火，把自己舍不得吃的给他吃。为了保守秘密，村长对一切人封锁了这个消息，但后来，不知怎么被几个老太婆知道了，问村长说："听说嘎子来这儿养病哩？""没有！""唉！好村长，让我们看看他吧！"老太婆不住地求告着，他们觉得照顾他，照顾这个好样的八路军，是自己的最大的愉快。在×村，一个年岁很大的老婆婆，听说他就是燕嘎子，连忙擦擦她的老花眼，说："好小子。过来让我瞅瞅你！"哦，竟把他看腺了。当拿下了那个村的炮楼以后，几百个老百姓围住他，看他。小孩子拉着手管他叫嘎子哥。

又一次，区小队和别的队伍住在一个村子里，因为疏忽，被优势的敌人包围了。仗打得很激烈，我们受了一些损失。敌人走了，几个老太婆哭着去找他的尸身。见他从一个门洞里出来了，几个老太婆高兴得叫起来，拉着他的衣服说："我的好孩子，我们为了保佑你们，已经给你们烧了好几炷香！"

(《晋察冀日报》1945年1月27日，《英雄与模范》专栏)

武工队长王树平

姚远方

一 敌进我进，八路军深入定易涞

四二年的春天，敌人进行蚕食，那时候，有许多组织精悍的八路军的武装工作队，深入到敌后的敌后去。在晋察一分区，平汉铁路穿过的定易涞平原上也来了一支八路军的武工队。那时候定易涞平原上正是人慌马乱，竖着抗日招牌当汉奸的赵玉昆垮了台，鬼子、特务、汉奸、土匪大发狠，从固城到高碑店，到处杀人烧房子，抢粮拉牲口，绑肉票，还请"财神"，捕捉抗日干部，实行伪大乡制，三两个特务背顶草帽就敢到村里横行，要肉要鸡，要酒要娘儿们，连老百姓的棉花套子也抢了干净，老百姓的日子真没法过。

八路军到定易涞，像是大旱天的"及时雨"，在群众中生了根！开头，环境残酷，部队怕暴露秘密，不敢到村里驻，防止敌人"压顶"包围，只好成天在庄稼地里钻，黑夜在湿土上睡，下雨淋着，露水搭着，湿溜溜的浑身上下尽是水，每天太阳出就盼太阳落，到天半黑子，就悄悄地突到村里，替老百姓锄祸害，摧毁伪政权，组织老百姓，动员坚壁清野，宣传抗日道理，帮助房东填圈、除草、扫地、喂牲口。定易涞老百姓长久被赵玉昆压迫得喘不过气，从没见过这样好的队伍，起先，说他们是"神兵"，接着把他们当作亲骨肉了。

这队伍三天两头儿打胜仗，把这块平原上二十多个炮楼打得七零八落，他们从敌人手里□□□来武装自己，老百姓把自己的丈夫、儿子交给他们，队伍越打越壮大，局面打开了，抗日政权建立了，汉奸土匪的凶焰压下去了。春天里，他们只有二十多杆破枪，到青纱帐起来，他们成了一支像样的队伍了。半年前的战士，都当了排长和班长了。

这一支经受过老百姓考验的、善于执行军事政治各方面任务的武工队，他们有一个分队长，就是战斗英雄王树平同志。

二 "得用嘴巴子打仗!"

王树平，二十三岁，河北大名人，受苦人出身，长得粗壮结实，走路稳健轻快，十几岁就参加了八路军的百团大战。他在下白头攻坚战斗里完成艰巨的突击组任务有功，荣获过英雄奖章；他有勇有谋，在战斗中善于以少胜多，巧袭炮楼，玩弄敌人；他所经历的危险真是"用算盘子都数不清"。每次遇险，他总是用机智战胜敌人而转危为安。他化装技术高明，化装特务就像个特务，化装老乡就像个老乡。他会装狗吠猫叫，会装公鸡打鸣，会扔土坷垃，会用手巴掌吹号，会用肥皂刻图章，他善于组织群众大会宣传。王树平说他自己："我们的仗不光用枪打，还得用嘴巴子打。"

定易涞平原上的年轻人和孩子们最喜欢听王树平讲边区故事，在最残酷环境，王树平能够在据点近旁召开户主会、士绅恳谈会、伪军家属座谈会，他向各阶层人民讲解国内外形势、共产党和八路军。他的话，打动人心，使人感动得流泪，有不少伪军家属，听过王树平的故事感动得把子弟从敌人手中夺了回来。他鼓动起年轻人组织火枪队，来"看家护院"。他给老百姓想出各种各样对敌斗争的办法。

王树平和老百姓很亲热，关心他们疾苦。他的村里，老人们围口他，年轻人自动给他放哨探消息。区里干部愿意和王树平一起下乡，因为跟他在一起很安全，又会帮助做许多工作。

王树平把武工队的战士训练得个个都有宣传的本领。在掩蔽活动里，讲演会代表了文化教育，他时常发动战士们作宣传比赛，使得每个战士都有两套武器:"用枪打仗,用嘴宣传。"个个成为优秀的宣传员,发扬了八路军"进出宣传"的优良传统。

三 "剥棒子的八路"是亲骨肉

腊月天,王树平过拒马河,腿冻坏了,在老百姓家里休养,土匪勾结了敌人把村里的一个老娘娘绑架走了,给三千元的绿票还不给赎。王树平拐着腿,化装作赎票人,提了一颗手榴弹,黑夜进匪窑,一个手榴弹把土匪轰跑,把老娘娘救回来了。村里人高兴得要给王树平吃白面饺子,王树平不吃,人们说:"你这人,白面不好吃吗?"王树平说:"白面好吃,来之不易呀!"村里人们感动得笑了。老娘娘高兴王树平把他当作亲骨肉,摸着他额头说:"你这孩子可好了,三千元赎不回来我一条老命,你一颗手榴弹就把我救了。"

王树平的队伍有很好的帮助群众做活的习惯,在打关门战的紧张日子里,还给老百姓除草、喂驴、起粪、填圈;打埋伏还利用空隙帮助群众劈柴;黑夜里,借月光给群众剥棒子。几十亩地的棒子,一夜就剥干净。老百姓把他们叫作"剥棒子的八路军"。这名字听说传得很□,保定和北平城内的敌人都知道定易涞有个"剥棒子的八路军",他们黑夜进村庄,做个暗记号,轻轻地叩门,里面就会□人低声问:"是剥棒子的八路军吗?"接着开水和熟米汤就端上来了。

"你敬群众一尺,群众就敬你一丈;你离群众一寸,群众就离你一尺。"王树平很明白这个八路军和群众关系的真理,他用这真理来教育部队,所以他的队伍纪律好。到老百姓家,房东没有允许,什么东西都不会有人动,就是票子放在席底下也出不了问题。队伍的纪律好,又为群众除害,老百姓自然对他们好。他们到哪里,军民都亲亲热热,战士们病了,老乡们给送水送饭,端屎端尿,就像是母亲对自己儿子。

四　战场上锻炼新战士

去年春末夏初，王树平只带了五个战士，四支枪（还有一支打不响的），伸到平原上去保卫麦收。这时候部队里要解决三个问题：一个是保卫老百姓物资，一个是提高新战士的战斗力，还一个就是枪。

王树平说："我们要提高新战士的情绪，第一炮一定要打响。"

在常安城与八个伪清乡队遭遇，王树平的突击组，看见别人缴到两支枪，急了火，即刻冲上前搜索前进，发现敌人□伏在一个老乡家里，老乡要求："你们要打就全打死他。"王树平答应了，立即上了屋顶进行喊话，这时候伪军在火力威胁下，哗啦啦地抛出了二支枪，王树平见了枪，正像他自己说的："把腿摔断了也要的。"他立即从高墙上跳下拾起了枪，又把自己的手枪，从伪军据守的房子的窗户伸进去，大喊道："不投降，就哒哒死你。"这战斗立即结束，他自己得枪三支，子弹三百多发，他把新的三八大盖换了新战士的套筒枪。

王树平化装老乡，背了锄头，在静安村的汽车路旁种地，专为逮捕敌人特务，王树平心里想："今天的大鱼准钓上了。"他就带着两个新战士，一来为锻炼他们胆量，二来为提高他们情绪。正锄地，伪特务队骑着车子来了，新战士吓得面焦黄，王树平一声气没哼，等车子到跟前，王树平盒子一比，堵住特务胸口："不动！"那特务即滚下车来跪倒在他们面前，王树平当下抓住这机会向新战士说："你看，当八路军多光荣，你们在家里成天挨他们打骂，现在敌人给你叩头作揖了！"

新战士欢喜得直默笑，早被他鼓动得忘记了自己姓什么了。

一次，王树平和几个新战士在河内的棉花地打伏击，定县城的敌人发现了他们，敌骑兵骑着马，从左右包抄上来，北河车站的特务队也从侧插过来，王树平把部队紧紧掌握在手里，看到新战士放监哨不牢靠，自己又去伴他。这紧张的一刹那，棉花地的上空掠过来几架又黑又大的飞机，庄稼叶儿震动得轧轧地响。冲过来的敌骑兵都伏在棉花地上匍匐前进。突然间，三里外的北河车站冒起大火，轰隆轰隆剧烈的爆炸声，像倒了大山，王树平这才知道那顶黑顶大的飞机是美国的，正在北河车站投弹，王树平当机立断，决定突围，他鼓动新战士，大声嚷道："同志们冲呀，今天咱们一定打胜仗，你看，同盟国飞机来配合咱们了。"

战士一听，蹦的跳起，跟着王树平，左冲右撞，战斗从被动转为主动，杀出了重围。

一次的胜利，新战士就多了一次经验，信心也就提高了。每次在战斗里，王树平有缴枪的机会，总是故意闪在一旁，让新战士去捡，这样更提高了他们的情绪，打仗也不发慌了。

麦子黄了，定易涞的老百姓要求八路军，把城里敌人的骑兵队和定县庐化南的伪清乡队，消灭掉，因为有他们活着，麦子熟了，老百姓是吃不上白面的。王树平就在九安庄和管庄组织战斗，两天过了，九安庄的老百姓用锄头捉住了两个伪军。知道庐化南的伪清乡队来了，王树平冒着大雨赶到九安庄，天刚露明，战斗就布置好了。敌人骑兵穿过庄稼地，咯哒咯哒就上来了，伪清乡队也出动了。王树平的队伍比敌人少四倍，不过他们现在有了一支老机枪了，王树平指挥着机枪向敌人的骑兵开火，第一枪就把一个鬼子打得落马，当下机枪就卡壳了。这时候，庐化南的伪军就践踏着庄稼地包抄上来，机枪打得尘土直飞，王树平立起来，鼓动新战士说："不要胆小，我早把脑袋掖在腰里干了，冲呀！听庐化南的破机枪又叫了！"王树平指挥特等射手，瞄准好路沟里的敌人，就对新战士嚷道："你看！"新战士猛一回头只见那特等射手的枪口微微间跳动一下,枪响!一个鬼子向前一头倒栽葱掉在地阶,中弹死了。新战士兴奋起来,也把枪举起,向王树平嚷道:"你看!"说时迟,那时快,一颗子弹出去,一个带洋刀的鬼子刚抬头就揍倒了。新战士鼓励着老战士,老战士鼓励着新战士,这样坚持着,激战两小时,把百来个冲上来的敌人压下去。就着这股劲,王树平率领着战士向庐化南伪军方向冲去,一个反冲锋把伪清乡队和宪兵队打哗啦了,敌宪兵队长伤了,伪清乡队长死了,敌伪伤亡三十余名,把庐化南的伪清乡队打得七零八落。这一次战斗在危急的情况下,王树平来往指挥,敌人发觉了他,嚷道:"朝这小黑子打,他是指挥官。"战斗下来,他的衣裳好几处被子弹穿烂,他满不在乎,擦一擦汗说:"这场战斗,总算把定易涞人民给的任务完成了。"

五 斗计谋以少胜多

王树平不但有勇,且善于和敌人斗智,出奇胜敌,在平原上活动,他断不了单个和敌人打照面,他在最危急的情况下,会转危为安,转败为胜。他最出色的,巧袭大仁、五里窑突围和高碑店诈敌的三次战斗,常被定易涞平原上的老百姓传为美谈。

在保卫棉花的日子,王树平和五个战士被三百多敌人三面包围在定县城□□五里窑,王树平凭着村庄顽抗,民兵们用火枪土炮增援他们,一直打到黄昏,打得全村烟雾腾空,敌人包围圈渐渐紧缩。王树平想法迷惑敌人,一□□朝四方向打,使得敌人不知道他们有多少人马。王树平和他伙伴眼看子弹快要打干,敌人"呀呀"地向村里拥进,在这最紧急的情况下,王树平镇静下来,计上心来,他即刻跳上屋顶,用手巴掌嘟嘟地吹起冲锋号来,高声大喊:

"一中队向南冲……"

"听我的指挥，二中队向北冲……"

"三中队向……"

在烟雾中，敌人辨不清哪里来的人马，有人就嚷："坏了，坏了，有号兵。"胆小的伪军就犹疑起来往后缩，王村平就着这股劲，打出一排子枪，带了战士突围出来了。

另一次，王树平出去侦查，被十来个"白□子"追到一条狭胡同里，刺刀明光光地就在背后，眼看就要追上了，他急忙把自己戴的一顶大凉草帽抛在地上，伪军都抢着要草帽，他一股劲就跑得无影无踪了。

王树平在高碑店活动，带着几个战士，全打扮得像伪清乡队，在方中炮楼跟前，□大队的伪军遭遇了，伪军尖兵问他们"哪一部分？"新战士□得心里扑通扑通，□□□，全□着王树平拿出办法。王树平神色不变从容地回答了是"清乡队"，伪军不信，一个尖兵提着大手榴弹上来了，王树平一个箭步就凑近了尖兵跟前，他心说："我挨近你，你想炸我，你也得炸着。"他接着很机巧地把伪军手榴弹骗到自己手里，把尖兵逮住，转回来了。

王树平处处给敌人摆下圈套，使得定县和涞源的敌人，好几次发生误会，双方也认为是八路军，混战了好几个钟头，"真是大水冲塌龙王庙"，自家人不认自家人了。

六　没有枪声的战斗！

武工队定下妙计，要拿大仁炮楼。

王树平化装特务送信，用肥皂刻了涞水城日本宪兵队的图章，叼着烟卷，哼着小调，乘着黄昏月色就接近到炮楼，他刚进铁丝网，

"哗啦"一声,伪军把吊桥高高地吊起来了。

"站住!干什么的?说实话!"上下五支枪对准了他的胸膛。

王树平眼看计不成功,心里想:"我一定要唬住他,唬成就唬成,唬不成为完成党的任务,牺牲也是光荣的。"他立即装作发狠,把足一跺:"混蛋,瞎眼,你看你老子是八路军冒充来的吗?你看,信,这不是写着面交杨队长吗?咱们都是中国人,为了吃碗干饭当汉奸,你是汉奸,我也是汉奸,你凭什么不开门!"

正说着,听见炮楼里枪栓哗啦哗啦地响,接着有人轻轻地说:

"扣火,扣火,打死他!"

王树平从容的挺直了胸脯说道:

"混蛋!打吧,我瞧你没有这样大的胆。"

这时候,远远地传来了一阵皮鞋声,顺着炮楼的大道上来了个恶汹汹的日本军官,王树平假装呜呜地啼哭起来了,他知道这日本人是他们支队长赵光明化装的。假日本一棍子打到假特务头上,假特务指点着炮楼跪下哭诉了。炮台的伪军怕惹出事来,忙把吊桥放下,开门迎接"大皇军"。

王树平和他的支队长进了炮楼,一幕精彩的滑稽剧开始了:

假日本嘟哝一句,王树平给翻译一句,吃过茶烟就装搜查八路军的宣传品,最后把伪军集合起来训话,没有露出一点马脚,伪军们都一一顺从了。

突然,王树平默笑一声,把盒子端出,大声喝道:"瞎眼!混蛋!你爷爷真八路军来了。"

伪军们吓成一团,真是"洋鬼子看戏□了眼",直打哆嗦,八个人就把八支枪交出来了。

这一场没有枪声的战斗,王树平和他的支队长把整个大仁炮楼端

回来了。

　　王树平同志的战斗作风是主动积极地进攻敌人,他机动灵活,出奇制胜,是建立在知己知彼、勇敢忠心的基础上,在最危急的情况下,他能保持沉着和镇静的英雄本色。

一九四五年一月二十日

(《晋察冀日报》1945年1月28日,《英雄与模范》专栏)

阜平合作英雄陈福全

周钧

陈福全，阜平高街人，今年四十四岁。十九岁上租了地主一斗租子的坡地，因地赖，种一年还不够地主的租，树叶树皮是他填肚子的东西。生活困难得无法过，才当了长工，所得工资很少，不能补助家里的生活，后来跑了一次"口外"，那里也没有穷人们的天下，找不到活干，又跑了回来当长工，可欠着。一年夏天，一场大水把他的三亩地冲了精光，第二年春天生活实在困难，饿得他瘦黄的脸，腰也挺不起来，两口子商量着，把个六岁的女孩子卖了三十六块钱，才渡过了这个难关。他共做了十三年长工，直到七七事变那年止。

七七事变后，共产党八路军来了，实行减租减息，扶持修滩，他才由长工变成农民。群众选他当了工会干部，他立场站得很稳，领导雇工，向地主作斗争，坚决执行半实物工资制。他直爽负责，在群众中威信很高。去春毛主席号召组织起来，开展大生产，不但他作了家庭计划，全村也作了生产计划。秋后总结，他超过原计划，多打粮食六点七大石，增加款三千元，由贫农上升为中农了，因此生产工作更加积极。

陈福全办合作社

高街合作社去年只有股金四百多元，干部不负责任，没给群众办事，威信很低。二月里选他当了主任，马上进行整顿，先把四年的糊涂账算清，分了红利，威信才树立起来，后来又扩股一万一千多元，开始扶持灾民生产。因为去年被敌人破坏很厉害，有一部分群众，粮食被抢光了，勉强混到旧历年，到二月实在混不过，孩子们饿得哭着

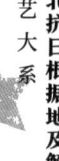

叫娘。有的户没吃的掀不开锅,嘟囔囔:"逃到代县南山吧!""到西大道托人借点款,何妨利大点。""没吃的,种不上地,得饿死呀!"陈福全先到区社借了五千元,买下粮食、红枣,分给贫户,安定住情绪,接着扶持八户灾难民卖豆腐,每户供给豆子二斗作本;七户作运销,维持了生活,这个难关才算渡过去。后又□出羊七十三只、小猪十一口以增加肥料。

春耕前人民都愁着没有农具,合作社收买群众碎铁八百多斤,到城里定打农具六十多件,原价卖给贫苦户。耙子全部被敌人毁掉,群众自己找木匠做,工人缺乏,又费工,合作社先登记数目,找了一个木匠,群众出材料,集体代做,贫苦户给不了工资,社里暂借,麦秋后再还,接着把籽种的问题也解决了,全村的土地才按期播种。从此,合作社才得到了群众的拥护,看成是自己的经济组织。一次,一个妇女在买东西时,偷了一根针,被别的妇女看见,即报告村干部,好多妇女对她进行了批评。

合作社以农业生产为主,高街村沿着大沙河,水地较多(每人平均二亩多),想着改善生活,必须响应毛主席的号召,组织起来,精耕细作,因此合作社的主要业务,就是帮助群众种庄稼。为了领导上步调一致,合作社添了生产委员一人,领导拨工,干事一人(女),领导妇女做鞋及其他副业。春耕开始就组织起拨工组三组,一个自然村为一组,因为是干部指定的,不起作用,在二十天里只拨工一百零三个,几次督促也不沾。后来利用民校作调查,征求意见,大家都说:"组这么大,闹不过来,感情不好的在一起,组是白闹,强的弱的一起拨工,不公平。"这才发现干部指定有毛病。第二大自由结合,重新组织了二十三组,才拨起劲来。能生产的儿童二十四个全组织起来;男整劳动力一百零二人,组织了七十八人;妇女八十三人,组织起四十七人。不过一个月有四组垮了台,原因是贫的给富的拨了很多工，富的返工，贫的用不开，长期欠下来，贫的感觉还不如当短工，能立时得工钱，维持生活。于是民主规定了工资，小组里记工，十天齐工一次，用实物或款清工，贫户清不起，社里垫付，这样又拨起来。正在拨工做活，不是干部有事，就是组员支差送信，大家觉着无法闹，他研究出"化整工为零工"，一天分为五小工（早晨一工，上午、下午各二小工），有事可随时退工入工，按干的工夫分小工记。

拨工做活的办法是一组的人，先给一个人做。因为土地零散，地块小，村西做完上村东，来回跑道，浪费工夫多。有时村东的活做完，回家吧还早，到另一块地，走到天也就黑了。他创造出"零拨整还"的办法。在一道山沟里或"成地"里做活，不分谁的赶着做。本组的地做完了，天要不黑，就给别的组做，按地块大小，草多少评工记工。去秋，根据前年反"扫荡"的经验和群众的意见，又把拨工组变成了抢收队。在战斗的情况下，按群众逃散的地点，组织临时的拨工组，收割庄稼，一人拨一天，轮过一遍就算拨工；如果后收割的被敌抢了，先收下的粮食变工分，这样平时战时都能坚持。根据四个月的统计，共拨工四千二百个，省工八百多个，少雇短工九百多个，多打粮食二百大石。

组织妇女作卖鞋

高街村副业不普遍，全指着养种地，只有少数几户到城里卖零食，在农闲时妇女们做过了饭，拿着点针线活，支支应应，聚在一起东长西短闲聊天。今年开展大生产，妇女们也得组织起来干。"作卖鞋吧"，干部们商量好了，先抓住了一个积极分子赵国凤做样子，合作社供给原料，推销成品，半月的工夫，做成了七双（底子是以前做好的），赚了六百三十元，当下买了一疋布，缝了一件新衣裳。她到处宣传："作卖鞋吧，我半月赚了六百多，比干什么都好！"这一下把妇女的情绪启发起来。这时合作社为了刺激鼓励做鞋，不惜赔本，原料大减价，每尺布减八元，每斤破布减六元，一张"各柏"减五毛，做鞋组由十三人增到四十七人。他为提高鞋子质量，多叫社员得利，改良样式，底大帮小，鞋底五十行一千八百针，鞋口对针齐，鞋帮上密纳，前五后四中三道，每双约一斤二两，造出标准鞋，让大家互相比赛，质量一天比一天好。组织妇女技术变工，会纳底的纳底，会配帮的配帮，各人发挥各人的特长。鞋价民主评定，召开全体做鞋组员组长开会议定，作出价来，谁认为价低，可拿到集上另卖，卖不了，合作社再收买。今年做鞋七百七十双，得利六万多元，光赵国凤今年靠做鞋买了二疋布、一个小猪，解决了一年的油盐，还入了二百元的社股。因为开展做鞋，把个懒婆池占贞也改造过来。

推广优良籽种

在秋收中，陈福全领导全村田间选种（有四十多户），推广马牙白玉角、保定府高粱等优良品种，实行小麦浸种。村社干部先学会，然后分片帮助群众浸，有的百分之八十浸了种。他领导群众实验用黑豆作肥料，作用很大，把他实验的经验也告诉大家："用生黑豆渣同麦一块种，黑豆的油一浸到麦粒上，麦苗就不出了，炒了的整黑豆好。"今年全村共用黑豆一千七百多斤。利用生产贷粮，推动社员作生产计划，自己作了，帮助别人作，在麦秋前全村都作了一年的生产计划，秋后总结百分之八十三的户完成了计划，有四十多户超过计划。

推动了文化卫生工作

春天合作社动员儿童社员起模范先入校，作用很大。"四四儿童节"，合作社买了一部分石笔、铅笔、纸等奖励模范儿童，大大鼓励儿童的情绪。组织群众上民校，在拨工当中进行识字学习，成绩也很好。现在高街的男女青壮年，不识字的很少了，学习最好的能识五百来字，不沾的也能认七八十个。教育社员讲卫生与集肥结合，每天打扫屋院，经常打扫街道，并号召每户一个厕所，一个猪圈，勤填土多集肥。优抗工作：抗属买东西，减价百分之五；夏天帮助抗属压绿肥八百担，动员社员给抗属刨荞麦五亩；在籽种、农具等方面都特别照顾。

陈福全办剧团

陈福全同志兼任村剧团团长，他虽然是老粗，可是爱好文艺，搞起剧团蛮有劲，工作很活跃。今年因为开展了大生产，高街村的人们吃得饱穿的也暖了，满面红光，胸膛也挺起来，想娱乐娱乐。大家提议，演演自己的事，群众说："好！过去咱们受的压迫，现在翻了身，谁做过的事由谁出角，穷人们也乐乐吧。"于是集体创作了《穷人乐》《作模范》，内容和表情，真实又生动，深得群众的好评。

（《晋察冀日报》1945年1月30日，《英雄与模范》专栏）

彭雪枫同志略历

新华社

新四军第四师前师长彭雪枫同志,河南南阳人,幼年家贫,中学毕业后即无力升学,考入西北军军官教导队习武。一九二五年,雪峰同志经唐从岭同志介绍,在北平加入共产主义青年团,一九二七年转为中共正式党员。在大革命中,雪峰同志在西北军中工作,大革命失败后,曾先后在天津、上海担任党的工作。

一九三零年春,雪枫同志由上海被派往红五军工作,在湖北阳新县任五纵队七大队政治委员,同年七月,红五军进攻长沙,部队扩编为第三军团,雪枫同志升任红八军第四师某团政治委员。一九三一年,随军进入中央军区,又升任第二师政治委员,曾一度进红军大学学习,后改任中央革命军委会第一局局长,继任江西军长政委。长征中,雪枫同志先后任第五师政委与师长,部队缩编后改任团长。到达陕北后,又升任第三军团改编的一方面军第二纵队纵队长。一九三六年春,红军渡河东进时,雪枫同志任第四师师长。回师后,入红大第一科(培训高级指挥干部)学习。

西安事变后不久,雪枫同志奉命前赴山西进行统战工作。抗战后,任八路军太原办事处主任。一九三八年初,又调任河南竹沟新四军后方留守处主任。徐州失陷后,雪枫同志在竹沟集合抗日干部三百余人,成立东进游击支队,深入敌后,活动于睢、杞、太(康)一带,在积极打击敌人团结抗日军民中,获得飞速发展。一九三九年春,又率部向徐州方面挺进,在永城、亳州、涡阳一带,建立了抗日民主政权。同年夏,继续东向,展开蚌埠、□□、怀远、蒙□区之游击战争。后与皖东张爱萍同志所部会合,共同开展了淮北抗日民主解放区。一九三九年冬,部队已发展很大,改编为新四军第六支队,雪枫同志任支队长。皖南事变后,六支队改编为第四师,雪枫同志任该师师长,兼淮北军区司令员,直至壮烈殉国时,仍任该职。

(《晋察冀日报》1945年2月6日)

苦心钻研的牛步峰

——报社印刷厂劳动英雄

仓夷

打破老一套，研究代用品，创造新办法，克服种种困难

我们处在战争中的农村，工业比较落后，往往因为一件在工业发达的地方看是轻而易举的事，却□我们很大的困难。因此，我们迫切需要打破老一套的思想，研究代用品，创造新办法，要克服横亘在我们工作前面的障碍。这位两道浓眉，个子瘦高的青年劳动英雄——牛步峰同志，就是本着这一精神，在晋察冀日报社印刷厂工作了六年。

六年之间，经牛步峰同志的努力，克服了印刷厂里无数的困难。很简单的事情，因为买不到桃胶，造不出石印药纸，石印就要停工。他很快就想出办法，用桦树皮和海带水□□□的代用品。在当地找不到桦树皮，就自己跑到一百多里路以外的地方去弄。汽灯的"喷嘴"摔坏了，一下子买不到它，□不上汽灯，工作又要受到影响了，他就用铅皮剪了一□"喷嘴"代替，也能用了。他研究了用"铜边"代替"铅□"，使报纸的周围的边线保持了笔直美观。他到修械所修理工具，看见他们拉锯时用肥皂水代替油，回来他试验用水代替油，成绩很好。过去锯钢用油，每根锯条只能锯两条铁轨，改用水后，能锯四根。类似的事他做了许多。一九四〇年反"扫荡"，报社还是驮着铅印机坚持出报，一架铅印机，要用七八头驴子驮，目标很大，行动缓慢，转移不□□敌人飞机追着我们轰炸，大道不敢走，小道走不了，给我们工作的困难，实在大得很。反"扫荡"结束后，牛步峰同志就接受上级交给他的任务——"创造轻便铅印机"。上级当初只

是要求"□□□□机轻，比石印机要印刷快的一个机器"，这样好坚持反"扫荡"中的出报工作。他和别的同志开始试做，第一次失败了，第二次又失败了，到一九四一年红五月全社大突击中，才成功了第一部石印机改造的铅印机，重四百斤（原来四开铅印机重二千斤），得到报社的劳动英雄的奖金。经过一九四一年反"扫荡"，战争环境更加残酷了，上级又要求他们继续减轻印刷机的重量，他和工友们又设法仿造了木质铅印机，只有八十斤重，两三个背夫就可以背着打游击。前年秋季三个月最残酷的反"扫荡"战争中，我们就是用这架铅印机，在日夜行军、炮火连天中，坚持出版了四十期的日报。在那次反"扫荡"中，因为中心区战斗行军太频繁了，没有时间出版，我们的这支文化队伍，曾经转移到五台的"无人区"。在那里住房、吃饭、用具，都很难找到，而偏偏在这个地方，把印刷机的大轴折断了。没有工□，没有石炭，没有□，眼看我们的工作要停止了。大家都很着急。这时，牛步峰同志□□想出办法来：把一位同志带的一把小刀，打成一个钻头，做了一把木钻，向老乡说了许多好话，买了几根炉条，打成帽钉，把折断的大轴用帽钉接上；打小刀、帽钉，没有石炭，他就用木炭代替；很快又把机器修理好，报纸继续印刷出来。

先模仿、改造，再创造。苦心钻研，不怕失败

工人们喜欢和牛步峰开玩笑，叫他为"百求知"；因为各种困难，他都有办法克服。但是这克服困难的精神，不是简单容易的事。牛步峰告诉大家说："我原来是学石印的，二十三岁那年来到报社（今年二十八岁），上级要把我培养成机工。我没有见过机工，上级叫我干，我就尽力干，干不了再说，先修理房，什么工具也没有，只有两只手、一把锉、一支钳。上级又计划做洋铁盒（装油墨用），我

只见过人家做，自己没有做过。第二天到城南庄，掏了二十块钱，买了一套烙铁工具。嘿，烙铁衔不起锡汁，我跑到阜平城里，去问做洋铁活的师傅，师傅们不肯教，只说是慢慢做就行。回去我就试验，两三天以后，烙铁衔起焊锡汁了，可是锡汁黏不上洋铁，自己没有化学知识，不知道用盐酸，只说是用煤油，用醋，用酒，弄出许多笑话。后来才知道用盐酸，慢慢地就学会做洋铁活了。"

他学技术是眼到、心到、手到。每到一个工厂里，他就先看看人家机器的构造，看人家机器是怎样动的，自己虽然文化很低，各种机械原理不懂，但是拦不住多看，多研究，多实验。报社印刷厂□立机务□，安置了马达，安置了天杠地杠，但是找不到一个熟练的工人，烘炉码起来了，连个土铁匠也不容易找到。牛步峰没有做过这个工作，可是上级说："你学着做，坏了材料，也没关系。"他学起铁工，机器一坏了零件，印不出报，他就急着修打，掌钳掌得不熟练，一打就把红铁掉在地上，心里着急，忘了□钳，就用手指把红铁拿起来；上级叫打螺丝，锤子不听话，打得歪歪扭扭，他用心地打下去，不灰心，两个月以后，烘炉上的一套工作初步学会了，螺丝也打得比较规矩了。

一九四二年，行政上计划做一部圆车（铁工用），叫牛步峰到四分区修械所去画图样，自己心里感到很为遭难。文化限制，怕画不成。但是人常说"只要用心，不怕学不会"，有的是破纸、铅笔，画吧，画成了。回来和三四个工友一起研究，上级计划三个月完成，结果半年也没有完成。后来到工具厂去买了一部圆车，没有圆车工人，自己不会使，牛步峰就到工具厂去学习，专门看他们怎样动作，只看了四天，因为上级叫他快回厂参加整风，没有多学，回去就自己琢磨练习，两个月左右，把圆车的一般技术也掌握起来了。

在研究创造轻便铅印机的工作中，他第一次是利用石印机的构造，用铅字印，试验结果，印出的不但太慢，而且根本模糊不清。第二次仿造大铅印机的构造，用一些木头代替了铁的零件，也失败了。这就使他很着急，甚至一宿一宿地睡不着，躺在炕上想来想去，想到"利用□轴转动大概没有问题了"，结果白天一试验，又失败了。有些工友说："造一部机器，至少也得上几年技术大学，土包子不沾。"但是他却把全部的精力放在这一工作上，甚至在做梦中，他都会惊喜起来，摇着他身旁的伙伴说："伙计，行啦！"他梦见自己制造的机器转动起来，而且印出了很清楚的报纸。第三次，他研究出用扇形的拉杆作用，把轻便的铅印机造成了。重量比大铅印机减轻六分之五。重量虽然减轻，可是因为初次造成，有许多缺点，使印刷的同志增加了许多困难，有些同志很生气，说这种"牛牌造的机器，趁早别使用了"，一有毛病，就用锤子故意砸。牛步峰心里痛，可是也不发火。在反"扫荡"里，机器经常坏，他一夜要起来修理好几趟，有时很小的毛病，同志们也要把他从被窝里叫起来修，他每次都起来，把机器修好。反"扫荡"结束后，他就把轻便铅印机更往好里改造，容易出错的地方，改用铁的，减少印报中的困难。

  牛步锋在总结他的研究创造的经验时说："在各种创造中，上级及时的鼓励是非常必要的。在我完成轻便铅印机之后，上级给大家解释说：这机器虽然很粗糙，但是它是'无声大炮'，起的作用很大。它给敌人一个很大的打击，在残酷的战争中，它仍然不能阻止我们报纸的出版。同时国际友人对我们能在反'扫荡'中坚持出版报纸的事业，也很钦佩。上级的这些解释，给全厂工友很大的鼓舞，不再轻视自己所做的工作了。"他还很有趣地告诉大家："在碰到钉子的时候，有时非常气愤，摔掉了锤子，躺在床上，好久说不出一句话，可是这并不是灰心，休息一会儿，又把锤子从地上拾起来。有时困难很难解决的时候，同志们就说：老牛给你吸袋烟吧，吸袋烟想想。真的，蹲在墙角吸袋烟，用心一想，办法就出来了。"

改造工具，传授技术，一切从建立长期革命家务着眼

一般工匠主张："技术决定工具。"就是要把工作做好，首先要把技术学好。牛步峰却主张"工具决定技术"，就是要把工作做好，首先要改造工具。像在案子上，要锉平一件东西，技术差的锉不平，他就设法把东西用一个工具夹死它，它不乱动，技术差些也可以锉平。其他零零碎碎经他改造的工具，不在少数。在烘炉上，过去拉风箱的和掌钳的同在一头，因为人少抡大锤的兼拉风箱，人搁了锤，又得转过去拉风箱，很费事，他把拉风箱改在和抡大锤的在一头，起初土铁匠觉得不合老习惯，很不满意，后来看见方便得多，才不说话。他烘炉上有些土铁匠，爱好旧习惯，打个毛皮时得用锤子叮叮当当地打，废了许多铁皮，□费时间，他也把这个习惯改了，打毛皮时只用一锤打。

牛步峰起初对待新学徒的态度是有缺点的，他很坦白地说："我在旧社会里受到旧式师傅的传染，□总有一些臭架子，后来受到党的教育，就没有那些思想了。我对学徒技术帮助，是诚心诚意的，老老实实的，自己会什么，教什么，自己毫无保守的思想。在以前时思想未打通，表面上虽说得漂亮，实际上还没有把全部东西教给人家，总觉得自己多一手好。现在我是希望别人要能比自己高超那就更好了。"

他们机务组里有七个人，两个上了年纪的当木匠，其余五个人，过去多是只懂一门，现在有四个都学会掌握圆车、案上、烘炉、木工、洋铁、小规模的□铜等工作了。要不然，因为人少，有一个同志病，那一门的工作，就没有人做；有时这一门的工作多，那一门工作少，也不好调剂；再就是每个工友都学会更多的技术，也是好的。他们七个人，团结在一起，工作的产量和质量一向是高涨着。

牛步峰把他的工作室，安置成□□□雅净的□□□□。地上打扫得非常清洁，各种工具放得整齐有秩序。烘炉旁有一座大工具架，分好几层，各层分□着各种大小锤子、螺丝规矩、钳子，旁边写着工具的名字，并在架子旁黏着"工具用完要放回原处"几个大字。用时不费时间，谁都能找到，打游击时容易收拾，丢不了工具。案上放工作钳工具箱。画图仪器、尺子、各种零件小工具，都分装在各层小抽屉里，比放在一个大抽屉里好找，不容易碰坏。他在改造工具、传授技术、保管工具上，一切都是从建立长期的革命家务着眼的。

从个人的钻研创造，走上集体钻研创造的道路

牛步峰的出身，非常贫苦。家住山西代县。十一岁时死了父亲，十五岁时在面铺里当学徒。他曾经被师傅毒打过，也曾经因为天气冷，抄着袖子在街上走路，被日本兵毒打过。家里只有一个年迈的亲娘，度着寒苦的日子。在抗战初期，牛步峰离开家乡出来参加工作的时候，还不认识共产党八路军是干什么的，只是简单地认为"共产党穷富不分""八路军对老百姓态度和气"。在七八年来革命工厂的培养下，现在他的政治认识大大提高了，他得到革命的好处，他也忘不了革命所给他的好处。

他明白靠一个人的力量，做不出更多的事。他说："我曾经犯了个人英雄主义和锦标主义的思想错误。研究什么东西，不肯征求人家意见。有些同志讥笑我说：'你是能人，化学脑瓜。'这都是我自己的不对。要是把每一件研究工作变成群众性的工作，让大家来做，这样成功就会更快。所以我在第一次制作铅印轻便机时，我一个人做，做了八个月；第二次试做时，八个人做，八天就成了。所以我觉得研究工作不要脱离群众，多多征求同志们的意见，自己研究的不怕人家看见，自己想到的多和同志们谈，一切为大家的利益出发。我们的工

作，我们的技术，都是为革命服务的□。"

有些同志称赞他的成功。他说："这算不了什么，将来新社会发展到电气化的时候，我还差得太远呢！我没有知识，应当到工作中去找，去钻研，向大家学习。"

在造"铜边"的时候，他就做好了"铜边"的模子，把铜熔化了，却怎样灌也灌不进模里去，他当下想不出办法来，就找工友们大家讨论，你一句我一句，把经验总结起来，实验一次失败了，再实验一次。最后他们在模嘴上加了松香和□皮，就把铜汁灌进模里，又经过几次的改造，"铜边"的成品很好了。

工人能□研究创造，领导□要鼓励帮助

在工厂英雄小组座谈经验时，好多英雄同志听了牛步峰同志的报告，都发表了自己的意见。一个女工英雄说："牛同志这些成绩，只有苦心钻研才能得到，我过去工作不用心，平时说要好好干，一到工作就变了，不沉心。"一个枪工英雄："我过去干□很行，老觉别人的好，影响自己的创造性。钻研创造要从本职上发展，求一门精通较好。牛同志经常注意各种机器，非常对。看人家的机器怎样发动起来，以后凑起各种机件，就可□用。我是修枪的，叫我去苦心钻研印刷术，就不好，这□分□了。"又一个青年英雄说："研究要看上级实际需要，有人在兵工厂里研究做小□碗的办法，上级不需要，白费了许多材料和工夫。"牛步峰同志这种钻研创造的具体成绩，已经给"研究发明只是技师的事，工人不可能发明创造"的不正确思想，作了一次矫正。

牛步峰的苦心钻研，能获得这些成绩，又说明了一个极其重要的问题，也就是领导上要有计划，□□帮助和鼓励研究者。好多工厂英雄听了牛步峰的报告，都认为"上级应根据现在的要求和发展的前途，向工人同志说明发明的目标。"有些英雄同志说道："因为领导

上的不关心，自流，怕失败，甚至自以为是，阻碍工人同志的钻研创造性的发挥，使我们的工业，受了不少的损失。""只把任务分配下来，不给预备材料，单纯下命令，不给帮助，只许成、不许败，未败他的脸色已经不好看，败了就更不好看。要研究又怕出钱，怕捞不回本钱。成功了不是鼓励，反而说泄气话。"领导上是有这些缺点的，有些领导干部爱面子，摆架子，不了解下层情况，看不起工人发明的东西，明明工人这一创造很好，也不很好奖励、采用和推广，使工人因此而灰心，阻碍了工作的进步。这些教训，值得领导上深刻的检讨和转变。应该确信：工人是有丰富的创造性的，把工人力量更好地发动起来，我们的工业生产品一定会更多更好，任何困难，我们都能战胜。

一九四五年□月二十日

（《晋察冀日报》1945年2月6日，《英雄与模范》专栏）

矿工英雄杨东来

萧也牧

边区胜利煤矿劳动英雄杨东来，今年二十八岁。他家里，爹是一个瞎子，娘也已经老得不能动弹，哥哥死后丢下一个十一岁的侄子和一个八岁的侄女，全家五口人挤着一间破屋子，全靠杨东来一双手来养家糊口。

杨东来十一岁就下窑背小筐。那时候窑还是资本家办的，从窑底到窑口足有二里多路，背上压着四十来斤重的煤，窑道很低，只好爬着走，正好比是一条没尾巴的驴。掌窑的（工头）拿着荆条跟在后边，满嘴亲娘祖奶奶地发难。一到息工钻出了窑口，连腰也支不直，老阳晒到皮肉上边，好像针扎一样发痛，成天卖命干，一天只挣二十来个铜子。

抗战后，来了八路军，窑上成立了工会，杨东来当了工会的组织委员。起初矿是由工会经营的，后来改成了公营。最初每天只能出七万斤炭，公家亏了本。杨东来知道现在做工是为了革命，和过去给掌窑的做工不一样了，所以他时常思摸怎样才能使生产量提高。

上级提出每天出十万斤煤的号召，杨东来就提出只有改造"行道"才能达到这个目的。因为从窑底到窑口，是一个斜坡洞，爬上爬下也真是费劲，九十把"抽水"来回乱跑，还是忙不过来，要想出炭多，就得先改良"行道"。要是平着地面，打一路直道，再通到窑底下去，那就能达到这个目的。于是就和工人同志们讨论，大家觉得这是一个好办法，就把这计划向窑上建议，上级采纳了这个意见。

花了几个月的工夫，平道开成了。道是平的，上面又安了车轨，炭就可以用车推出来。往先，就按背箩筐的说，一次最多能背一百二十斤，可是现在一车就能推四百八十斤，增加到四倍多。抽水工也从九十把减到五十多把。全窑每天出的炭就从七万斤增加到十万斤。

杨东来还嫌出的少，就提议把按时记工改成按件计工，窑工们把这种方法叫"打煤斤"。谁出的多工钱就挣得多。大家都同意这个办法。窑上就实行了这个办法。这样一来，工人们的生产情绪也就大大地提高了一步。每天的出产量增加到十三万斤。杨东来自己，一天就超出一千斤。工人们的工资也比以前挣得多了。同时，往先有些工人背的时候不实在，筐里反正装上一些，背够遭数也就算了，实行了"按煤斤"计算以后，这类现象也就消灭了。

往先因为打镐工人使镐不得法，老是往棱棱上打，这样，棱棱愈□光，打下来的也尽是些烂炭面。杨东来用的法子：不打棱棱，找着有隙缝的地方打上几镐，从煤层的下面挖空，再从上面打一个炮眼，用火药一炸，大块的炭就下来了，又不费劲，又打得多。杨东来自从采用了这个新的打法以后，数量上也就增加了。

在最初用车推煤的时候，一车推二筐，八个钟头推五十多筐，有些工人们不高兴，嫌活儿太重。杨东来就领着大家干，试验试验，到底能推几车推多少筐，结果，杨东来一车从三筐增加四五筐（有六百斤重）。□□□□头□□□十三□。工人们受了杨东来的影响，跟□□□了。后来工人们就自动规定：一车推四筐，四个钟头推十一趟左右。

在窑里打镐的工夫，到了危险的时候，岩石陷落，不小心就会把人压死，就帮着去修抬顶木；煤层不结实，煤沙下流，阻碍了交通，班长就常叫杨东来去修理。因为这是只有杨东来那样的熟练工人才能办到的。

杨东来做的多说的少，碰到困难自己就先走到前头去。因此，就是有些不服气杨东来的工人，也都心服嘴服了，大家都觉得杨东来确实是一个好样儿的。

一九四〇年反"扫荡"，在打游击当中，□上碰着了三个病号，那是工会里的干部。那时候敌人正在搜山，病号们连一步也走不动。杨东来赶忙丢下害病的哥哥和瞎眼的爹，背了病号去打游击。等到安顿好了回来，哥哥已经死了，杨东来一句怨气话也没有，倒是觉得救活了三个干部，为革命做了工作。

一九四三年敌人来"扫荡"，情况非常紧张，眼看敌人就要围住村子，人们都跑了，窑上的棉花、绳子、三百斤海盐……都还没有坚壁，杨东来知道工厂的东西更重要，如果损失了，煤窑就要受到影响，至少也是不能很快复工。于是他决心不管家，把矿上的东西都背回去坚壁了，自己家里的东西，来不及坚壁，给敌人烧掉了。

年上大生产，杨东来每天都起得很早，窑上做完八点钟的工，还攒工夫拾粪，抽空养种了点子庄稼，秋后打了一石多粮食。今年全家五口人，也就可以有吃有穿了。

一九四五年一月十四日

（《晋察冀日报》1945年2月7日，《英雄与模范》专栏）

群英生活杂记

仓夷

一、赶路,什么也挡不住!

边区第二届群英大会,原定在十二月十五日开幕。远在平西、雁北、晋东北、冀中等地的英雄们,在十二月初就动身,甚至有的日夜兼程地赶路。边区各领导机关的干部,也满心兴奋地盼着这一天的到来。

十二月十五日,各地的英雄都陆续到齐了。三分区的英雄们,有的一天就赶了一百多里路,情绪很高。早晨天不亮就吃早饭,动身,到太阳落了西山还不歇脚,累得实在没有力气了,但是一提到"快到群英大会了",大家就精神百倍,坚持着赶,一路上喜喜欢欢,还唱歌说笑话。在平汉路上,冀中的英雄们,也在一帮一伙地赶路。敌人发觉了他们是来参加群英大会的,各路口都设着伏兵,要阻□他们。十二月八日黑夜,七分区的英雄和干部们,正在过路,掩护的尖兵,刚走到大封锁沟上,埋伏的敌人就向他们开枪。我们掩护的队伍——区小队,一面回击敌人,一面掩护英雄们坚决过路。青年妇女劳动英雄,还有六十一岁的劳动英雄杜洛芬,都很镇静,弯着腰跑过路来。我们没有丝毫损失,敌人却被我们打死两个。

七分区的拥军模范老大娘和劳动英雄的小孩三人,坐大车,白天过路,在道上偏偏碰上了敌人的"讨伐队"。敌人认定她是"子弟兵的母亲""劳动英雄",非扣到岗楼去不可,并且把她带来准备送给大会的手巾、盐,全抢夺了。老大娘很镇静,假托说是家在××庄,因为在保定做买卖赔了钱,现在要回家过庄稼日子,几番的口舌,才把她们放过。英雄们爬山过水,来参加这次大会是不容易的。但是一切阻碍不了他们。老大娘说到她安然到了边区群英大会时,笑着说:"我们一定要到边区群英大会去学习学习,鬼子、汉奸、封锁沟……什么鬼门关也挡不住我们!"

二、搬木头、担土

十二月十五日,整天地刮着寒冷的西北风,河滩里用几百领大席搭起的大会场挡不住这大风。到会的英雄们有的年纪很大,怕他们受冷,决定会场移到边区政府大礼堂。十七日大会要移地址的时候,许多英雄和干部,看见山顶上、河滩上,堆着大批木头(那是搭棚用的),都自动地搬运。有一人扛一大棵的,有两人扛一大棵的,老英雄也不示弱。有一个民兵英雄,扛着一棵一百斤左右的大树干,而且上坡下岭还走得很快,冀中的英雄们走在后面,看见木头都快被冀察的英雄们搬完了,就在后面大声喊:"喂!不要都扛完啦,留一点给我们搬!"三四十棵大木头,一下子就被他们全搬到新地方来了。

部队的英雄们,刚搬到新宿舍的时候,因为人多房少,有些新开的土窑,还没有安上门窗。土炕、火炉……都还没有修好。英雄们一到这里,就一齐下手,搬坯,担土,很快就把宿舍收拾得又暖和,又洁净。他们像在原来部队一样,过着紧张、活泼、规律的生活,早晨哨子一吹,全都起床,洗了脸,就整队走下河滩,跑步,唱歌,滑冰,比赛臂力。

三、半生第一次

大会正式开幕那天,英雄们列队进场的时候,鸣礼炮,剧社的同志奏着热烈的鼓乐。首长们和英雄模范亲热地握手。晚上摆着酒席,请英雄喝酒。大会全体工作人员对他们殷勤地招待。赵县英雄陈石福说:"首长们对我们太好了,把我们高抬低放的,天天吃大米、白面、肉,比过年还好。早先,谁把咱们这穷光蛋当人呢!"

英雄们互相见面,都谈论着高兴话。有的说:"我活了半辈子,没有过过这样痛快的生活,没有开过这样好的会,这全是共产党毛主席给我们的啊!"

安国县劳动英雄于致祥也说:"在抗战前,我曾和催银子钱的狗腿打了一架,政府把我传了去,二话不说,打了我四十板子,这是我在旧社会办公十一年得到的'奖赏'。他妈的,国民党的政权,叫穷人给他绑鞋带□□□你手指头粗。……这回来边区□□□□主席团,真欢喜得不知道先迈□□□□□□共产党,哪有这个。"

灵邱妇女劳动英雄郑秀花说:"我是五十多岁的人了,哪样也见过,早先妇女们在家里说话都不敢声大了,出气也不敢粗些,现在共产党领导我们翻了身,像这么个大会,我们也可以上台讲话了。"

四、两个世界

小组报告中,有许多英雄都是从苦难的斗争中翻了身的。他们动人的事迹,叫人听了惊心动魄;特别是妇女劳动英雄,往往报告到自己过去的痛心事,都眼泪盈眶,再说不下去了。

女工英雄李荣珍在她的日记上写着:"开会时,有些妇女报告过去受家庭压迫,一面报告就哭开了。我也难过起来,掉下了眼泪,不敢抬头了。过去我在家里也受压迫,参加工厂五年我就没提过,今天开这大会,现在翻身,都说了吧,说了以后就不再去记它了。"

唐县青年女劳动英雄张银花,在小组会上报告时说道:"八岁时跟娘去要饭,要不出口,差点当了童养媳,妹妹小,饿得不肯走道,净挨打,得病死了……"眼泪簌簌地滴下来,她含着泪对大伙解释,"别看我啼哭了,我心眼里是高兴的,如今穷人翻了身,兴的是我们劳动英雄。"当她说到"这回可到了边区",就把眼泪全擦去,抿着嘴唇笑了。

二分区有一位小英雄找到胡顺义,称胡顺义是"姥爷"(外祖父),老胡却不认得他。那小英雄很愉快地说:"我早听说你当了英雄,娘对我说,你就是我的姥爷哩!"

老胡细细地和他攀谈,才知道这位小英雄是他侄女的儿子。他的侄女小时,因为老胡的哥哥欠地主的租,使了二百吊钱,把这个侄女卖到山西。现在这侄女的儿子,也当了英雄了。老胡猛然想到卖侄女时的情景,送侄女时,全村人都在哭,干涸的眼眶也泪珠一串串地挂下来了。但当他看到在共产党八路军领导下,自己的外孙也当了英雄,侄女的生活好过了,就高兴得站起来,对身旁的英雄们说:"两个天下,我们爷俩都走过来了!如今真是穷人乐的世界!"

胡顺义和外孙奇遇的这段新闻,很快地传到了每个英雄的耳里,打动了每个英雄的心!这段小小的新闻,不知道包含着多少的喜悦和眼泪啊!短短的话语,却说明了两个世界的事!

五、一刻不放

孟平的英雄们,在来开会的路上就组织了学习小组。一路上把经过村庄的名字都记在本子上,大家分开记,黑□□□,互相对照一下,就都会了。到大会上,他们仍然抓紧时间学习。周二除开会以外,就独自坐在屋里学写字。他□□都是一句一句的话,像"向英雄们学习""干部掌握"等。平定的英雄代表,远道赶来参加大会,他们估计□□得几十天,恐怕回去耽误了上冬学。他们说:"咱们当了英雄啦,学习当了□□□□行?"所以学习特别积极。

在学习上,英雄们都表现了高贵的英雄的本色,他们都不肯落人后。在大会期间,学习的空气是非常浓重的。老英雄胡顺义,每天早晨洗了脸，就掏出□很热心，不认得的就□□□□□□□□□□□手□，记性□。

孟平模范工作者梁春莲说："今年冬天我的计划认六百个字。这两天我一面听英雄们的报告，一面抽空识字，就像我在村里领导妇女一面生产一面学习一样，这几天我认了八十个字，冬季的计划不愁超过它！"

会前会后，饭前饭后，一早一晚，只要有时间，他们就抓紧学习。晚上学习的人多，灯光桌子不够用，有的就到院子里，借着月光来写，天气冷的钢笔尖都冻住了，就用口呵着。繁峙县战斗英雄任忠，睡在被窝里还用手指头在肚皮上写字。他说："在村里时间少，才学了八十多个字，这次开会是好机会，可得好好利用哩！"他还练习记笔记，听了山阴劳动英雄报告带小猪反"扫荡"的□□，就记了"李桂的小猪"；看了高街演出的□劳动英雄何连荣，给孩子吃奶，还拿着本子不断地划。十分区拥军模范老太太——宫大妈，身体有病，大会典型报告时她都不能参加。但是她还伏在炕上，用秃铅笔学写字，抄《八路好》那歌子。

人们像在运动场上比赛赛跑一样，一刻也不放松，有许多一字不识的英雄，在大会期间，都学到一百字到三四百字了，会认字的，也都记了厚厚的一本本笔记。

六、挂记着村里和家里

英雄们非常挂记着自己村里的工作。他们出来时间长了，不晓得工作搞得怎样，都纷纷地给自己村里写信，报告这里开大会的情形，还向村里提意见，要他们更多地关心群众的生活。他们报告开会的情形说："开会传授了好多经验，各县英雄讲话以后，咱们的工作不如他。""我在这个会上得下经验很多，特别在学习上进步了。"对村

□□□□好多信上都写着："咱村□也写道：对民校工作，要加紧教育，开展文化娱乐工作，组织村剧团……"

郑秀花对英雄们谈她心里事。她说："来□□时，我只说有个十来天就差不多了，所以家里没有好好安顿安顿。到了这里，才知道怕一个月也完不了，心里就□□不安了。牵挂着家里的羊羔、猪、鸡，怕狼吃了；又怕别人喂不好。后来找俺□的模范教师，给俺家媳妇写了封信，详细地嘱咐了她，现在我啥也不想了，满心痛快地开会。这几天，看我的脸也吃胖了，还会写我的名字呢！"

□□的干部们，也特别照顾他们，给县里写信，叫干部们更多地照顾英雄们的家里和村里的工作。

七、英雄本色

到会的模范医生，在路上沿途给群众看病，到了大会，还给驻村的老乡治病，治好了许多人。

灵寿劳动女英雄何连荣的两岁小孩忽然□，头也不仰了，等不大一会，就吃了奶，安静静地睡去了。

战斗英雄寇善卿得了感冒，李忠□腿上受风发痛，模范医生邢竹林非常关心他们，随时随地地问冷问热，看了病还给他们拿药去，他们很感激，还写稿交"大会□□"致谢呢！

有一位警卫员，拆洗了棉袄，自己缝不上，吃了下午饭，正拿起棉袄着急，就有三位女劳动英雄向他走来。头一个是张爱翠，她说："我们给你做吧！"张银花和王秋芬跟着也要给做，很快她们就动手缝起来。到了晚上，还没有缝起，张彦□和刘凤仙也下了手，不一会就缝起了。这位警卫员说："英雄替我缝棉袄，我真感激不尽啊！"

打猎英雄李祯祥，在大会上打了一副捕狼的"夹螯"。三宿打了三只大狼。他用铁丝穿着活狼的鼻嘴，牵到广场上让大家看。有一只大狼的前腿被"夹鳌"打折了，两眼充了血，像红珠一样。大家用脚踢它、拖它，这凶恶的狼却驯服地躺着。沾满了血的大"夹鳌"，挂在枣树枝上，李祯祥就告诉大家这□信心地说："回去咱们也打一副！打住一只狼就把这家具的本钱挣回来了！"

民兵英雄李殿冰、贾玉、李成山，帮助武装部在大会期间演习地雷。他们在山坡上的枣树林里埋，用绳拉，英雄们都沿着土坡远远地观着。有一个大雷的铁片飞到一位英雄的身上，把棉袄烧了个窟窿，大家都说："这雷好厉害，这么远还飞来碎片！"于是大家全卧倒在坡上，有的爬到更高更远的山头上去了。演习各种枪弹的时候，看的人围满了几个山坡。打掷弹筒，第一炮翻过山，第二炮改向对面河滩里射击，弹发出去，好久不见响，大家正着急，忽然看见很远的枣林里滚起一团烟，□当一声。"好家伙，跑到那么远！"射击机枪，第一发射出，三百米远的山坡上白旗冒起一股土烟，周围的观众都喊好。大家欢迎神枪手李殿冰发射，李殿冰从一个战士的手里接过一杆边区造的新步枪，跪射，一枪就命中那白旗，众英雄齐声喝彩！

冀中的英雄们，看了这次演习，都说：回去我们□里也要好好开展□。

八、英雄们自己演戏

大会的第一次晚会，是□□里的街村剧团演《穷人乐》和《□□□□□》。□□当《穷人乐》演出后，□□□"加租加息卖□卖女"，□。

□□□的英雄们看了《穷人乐》以后，大家都说"好"。他们说："人家剧团男女老幼都有，比咱们那个光是青年儿童的强。真人上台演真事，比艺人装扮的好，一个村子要有这么一个剧团，演员群众都进步，工作一定活跃。本村剧团演本村的事，又真实又□□，大伙子往一块一参与，就创造出剧本。"葛存也说："我回去一定把剧团搞起来，我也参加演戏。"

每一次的晚会，都把大礼堂挤得满满的，□□□□演三四天，也避免不了观众□□□□□。《李国瑞》《□□人》《□□□□》《□□□》《血泪仇》，这些剧的演出，给英雄们很好的印象□天还不黑，大□在一月二十二日的晚会上演出了三场，演出《□□》大"扫荡"中，敌人疯狂"清剿"，我军民受苦难，吃野菜，坚守阵地的情形把当时整个"五一"苦战的场面再现到人们的眼前。人们忘了这是在演戏，都不由自主地咬紧牙关，为剧中的主角着急，为他难过。演到后来，开展地道战，打特务，拿岗楼，大家都被紧张生动的战斗场面所激动，后排的观众都争着立起来看。史孟阳化装史队长，寇善卿化装老大伯，王树平化装特务，动作熟练，演得非常出色。散会以后，英雄们说："比典型报告也不差！演的都是真事！"有的说："我也遭过那苦劲呢。"一位冀中的老大娘说："戏是很好，就是没有把老婆婆们拥军表现出来，我们回去把妇女拥军也编成剧。"

在旧历年的除夕，英雄们也曾举行过盛大的同乐晚会。工厂组的英雄们合唱《苏联国歌》《我们愉快地劳动》等歌子，还演出一个话剧《铁匠郄金喜》。郄老头在未开晚会以前，就找老染工杜占云两人先去看戏台，他在台上说话，叫老杜在离舞台最远的地方听，看听见听不见。这两位老工人，抗战前过着□□□□的日子，现在却格外显得年青和活泼了。

九、讨论程政委报告

程政委在给英雄们报告目前政治形势的时候，特地制了三幅一人多高的大挂图，按图讲解，大家听得很清楚。会后，各组进行讨论。

行唐民兵英雄康福山，在小组讨论时发表意见说："我以前当过中央军,尝过中央军的痛苦滋味,挨打受气。一个排长都带一个老婆,战士们都盼望打仗,打仗就有开小差的机会啊!"现在他当了民兵英雄,他很自豪地说:"那年胡宗南包围陕甘宁边区时,我们八路军一个班打退了他们一个营,就是现在我的游击小队,也可以打他一个□。□军队不是为人民的,保险打败仗!"

有的英雄说:"去年国民党军队溃退,一连损失了一百多个城镇,也不抵抗一下,不如把枪炮给咱们民兵!"

英雄们讨论到什么是民主联合政府,怎么来实现民主的联合政府时,小劳动英雄牛国才说:"全国人民要求督促蒋介石,非改不行,他不改咱们给他写信,大后方人民也和他讲理,他再违背民意就会变成光杆!"另一位英雄说:"我想把国民政府改成像咱们边区政府一样,能给老百姓办好事,这就是我们今天的要求。今年我们一定要争取实现它。"

这几天正刮着大风沙,英雄们在各个宿舍里热烈地争辩着关于时局的各种问题。他们说:"这次讨论可得把好多问题闹清,回家去对别人说时差不了。我一人差就很不对,再把人家带差了,可是了不得!"

程政委的报告,给大家很大的鼓舞,同时也使每个英雄更认清了今后责任的重大。每个英雄小组,都能把程政委的报告,联系到自己过去的认识和工作,进行了检讨。有的检讨出:过去对敌斗争特别是城市工作做得太差。许多英雄都表示:回去以后就□关系做城市工作,动员全村做城市工作,把城市工作和对敌斗争,加进自己今年的工作计划中去!

十、"看今年的吧!"

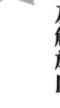

三十多天的会议,小组介绍、典型报告、各种问题座谈,使每个

英雄模范，像上了一个多月的大学校，好多英雄说："这回□到的好经验可真多，看起来我去年的成绩可不算大，今年非好好干不可。"冀中的英雄们说："可不能白开了这个大会，去年已经过去了，看今年的吧！"

听了宋主任关于一九四五年的大生产运动报告以后，英雄们都纷纷忙着作计划。时常在宿舍里，有三三两两的同志们在低声地商量着自己的计划。灵邱女劳动英雄郑秀花，听见戎冠秀报告"开家庭会议"和拥军的生动故事，就计划自己回村后也要这样做，并且定出具体计划，要和戎冠秀作友谊竞赛。平山女劳动英雄康永馥，把自己的计划很早地写出来，寄回村里和妇女们商量，很快就得到村里妇救会员的来信说："咱们和戎冠秀的村挑战吧！你提的条件都没有问题，俺们还讨论了要和她的冬学挑战呢！"

这次大会给英雄们的感触是很深的。

一个鞋工女劳动英雄说："参加了这样长的会，我产生了另外一个想法：我感觉担当不起这个劳动英雄，来这里拿不出什么宝贵材料，又没经验，你说这是干什么来了，我很愿意赶快回到本队，尽我力量做工作，来回答大家这样抬举我。"

六分区模范工作者韩祥瑞说："咱这贫困人，早先净受苦受气，八路军来了，才得到解放。这次到边区开会，路上受到各地首长老乡的尊重，来到大会，听说我们是主体，各位首长干部们向我们学习，真是喜欢极了！要不是有共产党毛主席的领导，我们怎样翻身！我回家后，要积极生产。在一九四五年我要献给毛主席、朱总司令保健费小米一百二十斤，边区程政委、于副□长、宋主任保健费小米百二十斤。冀中分区诸首长因距离较近，等收获后，送些五谷杂粮菜蔬去让他们尝尝，这是我的一点敬意。"

十一、一位国际朋友

有一位国际朋友，来参加这次群英大会，看见我们个□英雄模范精神旺盛，学习努力，很受感动，在大会临闭幕的时候，他预备了一篇很长的讲演稿，并且穿着礼服，很庄重地对英雄们发表了他内心话。

他说："在边区任何地方，我所见到的，都是对抗击敌人的无比的积极性。我所见到的部队，都是有很好的干部和指挥人员，并且都是受到很好的游击战术的训练。他们具有一种很高的信心，任何军人具有这信心，就能战胜敌人。……任何部队□□像你们有这样旺盛的精神战力，战士又有这样吃苦耐劳的体格，再加上你们远大明确的目的，他们所得到的，只有胜利！"

他还赞扬我们的民兵。他说："土八路，也就是民兵、自卫队，他们的组织，我看见的，都是很好。他们对自己的任务了解很清楚，他们协助正规军作战，有时为保卫自己村庄，也能自己单独作战。他们经常进行日常的生产和工作，□□□□□时，就起来作战。这就不难了解，为什么民兵在抗战中，所占的地位，是一天比一天更重要起来；也就不难了解，毛主席在一九四五年任务中，对于民兵工作指示的重要。"

在大会休息的时候，他就找英雄们谈话，他拜访过韩凤龄、戎冠秀，他和老英雄胡顺义亲热地握手，问老胡家里的情形，他还找儿童小英雄牛国才、温三郁谈话。牛国才和温三郁告诉他村里对敌斗争情形，还告诉他国际上打希特勒的消息。这位国际友人站在这两个小孩子面前，惊奇他们受到的教育会有这样深厚。他兴奋地告诉大家："你们所告诉我的，你们所表现出来的，对我的热忱和关心，你们所做出来的成绩，是应该得到光荣，应该被称为英雄的。"他感到边区全体人民对世界有一种新的认识、新的了解、新的力量,有一种"新的光明出现",在建设新中国中,将站在光辉灿烂的地位。

他还很感慨地说:"你们在华北坚持抗战,是实在的,真实的。我们对你们特别表示尊敬和钦佩,你们所得到中国其他部分或世界的很少的鼓励,甚至没有鼓励。你们环境困难,斗争残酷,但是你们的斗争始终是高尚地继续着,从来没有从反对我们共同敌人的目的分离过,始终是克服困难,进行□□。我们在今日反法西斯战争中,能做你们一个盟友,觉得非常骄傲。"

十二、为英雄服务

这次为大会服务的事务人员,共有五百多人。在王院长、吴志远的领导下,自始至终,积极地为英雄们服务,每个英雄都很感激他们的。

这些事务工作者,给英雄们写信说:"我们里头大多数是受苦人、老百姓。你们是受苦人、老百姓最优秀的代表,为了把边区建设得更好,来这里开会,我们能为你们服务,心里感到特别光荣,特别愉快。我们有决心和信心,把大会事务工作搞好,以保证大会的胜利。我们要虚心向你们学习。"

□务□分为五个招待所,来招待英雄们。这五个所彼此提出了工作挑战,互相保证要做到:

在招待方面:殷勤周到,不发脾气,开水不断,火炉不灭,室内外清洁,厕所打扫垫土。为英雄模范洗衣服,烫衣服。在伙食方面:都要做到按时开饭,饭里没沙子,菜里没泥,不吃生饭冷饭,厨房和炊事员都清洁,饭菜多变花样,每顿饭四个菜。在医药卫生方面,保证群英身体健康,每人有医生到各宿舍给英雄们看病,问候。

英雄模范们看见事务人员很忙,有时把脏衣服藏起来,准备自己洗。小鬼们也偷偷地拿去洗了，送还衣服时还说："同志们，不□□我洗的不好。"□□□些小鬼，住的地方离英雄宿舍很远，每天早晨很早就起来去看顾英雄们，打洗脸水，扫地，通炉火，发现窗户上有一个小窟窿，就立刻糊好——怕黑夜风大，冻着英雄们。因为每顿饭有肉很多很肥，英雄们吃得不多，炊事员们很过意不去，认为一定是自己做得不好。经他们研究，□改做成□□肉，□面鱼、鲜白菜，英雄吃了都说□香。

工厂的英雄很感激地说："二所的工作同志使我们十分感激，大米饭做得很好，十二月三十日给我们八十多人捏了饺子，□□吃的人多，捏的人少，前一天就动手捏了。菜也做得很好吃，他们的工作态度十分严肃，我们要把这种精神带到工作中去。"

冀中的英雄们也说："一所的同志真是好，满心眼里光想叫咱们吃得饱，今天花卷明天肉，吃了四十多天的大米白面，吃完大菜又加小菜，乐得我们不知道说什么好……"

十三、送别、勉励

大会闭幕的那一天晚上，英雄们兴奋得睡不着觉，各个宿舍的灯，到后半夜还明亮亮地点着，干部们忙着给英雄们安顿回去的工作，路上的盘费、开介绍信。英雄们互相交换意见，互相鼓励。第二天天还麻麻黑，大家又都起床了，洗脸，打行李，吃过早饭，就三三五五地出发了。

招待所的同志们，热情地相送着，还给每个英雄送一大包芝麻糖、胡桃，很客气地对英雄们说："这次招待得不好，今年你们再来开群英会，我们一定要招待得更好。"英雄们也说："你们这样热心，还叫我们再说什么话啊！"

雁北、晋东北的男女英雄们，赶着驮行李的牲口，说说笑笑沿着大河滩上去了。冀中部队的英雄们，每人还背着一大口袋花椒，捎带着办运销。冀中制火硝的英雄□大伯，临走的时候，同志们问他冀中□什么，带一点给厂里的青年工友们玩玩。他说："别的不缺，就是这边的大硫□挺多，火□□□可需要啦！"大家都大笑起来："那你扛一个硫□回去吧！"他也笑了，说："不带硫□，也得多□一些流水石，给青年们看稀罕！"

在河滩里、山坡上，到处可以听见他们在热情地喊着：

"走啦！下次再见吧！"

"我们在报上再见吧！"

在游击区或在边远地区来的英雄们，都要求到报社参观。接连两天，他们参观了本社的编辑部、电台、工厂、书店，还对本社编辑、发行工作提了许多改进意见，本社赠送他们每人书报数种，以示谢意。

军区政治部在一月三十一日上午，请英雄模范中的抗属、荣誉军人会餐，四十多位抗属、荣军的英雄，都来应政治部的这次邀请。

一九四五年二月七日

（《晋察冀日报》1945 年 2 月 10 日、17 日、20 日、22 日、23 日连载）

平山民兵战斗英雄张吉

化风　子钧

张吉，平山西回舍人，贫农，二十九岁。事变后曾任村锄奸组员、游击组长、中队副等职。一九四一年改任中队长。去年平山英雄县选以满票当选为县战斗英雄。

一九三八年，敌寇占据温塘，西回舍就成了游击区。四〇年敌寇更退□该村，作为其保护平山城的门户，村子周围，远近建筑了七个堡垒。

一九四〇年，堡垒上伪公安局员王金锁每天领着鬼子到村里胡抢乱窜，打人，杀人，要花姑娘，弄得群众没法过。张吉便领着五个组员，化装把这特务除了，敌人凶恶地报复他们，捕人毒打拷问，但无论如何问不出半点口供来。从此西回舍的街上，鬼子就不敢再肆意地乱窜了。

不久，又一个敌寇捕杀抗日干部有名的刽子手密侦阎明阳到西回舍堡垒上，几天时间，便促使敌人以王金锁为西回舍所杀，把村副张元昌、中队长张永江绑到堡垒上，严刑拷打后，活埋了，并扬言要捉拿张吉。就在这时候，张吉在全村人民的拥护下，担任了中队长，他和干部们商量要除掉阎明阳，他便用各种办法，结果把他除掉了。

四三年夏天，张吉又和村干部商量□□伪公安局长易得志、赵二山两个奸淫妇女抢掠敲诈的坏家伙。一天他俩到东回舍，张吉便和游击副队长五个人设伏在□路旁，当场就把易得志用石头打死，把赵二山带到一个不远的山坡上，也结束了性命。鬼子失了耳目，抓住西回舍站岗的自卫团严刑拷打，但未泄露半点实情。

敌寇以封锁沟墙、检查相片、良民证来限制我干部和部队到沟内活动，张吉便和游击组设置了小梯子，晚上帮助干部、部队过沟。最令人感激不忘的是四三年秋季反"扫荡"，夜间他们用梯子帮助根据地群众转移到村里，又配了钥匙偷开了沟门，计划房子，解决吃的，最后还以八百元伪钞使伪军没有清查户口，掩护了逃到该村的一千五百余根据地群众安然渡过"扫荡"。在此时期，为了配合根据地的反"扫荡"，他们利用夜摸办法，夺回敌人集中在西回舍堡垒上牲口三百余头，解救了民夫五百名，使敌人不能到根据地抢掠。又在汽路上埋雷，伤亡鬼子四名，烧鹿寨十三次，平沟墙十一次，割电线四百七十斤，挖地道三百四十丈。

为了活跃游击组的生活，他们组织了剧团，在堡垒附近村公所旁边，□□地挖了一个地洞，游击组轮流警戒排剧，排演沟外斗争的一些短剧，三次到根据地出演，获得好评，西回舍群众知道了更是兴奋。

在去年的大生产运动中，张吉领着游击组首先组织了拨工组，轮流警戒战斗，实行生产拨工，等价齐工，在他们的影响下，推动了全村的生产。开熟荒八十五亩，在麦收、锄苗、秋收、种麦时期，实行全村三次生产大互助。沟门不开都在沟内做活，沟门一开全到沟外进行突击（全村土地大部在沟外），在这样突击下，保证了不误农时，使去年的生产成绩超过前年三分之一。在进行反抢麦斗争中，一次他领导着四十个队员，配合侦察连、区小队到东回舍堡垒活动，侦察连区小队担任警戒，副队长和一个队员用"土坦克"冲破鹿寨铁丝网，敌人打了七十多个手榴弹，但仓门终被他们打开，游击组民兵一拥而入，抢回麦子四千斤。

几年来，堡垒上的敌伪，在张吉同志的武装锄奸和宣传教育下，是很害怕的，不敢随便到村里乱窜，给了我们沟内工作以很大帮助。去年开展了政治攻势，每天晚上到堡垒下喊话，撒宣传品，送信，揭发敌伪中间的矛盾,并在西回舍街上击毙活捉击伤伪军两名,得枪二支,子弹二百发,手榴弹六个,使敌人不得已便把村西北角的伪军堡垒撤退。

去年六月,张吉接到区大队部让他坚决围困逼退鬼子堡垒的任务,他们便在堡垒四周挖了三十个围堡工事,把敌人四面围困,断绝了敌人的水和燃料。敌人一露头,便"啪!啪!"地几枪打过去,当敌人用机枪和小炮向他们还击时,他们早已撂下帽子,转移到另一个工事去打击敌人。夜里又利用一百二十丈长的拉火雷,埋到堡垒鹿寨的门口,使敌人寸步难行,平山城敌人虽曾数次增援,但每次都受伤挨炸,狼狈回去。一次他们因和敌人巷战,一个队员负伤,但他们情绪并不低落,他们开会讨论:"非把敌人逼走不可。"

□□七日,二百余敌人又来增援,敌人进了村,他们才把岗撤了,□敌人还没有出北口,他们早又进了南口,把堡垒围起来,堡垒上的敌人,还是不敢下来。他们抓住敌人的增援规律,前一天埋了十九个地雷,响了两个,敌伪伤亡八名。

到阳历六月二十二日,他们又到堡垒边喊话,敌人回答说一两天就走。他们便用二十三个地雷在村内摆开了地雷阵,敌人带着许多牲口,从城内出来,满想着最后大抢西回舍,但一进村,便踏响三个地雷,炸伤了四个(前后共伤亡鬼子十九名),敌人只好绕着村子把被围困了五十多天的一群鬼子接走。被敌寇黑暗统治了四年的西回舍,至此才获得解放。

(《晋察冀日报》1945年2月21日,《英雄与模范》专栏)

涞水县民族女英雄杨怀英

瑀金

杨怀英，是涞水县太平村一个贫农的女儿。在她十三岁上，她爹为了换得十八块洋钱，养活家里，就把她□□到板铺赵家来了。

由于高利贷的剥削，婆家的土地和房子变成板铺大地主马家的产业了；她丈夫赵连隆在分家的时候，只分到三亩山坡地，还得背上一千多块钱的外债；打十七岁以后，就做了马家银子店跑账的，搭拉手（白做工的小使），佃户。

杨怀英受尽了封建家庭的压迫，婆婆病在炕上不能亲自打她的时候，就叫杨怀英的小叔子动手。结婚以后，还是一连串的苦日子，婆婆在赵连隆跟前，挑不尽杨怀英的毛病：话说得不对啦，活儿做得不好啦……不说到赵连隆的拳头巴掌落到杨怀英的身上不□完。她心里常常想："自己的丈夫对待自己也这样，这一辈子算是撂在碾道里，掉在灶火坑里，就这么完了！"她曾经几次半夜起来喝大烟土，吃苦杏仁。

想不到共产党到来了，穷人们翻了身，赵连隆担任了工作，参加了共产党，杨怀英忽然觉得丈夫对自己好了。就打那工夫，一回也没有打过她；就打那工夫，他常常跟她谈起往后女人再不能一辈子做奴了；就打那工夫，他常常跟她谈："毛主席这个，毛主席那个……"因为这，她打心眼里热爱起共产党来。

赵连隆开始担任村里的锄奸组长、自卫队长；三九年底，就调到区里担任农会的组织。为了贯彻减租减息，他领导着本区的农民们起来斗争；这引起了马××、马大、马二、马×……这些顽固地主们的仇恨。

四〇年九月，敌人在离板铺十二里的李家堡安了据点，马家满门子投了敌，他们白日黑间寻找赵连隆他们，安着心要把他们一个一个都往死里整。

那时候，二区的区代表刘×也叛变了；杨怀英暗暗发觉了他的老婆吃敌人的白面、扎敌人给的腿带子、摆着敌人的大洋瓶，心里就有了个底儿。有一天，赵连隆背着大枪回来取棉衣，她就劝他加刘×的小心，可是他叫她不要多心，接着说："共产党永远永远不能没有，咱们这地面就是八路军的一块土了。我们为了大伙儿的利益，万一死了也光荣。我是一定要抗日、要革命的，我要是死了，你就跟着我的社会走啊！"说完了话，换上棉衣，挎着大枪又走了。可是这句话，在杨怀英的心里深深地扎下了根。

不久，姓马的在溜石沟，用乱石头砸死了张区长，把他的死尸头朝下栽到□□里。杨怀英听到这不幸的消息，思想起张区长平时在会场上给乡亲们讲话、唱歌的情形，跟赵连隆这把子工作员们为了工作白日黑间奔跑的情形，止不住啼哭了，一天没吃饭。心里说："当下顶不了命，过日往后八路军总不能让你们白白地把张区长砸死，看吧！"

可是，又一个不幸的事件接着来了。一个刮风下雪的日子，赵连隆和他的伙伴王连基正在石板沟烤着大火开会，听说那帮子姓马的在寻找他们，就转移到东安寺，终于在一棵大核桃树底下，被他们抓住了。那是十一月十四的黑间，北风旋□着雪片，村里早已熄灭了灯火，他们被偷偷摸摸地带到马骐家里，汉奸们开了□会，决定把他们处死；于是在打明□□没有叫□的工夫，赵连隆和王连基就被五花大绑带到李家湾子，用大石头砸死了。

杨怀英在一间冷屋子里哭了三天三夜，胸脯上冻了冰，心里可还是明亮的，她想："赵连隆的道儿没有错，他的道儿，我也要跟着走！"当她刚打山沟里寻到死人回来的时候，就曾经在马大的跟前连哭带骂地说："赵连隆也不是养家的，没给女人挣一间房子，一垅地；

张区长是外来干部，也没带着女人，也没带着孩子。为大家谋了回子利益，倒要把他们砸死！砸死就砸死吧；□□不见得去了去不了呢！哼，不要把日本的力量看得太大了，把八路军的力量看得太小了！"

马大他们怕杨怀英报仇，怕她给八路军探消息，说他姓马的这长那短，因为这，他们满门子搬到李家堡据点去了；另一方面，打发杨怀英的小叔子劝杨怀英搬到孔涧去住。孔涧在敌人据点的后方，她坚决不肯去。□□□□□叫村里全跟他们姓马的往据点里搬，说什么"八路军来了，要是烧了房子，拿走了东西，谁在村里不走，谁就赔"。在亲戚和当家子们的劝说下，她不能不搬了；搬是搬，万不能跟着姓马的往据点里搬，她跟着本村的刘家，搬到离据点很远的西安寺。

不大几天，婆婆又打发了杨怀英的侄女和外甥女，硬把杨怀英接到孔涧去；可是呆了七八天，她再也呆不下去，心里想："赵连隆活着不当汉奸，他死了倒叫我住在这敌人的后方吗？这万不行！"

阴历正月三十那天，她带着孩子锁儿又回到板铺来了。这时候村子里空空的，一个人影儿也没有，杨怀英孤零零的，一个人拉扯着孩子，自己打柴、挑水……过着苦日子。

到了春耕时节，人们又回村了。姓马的白天也得回来看看。就在那工夫，咱们的八路军跟着春天一道在这块地面上又活跃起来了：马心亮刚要下天津去卖核桃，被八路军的侦查员在路上砍了；另外，在小河南也弄死了个狗腿子。这一下，把姓马的吓坏了，他们又诈唬村里人说："杨怀英多久不改嫁，你们多久都要受她粘连。"可是所有人们的劝说，都没有用，她的主意早打定了：第一，她一定要等到那天，叫姓马的看看，倒是有八路军，倒是有日本；第二，她一定要给赵连隆、张区长他们起坟安葬，要求抗日政府给他们报仇；第三，要还清赵连隆留下的外债。这些个目的达不到，她死也不改嫁。

当马××、马大这些个诡计失败了以后，马×也出来了。抗战前，赵连隆曾经在马×手里借地借钱，后来打不起利，□了业；在共产党的土地政策底下，赵连隆又从马×那里收回了文契，改成借帖，又得到耕种的权力了。……到了这时候，马×仗着敌人威逼杨怀英给他打利，要不就得给他钱，有意给杨怀英增加困难，好达到叫她改嫁的目的。可是杨怀英□了仅有的一点粮，打了二十元伪币的利以后，她就做鞋卖、做针线，来打盐□米，还付了赵连隆的棺材费；她自己下地锄三过，脊梁□得起燎泡，流黄水……一切磨难改变不了她的意志。

马大再一次动员杨怀英的小叔子撺她走。她知道这是马大的意思，就找到马大跟前，说："□子□私的，龙王庙是官的，我住龙王庙，我就是不往李家堡上边搬，寻茶讨饭我生在板铺！"马大说："来我这住吧，爱住哪厢就住哪厢；短着米，短着面，短着什么也给你想办法……"他想掩盖他谋害赵连隆的事实，他想缓和她内心的仇恨，但是她早看透了这狡猾无耻的一套。

这一天，敌人在村里召集开会，姓马的叫她去，她不肯；一会儿她打西安寺回来，遇见□里的一个同志，没说上两句话，就被马二碰上了。马二告诉了马大和马××，他们当下就给李家堡的敌人去了个报告条子，说杨怀英给八路军探消息，于是日本特务小田仓和翻译官瓢大眼子就到杨怀英的家里来了。

"你掌柜的怎么死的？"

她理直气壮地说："参加工作死的！"

"谁打死的？"

"不知道。"

"不知道吗？我告诉你，他是我们皇军打死的。"

她咬了咬牙。

"怎么不改嫁？想报仇吗？……不走就是等着给他报仇。"

她还没有来得及分辩，就被带到马大家里了，瓢大眼子问她：

"八路军上你家去过没有?"

"没有。"

"马宝玉被八路军弄走,是你报告的不是?"

"不知道。"

"不知道?捆起来!"

"吊起来,也不知道!"

真的把她捆起来了,肉勒得打成了个槽儿。……她的脖子被送进一个绳套子里,在梁上吊起来,绳子越沉越紧,眼前闪着黄的花、黑的花,渐渐地昏过去了。他们用凉水把她喷过来,逼着她站起来;可是她的身子又软又麻,她扶着凳子,扶扶起不来,扶扶起不来,刚起来一点儿又倒下了……锁儿在旁边看着,泪水汪满了两个小眼眶子,就是不敢哭出声。

瓢大眼子打牌去了。马大来到杨怀英的眼前,他大面上装好人,把事情都推到特务队身上。杨怀英气愤地说:"赵连隆死的工夫,是你的村长,这回我被他们治死,还是你的村长,保在你,不保也在你!……"最后她只请求他一件事:给她把孩子送回家去。

第二天,瓢大眼子叫她跪到炕桌上,又问她:"八路军上你家去过没有?""八路军里有你掌柜的朋友没有?""八路军来板铺到谁家?""你跟八路军在街上说话没有?"

她的回答始终是"没有"或者"不知道"。

婆婆领着孩子来了。隔着门缝儿,孩子看看她,嚎一阵,看看她嚎一阵。婆婆说:"叫你娘给你妈妈吃。"伪军让孩子进去了。

"娘,你夜黑间冷不?……捆你疼唉?打你疼唉?"

她怕自己的心肠软下来,说:"你不要问我。你要吃妈妈你就吃,不吃就回去!"

奶奶拉着他,一步啼哭一步走着回去了。

就在那天晌午,听到了枪声,那是八路军对敌人的袭击。鬼子汉奸们吓慌了，带着杨怀英就走，在板铺村的大街上，孩子跟着杨怀英后边哭喊着："娘，我不让你走！……娘，我跟你去！……"她尽力地压制着自己，跟婆婆说："我死了，你给你儿子拉扯着这个孩子吧！等他大了，也不用瞒他，就告他说他爹他娘是怎么死的！"也没啼哭，也没掉眼泪，就走了。

带进李家堡据点，把她推进一间黑房子里，穿着单衣冻了一夜；天明不亮的工夫，提到房檐底下，又冻了一天。天黑以前，瓢大眼子把她叫进房子去，问她："你想你孩子不？明天就叫你回家跟孩子过日子，你回去不回去？"

"回去就回去。"

"那你得把八路军细情的话都给说说。"

"不知道！"

"不知道？……你死不死？"

"死了也没关系！"

"上院里去！"按上刺刀，用刀尖子对着她，"说不说？"

"没有么我就说了？"

"你死不死，你死不死？……"一连问了几十句，刀尖子挑破了她的衣裳！还是个不说。

瓢大眼子没有法，叫两个伪军把她带到警察所去过堂：

"你给八路军秘密做过工作没有？"

"没有。"

"八路军把马宝玉拴走，你知道不知道？"

"不知道。"

鬼子用刀背子在她的脖子上抹来抹去……

"你爱往死里治，就往死里治吧！"

一切毒打威胁，完全失败，队长郭占鳌又使用软化手段了：给她好的吃，给她皮袄穿，要给她桂花油，要让她住高门楼子大瓦房，要

带她到城里去坐汽车……叫杨怀英嫁他。但是她愤恨地说:"我不享福了,我就是个受罪!"

"你投降了我,我替你打官司,谁弄死赵连隆的,我给你把谁□上来。"

"我也不投降,我也不要你替我打官司!"

杨怀英心里说:"我那男人是抗日死的,我为什么来你这打官司呢?官司是一定要打,可要等八路军来了才打。"

给她端什么饭来,她也不吃。汉奸们也不能不佩服她的坚决,说:"好,你真咬牙!"

郭占鳌也对她没有法儿,叫她暂住到李家堡的乡长家里。到了九月二十二,天还没亮,她又被抓到瓢大眼子那里去了。

这一次瓢大眼子笑迷糊糊地对她说:"你把八路军细情的话告我说,就放你回去。"拿出二百块钱的金票给她。她坚决不要。

"为什么不要?"

"没给你们当汉奸!"

于是又开始了残酷的拷打:小田仓的皮带,瓢大眼子的皮鞭子,打了又问,问了又打。院子打到屋里,屋里打到院子。

小田仓用皮带轮流着打她的两个太阳穴,打昏了,用凉水喷过来,再打……就这样昏过去两三次,衣裳全湿光了。

得不到她的半个字,瓢大眼子着急了:"这样打,还是没有口供,不行吧!"有个狗腿子说:"只要刑罚用到了,还怕她不招?一个爷儿们还吃不住呢,娘儿们还吃得住?"

可是怎么样呢?

小田仓捏起她手背上的皮,用小刀子刺啦刺啦地割。血水一点一点往下滴,她还是个"不知道"!

要把她喂洋狗,叫洋狗的爪子扶在她的肩上,拿狗嘴往她的后脑上□。她还是个"不知道"!

要把拉到山坡上，脱下衣裳，让冰冷的大风灌她。她还是个"不知道"！

在杏树上吊了三个死，她还是个"不知道"！

用香火烧她的手，一层层地起黑皮，她紧紧地咬住牙。

用锥子扎她的膀子……她连气也不吭。残暴无耻的家伙们还能够把她怎么样呢？

到底没有办法，小田仓"不碾不碾"了两下嘴，走了；瓢大眼子还没死心，私下里给杨怀英跪下："你就说八路军只到你家一刻工夫，只喝了壶水，啥话没说就走了。"

她最后的回答："就是没有！"

他只能打她两巴掌出出气，转转脸面，这就是他唯一的□□了。

敌人没得到一句口供，就把她放了，叫她到孔涧去，不让她回到抗日地区。她思摸着，这一次要是再抓回来，性命是万不保了；可是不行，她还得往下走，只有投奔抗日政府才是她的路。腊月根子，到了孔涧亲戚家里，喂猪，推碾子。大年夜心上不好，哭了一夜。就再往下走，二月初八那天，李家堡子的女人们到杨家坪去念经，她就冒着危险混在里面，通过了那一个敌人的岗哨，奔到了岔河，到了咱们的六区区公所。

由于区里的优待，由于她纺线子、纳大底子……艰苦的劳动，娘儿俩吃上了饱饭，穿上了新棉衣。

一直到四三年春天，李家堡的据点被孤立，我们的力量在板铺村又占了优势。姓马的写了悔过书，承认自己的错误，又回到板铺来了。可是关于砸死抗日干部的事，他们并没有坦白。这时候杨怀英也没打算□案，因为李家堡的敌人还没退，还没到痛痛快快跟马家闹腾一下的时候。清明过后，她只回去给赵连隆起坟。

四四年四月，李家堡的据点，在我们的威逼下，撤退了。她听到这个好消息，高兴地想："这回又该咱们翻翻身了。"她立刻到区里要求传案。马大被传到区里，耍狡猾，不承认，在一个黑间偷偷地回板铺，带上马××一道跟着敌人跑了，就又把马二传来。

马二不得已承认了自己是马××和马大的同谋者。杨怀英气愤地说："枉你是中国人！"

"我承认我不够中国人的资格。"

"你不是说赵连隆吃了八路军的药，喝了八路军迷糊汤吗，你不是说我一辈子也等不上八路军了吗？……你爹你娘没教育过你，我倒要教育教育你，今天我要叫你看看共产党八路军完得了完不了！"

"我现在是知道了。"

"你为什么写我的报告条子，写我的黑头信？"

"怕你替赵连隆报仇。"

"不光赵连隆的仇我要报，全中国人的仇我都要报！张区长、王连基……凡是挨你们砸死的工作人员，都是为大伙儿谋利的，你要替他们顶命！"

干部们说："现在政府是宽大政策了，你也得宽大，才好叫他们回头。"

"多大人命，多大家业，他得全部拿到部队上抗日！"

经过干部们一再的劝解，她含着眼泪说："打我心上说，就得叫他死！可是，没开杏花我到区里，现在杏都熟了，这大忙的时候，搬来了多少干部耽误了多少工作，我看大伙儿的面上把事情完了。可是你们还得保证几件事：头一个，要叫他保证把张区长装进棺材，立个石碑；第二，还要保证以后把马××和马大弄回来，叫他们当着全村人坦白。叫他们看看到底是八路军力量大，还是日本人力量大！"

最后，区里罚了几个姓马的十六万九千多块钱，作为对杨怀英的抚恤。杨怀英要把这钱慰劳部队，区里不同意。结果，她慰劳了伤病员一万元，借给村里贫农们八石米，出了七百五十元，给村里两个贫苦人换衣裳。

杨怀英今年三十三岁。去年在涞水县的英雄会上被选为民族英雄了。她在会上声明退出了自幼加入的天主教，她已经打破了神教和命运的思想。她又在会上公开要求加入共产党，县委当下就批准了。人们问她："为什么要公开呢？"她说："赵连隆那时候是秘密的，挨他们砸死了；我要公开地入党，看他们还敢砸不啦！"县里发给她奖金，她不要，冀察行署张主任就给她发了个软匾。到边区开会，她心里非常喜欢，说："到底看到这个社会了！"

　　她看得很明白，赵连隆的道儿没有错，她要永远跟着这个道儿往前走。

（《晋察冀日报》1945年2月25日，《英雄与模范》专栏）

"三全齐美"的李殿冰

张帆　韩塞

神枪手李殿冰,在去年一年中,由于接受上级领导和自己的努力,被曲阳县选为"三全齐美"的英雄,荣获"战斗英雄""劳动英雄""模范工作者"的光荣称号。

他是曲阳一区尖地角人,现年三十三岁。抗战以前家里很苦,父亲死后,生活更艰难,榆叶是他家唯一的粮食,从榆钱出来吃到榆叶□□,还得□出一部分。现在李殿冰想起来,还脑袋痛:"那时净榆树叶,连糠都不敢多放,真吃伤了!"因为十块钱的利钱,叫人家把仅有的一头毛驴拉去,托人赖友找了几块□,才把□□弄□□□但家里却"□了骨",李殿冰不得不到平西门头沟□□去。

抗战以后,他的生活逐渐改善了,但在一九三九年敌人"扫荡",把他的房子农具全烧了,父□被敌炮弹打伤而死,继母数月后也死掉。殿冰因为焦急过甚,病了三个月,生活更加困难起来。幸亏区里成立了"烧酒合作社",叫他去工作,还借给他一部分粮食做小生意,这样他的生活才暂能糊口。一九四〇年实行土地换约,殿冰把以前当出的三亩水地抽回,这样,生活又上升起来,现在成了中农。他常说:"要不是共产党八路军,不光我完蛋了,就是俺们村里也得逃散一半子。"因为他群众观点□强,积极为革命工作,便成了一个共产党员、一个模范干部,区里分配他的工作,他总很快完成,并且不耽误自己的生产,常得到区里的奖励。他的工作方法是这样的:在本村,利用群众歇晌的空隙时间开会,在外村则利用民校搞工作,开会前找村干部报告工作,没做到的为什么,做到了怎么做的,从中找出经验教训,能自己解决的问题都自己解决,解决后报告区,问处理是否适当;自己不能解决的问题,很快反映到区里。村里、地里,他都□□□踏地工作。在边区群英大会上，他总结了他的工作方法："办事依靠群众，叫群众出主意。"

殿冰从小好打猎，学得一手好枪法。经过一九四三年秋□反"扫荡"，他成为全边区闻名的神枪手，成为全边区一个出色的民兵英雄。

去年一年，他家乡虽没有战斗，但他备战工作仍做得很好。夏天，上级号召备战，殿冰和村干部商量以后，决定全村建立干部中心领导组，分工领导战斗与群众转移，另把群众划为五组，每组推三个负责人，设三个通讯员，掌握情况与中心组联系。建立山头工事，在山沟里挖土洞，变山沟为第二家庭，战争一到，彻底空舍清野。组织抢秋队，掩护群众收割，为鼓励抢秋队，按收成难易二八或三七酌量分红，号召"地不见□，□不见垛"。

游击组备战工作，从六七月开始，刨了五亩荞麦地，收了两石多，另外包工刨地十三亩，挣两千块钱，秋天割了两百斤柴，作为战柴，栽了些大葱，作为战菜。技术教练有地雷教育，用空地雷让队员埋（不叫他知道是空的），然后把他眼睛蒙上埋起，等队员被蒙上眼睛能够埋得好起得好，埋雷技术就行了。另外就是打枪教育、岗哨监视教育以及战斗教育，在村方圆×里以内的地区，□筑工事，一边挖一边看地形，进行教育：敌人从哪儿来？我们往哪里撤？敌人追时怎么办？被敌人抓住了怎么办？又拿出个别地雷误事的例子，说明埋雷看雷的教训，规定□□范围和别村联络办法，中队部掌握埋雷地点，以免误事。备战期间，全村打了××个雷，选好地点，把石雷分布开，铁雷机动使用，在未冻以前准备好雷坑，武器有专人保管。

为加强游击队员的群众观点，克服其雇佣观念与发财思想，殿冰用实际例子和他们研究，教育他们，他问队员们："不偷人，不打人，不骂人，谁都知道□是□□的！但如果得了别村的东西怎么办？"有的说："要了呗！"殿冰说不对。有的说："那咱死了他偿命呀！"殿冰耐心地给他们解释，说明拼着脑袋打仗，就是为了保卫群众的生命财产，因此得了老百姓的东西，一定要物归原主，当然得了敌人的东西是另外一回事。

去年县群英大会正做典型报告时，听说有敌情，于是武装部便在会场埋了地雷，并且要打个联村作战，通知附近各村，听枪声就要赶来参加战斗。第二天果然有四百敌人来了，××部队打正面，殿冰领着尖地角的游击小队和武家湾、郎家庄等八九个村的民兵游击队四面包围敌人，战线长达十几里，敌人仓皇窜到武家湾，踏响了昨天埋的地雷，流了许多血，伤亡不明。第二天敌人"清剿"范家庄一带，晚上拉回□山，半夜又转回包围武家湾，但包围空了。第二天夜里企图包围尖地角，抓捕神枪手李殿冰，可是又没包围着。敌人一到，殿冰掩护老乡们就转移了，而他和董长庆却和敌人碰上了，他们不知是敌人，便问："哪一部分？"敌人冒充×区队的，声音很小，殿冰知道是敌人，便打枪，敌人顺枪声追来，殿冰急了，便喊："二连站东坡，三连站西坡……"正好咱们部队的机枪在山坡上，当下打死敌人五六个，他和董长庆安全地脱了险。经过九天的斗争，我们粉碎了敌人的"扫荡"，民兵联村作战起了不小作用。殿冰检讨他在这次反"扫荡"中，由于情况不明，联络不好，成绩不大，所以，他决心要在下次战斗中克服这一点。

边区第一届群英大会号召"战斗英雄变成劳动英雄"，他从大会上回来就积极生产。今年他修滩二分收高粱二斗，种烟三分，烧酒运输赚洋四千元，养鸡六只，猪二口，压绿肥六百担，耕三遍，锄三遍，麦地浇水勤，没生虫（别人的麦子生了黄疸）。去年他差三四个月的粮食，今年打下十四石粮，够吃了。每亩地比去年平均多打四斗，超过了原来的生产计划。

殿冰不光自己努力生产，而且还积极帮助别人，他是村生产委员会委员之一。春天，大生产开始，有的落后群众说："大生产还不是给公家?"殿冰听到后耐心解释,先定出自己的计划,并以实际行动影响别人,他和其他村干部挨门逐户地帮助别人做计划,为便于检查各家的生产计划,便叫各户把计划贴在灶王爷那儿,有的不肯贴,干部们给解释供灶王爷没用,他不能给咱们生产,要改善生活非亲自动手不行。小孩们也唱着歌儿:"多烧香,多遭殃;多磕头,多发愁;多烧纸,多招事。"不愿意贴的人们听了觉着对,便都把计划贴在灶王爷上了,说:"过去咱们烧香磕头向他要吃的,这回毛主席提出了大生产,咱们就向这个生产计划要吃的。"

春天,村生产委员会要组织全村拨工,把全村四十九户以户为单位,编制了十二个小组,进行拨工,干了两天就发生了问题:因为各组的技术不平衡,有的会浇园不会拉水,有的会拉水不会浇园;于是拆散了,重新自由组合,照顾到技术的配合,才解决了问题。以后村里又成立了消费与拨工合作社,把全村劳动力和半劳动力完全组织起来,进行等价拨工、还工办法,由消费合作社借给工资,将来以利还合作社,合作社除解决群众生产困难,还救济贫困群众,借粮借布。合作社扩股,殿冰首先入股千三百元,结果共扩三万余元。今年全村打粮一千零五十九点九石,比去年多打三百二十二点七石,每亩地比去年平均多打三斗多粮食。平均全村每人一鸡,每户三猪。全村拨工节省劳动力三百五十三个,种瓜一千一百一十七棵,收大麻五石三斗,烧酒赚洋七万元,现在全村生活改善了,就是十一户灾民(缺四五个月的粮食)也够吃了,有的还富裕了。

(《晋察冀日报》1945年2月27日,《英雄与模范》专栏)

民兵故事

一

一月二十二日，是平汉线上固城镇的大集，人烟汇集，热闹非常。

定易涞县的三个民兵，早就商量着要在集上夺取敌人的枪。这天他们三人带着两支枪进了固城镇。

伪军二大队的第一中队长范××耀武扬威地带着一个勤务兵在买肉，勤务兵把枪挟在□□里，指手画脚买肉吃，民兵××看到了机会，上去就将枪夺过来。范××着了急，正要抽枪，被我民兵中队长"当"一决枪，打伤了。另一个民兵乘机将他所带来的驳壳枪也夺过来，两支枪做了民兵的胜利品，他们趁着人山人海的□嚷□溜出来。（□前）

二

二月三日，伪平山合作社常务理事聂耀棠的护兵，挂着盒子，和三个伪人员大摇大摆地往石门走。道边，突地跳出了一个背大枪的民兵："不动！有枪没有？"

"没有！"两只手很熟练地举了起来。一个穿黄呢衣服的撒腿一跑，太慌张了，地下平平地就摔了筋斗。区干部老苏，窜过来一把擒住。开汽车的助手，见势不好，又连忙跑了回来，请求道："我不跑，这是第二次，捉住吧，我知道你们会优待我！"不到几分钟四个人全捉住了，取下□护兵的盒子时，他说："我这盒子是给常务理事作排场，其实我也不会打。"（青英、同顺、景春、石）

三

繁峙××村游击小队，由指导员□队员三人，于本月×日去城南一里许的南关村活动。适逢伪警备队一名带捷克式步枪一支，子弹二十七发，到南关吓诈民财。我游击小队发觉后，指导员勇敢向前，拿枪逼住，另一队员上前抱住伪警备队员，连枪带人，当即俘虏。该村游击小队深入到敌点附近勇敢机智沉着袭敌捉奸，县武装部□决定通令表扬嘉奖。(陈纬)

(《晋察冀日报》1945年3月3日)

鞋工英雄 锄奸模范张宝玉

黄岭松　张文芳

张宝玉是平西鞋工厂一个二十四岁的青年工人，他生长在河北大城县一个非常贫穷的农家，□□□父母亲就去世了，他和姐姐便只得靠着自己的手来□□□。□□□，□□□的帮助，才介绍到鞋厂学徒。十七岁□□□□□卢沟桥事变，为了抗日，便参加了二十九军炮兵□□□□□□。敌人一进攻，队伍垮下来，从北平□□□□□，又退到五台，最后又向正太路以南退去了。他和十几个的□□因病被留在五台，紧接着，八路军过来了，他们便先后□枪全部参加了八路军。他在革命的教育下，在部队中，□是个勇敢的战士。一九四〇年在冀中负伤又得了肠胃病，退伍转到军区供给部做鞋工。

一九四二年生产大竞赛的夏天，他曾在一天创造了全厂十一小时做二十五双鞋的最高纪录。因为他成绩好，曾被选为劳动英雄。

当年秋天，平西成立鞋厂，缺人，他和三十多个工人被调到那里工作。那时平西生活比较艰苦，常吃玉茭，存小米，许多工人受不了，要求退伍回家，他常劝别人"抗战是艰苦的，我们能吃苦耐劳□光荣，要求退伍是莫大耻□……"，并且以自己的积极模范作用□推动别人。□人一天绱鞋十九双，他却经常保持绱二十双到二十四双，□后到二十五双。在他这样耐心的帮助，经□的劝告下，曾将一个被认为落后调皮的工人，转变成为一年当选的劳动英雄了。

他们厂里的绱鞋组，有两个班，六班班长是个老工人，对技术保守，光教新工人绱容易搞的地方，费手的便留到饭前，工作后或星期日的时间偷着做，怕别人看见学会了，半年□培养不出一个熟练工人。张宝玉——第□班工长，就不和他那样，他说："我什么都贡献给革命，技术□□□□大伙的。"他扳着手指教新工人，教梁印□绱□鞋，就是在两个月内便学得很不错。每到星期日别人玩去了，他却忙起来。六班的工人也来找他："张班长，怎么我绱出来□□□是前头有皱皱呢？""张班长人家说正绱不如反绱！"……他总是一个个耐心教导。虽然这样，他对老工人，并不轻视，有人要求离开六班，他批评他们说："陈班长是老工人，我们应该尊敬他，不应该讨厌他。"

今年三月他脚上长了一个大疮，本应该休息，上级又分配下来两千五百双鞋子要突击完成，他拼命坚持工作，后来脚肿得像瓦罐子一样粗，大家劝他去住医院，他始终不肯休息。厂里给他"估工"每天做十四双半，他每天做的没有少过二十双。突击工作的三个月过去了，任务胜利完成，他的脚也同时好了。

切底组缺了人调他去当班长，因为他不熟悉切底技术，常遭到调皮工人的为难，于是他下定决心不睡午觉加油学，不久就会了。有一次赵福生故意说刀钝不能干，就放□□刀就休息了三天，他见赵的刀并不钝，就将自己磨得很锋利的刀换给他，使他复了工。别人的切刀用半年，他的却能用一年。碎布到处扔着没有人管，他把那拾起来作铺层使用。别人说他出风头，他还是照样做下去，后来大家也跟着他做起来了。

今年春天，他首先响应上级大生产的号召，打早起来拾粪。开始有人耻笑他，他说："背粪筐是光荣的！"始终如一地坚持下去，成绩很好，工友们曾给他一个"拾粪大王"的光荣绰号，开荒种地他总是站在前头。

工人里有个埋伏几年的特务，名叫李德元，看见他工作很积极，就在旁边说风凉话："我们才绱十来双，他要绱二十双，他干就让他去干吧。"常常发表谬论,"苏必胜德必败"这句话曾反转说的,用讥讽的口吻说:"今天报上说德军消减了多少,明天又说德军消减了多少,果真是这样。德国的小孩子都会死光了。"背地里也说,"共产党只会用嘴为工人谋利益,实际里就不给工人谋利益。"张宝玉不麻痹,很敏锐地认识了他不是简单的落后分子。落后话与汉奸话不同,找了个锄奸课本对照了一下,果然没有错。他汇报到工会主任,上级叫他多多地来注意,他心里已有了把握,他□不推辞地担负起这个艰巨的任务。有一次他上山坡上开荒,李德元走来说:"走,我们去玩吧。开鸡巴荒干什么?还不是给他们白开。"张宝玉扔了锄头低声地说:"不过我们还得开,因为大家都开,只有我们不开是不好的。"他们就一面谈着一面开始,李德元说:"共产党只口头上说的是真理,我看他们做的可不是真理。咱们为了追求真理,可成立一个'追求真理组'。"张宝玉就顺便地答应他。到这时候,张宝玉已经更清楚地知道他的内幕了。他是怎样组织打击共产党员和进步分子,拉拢落后分子,"□□"的□□□是怎样打架骂街怠工破坏公物的成绩。由于他们的破坏捣乱,全场七十多人中经常坚持工作的只有十几个人了。特务扩大了组织并成立了武装,计划在五一节拉去投敌,因张宝玉过去当过兵有军事知识,当时便顺便成为军事组织中的一员。

有一天上级通知有了情况坚壁东西。特务也假装着积极做坚壁工作,背地里却很喜欢地说:"敌人和中央军一起来,八路军就打垮了。"张宝玉随声答应了一下,特务微笑地接着说:"你不要死脑筋就对了,五一我们要武装暴动把人拉走。"

五一的前晚上,人都睡尽了,特务开了介绍信和通敌区的路条,先叫张宝玉和另一个特务爪牙携械同他家中的人前边走,特务在五一那天还有更大的刺杀任务,至此该案就全部破获了。

张宝玉在上级领导下,经过曲折复杂的斗争,起五更睡半夜,终于变成有人证物证的群众，将特务及其组织全体抓获。在他的诱导下十几个被骗的青年悔过自新。这里表现出张宝玉对革命工作的忠诚，他的勇敢和机智，在特务坦白大会上，全厂上下□□称他为"工厂保卫者"，这不是偶然的。

  相隔约有一个月的样子，他又发现有个老工人关系异于常人的密切，背地里他还听他们议论他锄奸的事，"张宝玉过去吃人家喝人家，现在又害人家"。因为他是已经出了名的工厂保卫者，不能很好地去接近，探得他们内中的底细。以后他很好地同一个青年谈，并叫他与他们接近，始探得他们因为受不了山地的苦，想结伙逃跑到敌占区去。在拒马河涨水的那几天，他们总单独到河边去看水，张宝玉怕他们晚上偷走，他装着为了图凉快把铺搬到大门口去睡，他怕睡着了，白天就强喝开水，这样弄他两眼通红，白天非常疲乏。他看见事情再不能拖延了，上级才把他们叫来和那个青年对质，待他们承认后，他们才当着大家坦白了，□□张宝玉挽救了这两个政治动摇的分子，巩固了队伍。

一九四四年十二月

（《晋察冀日报》1945年3月3日，《英雄与模范》专栏）

郭秋根同志作风的转变

新华社太行通讯

郭秋根同志是临城店西峪村抗战以来的老村长,他村虽然经过了四二年的减租运动,但工作却仍然不起劲。去年因他在作风上有了彻底的转变,经过大生产运动,村上工作就完全变了样,全村组织起来的数字,占男女全半劳动力的百分之百。去年县上开劳动英雄大会时,他村被选为全县生产模范村,他自己也被选为模范村长。他的进步过程,以下是他的自述。

"我是抗战以来的老村长,自己过去的作风是'下马三声炮'(官僚的意思),叫别人干什么,不干就不沾。比如说派差吧,不是先好好地打开脑筋,使大家高高兴兴地去干,而是以强迫的态度,不去就是□□。不□啥事,都是光叫别人干,自己不愿意动手。这时我满认为自己有办法,能够完成任务。

"去年麦收前(指四三年),上级□我到县里受训,讲的是'树立群众观念,克服行政命令',并让我们反省。我当场发言说:'如果与群众商量,啥事也办不成,老百姓是奴隶性,不压迫就不沾。'上级又给我解释三次,我说:'就比如我们村干部吧,区里不硬逼还不干呢,老百姓不逼还能沾?'后来上级又说:'强迫在群众间树立不下威信,你想想,如果上级对你光强迫,你心里能高兴吗?'这句话把我提醒,我想想这是不错的,如果上级光强迫我,我也会不高兴的;我光强迫群众,群众又怎样会信仰我呢?但心里总有两种想法:一个是和群众商量说服,到底沾不沾还不保险;一种是自己命令劲头已经成了老习惯。

"受训回来以后,我心里的想法是:试试吧,看到底那样办法沾不沾,打开脑筋就算了,打不开还是强迫。试验了一下,但没试验成功,我就逐渐不信上级所说的话。

"到冬天,上级布置了扩兵工作,全村干部忙起来了,这个去动员,那个去说服,总是不沾,谁也怕走了后家里无人照管,干部说保证优待,他们不信。后来我们想出个办法,就是让群众大家讨论,大家动员,大家保证优抗。这样一试验,就弄成了。我一想,原来是众多话大,打动了有意参军人们的心,同时大家保证优待,使参军的安心了,这就使我感到群众还是沾,动员大家做比光是干部做有效力。

"今年春天,上级号召打洞备战,干部看了一个地方,群众也看了一个地方。群众都说:'干部看的地方打下去下边有石头。'打了一下,果然被石头顶住了。群众看的地方一打就打下去了。这又给我一个经验,就是群众大家的办法比我们的办法沾。

"发动群众开荒时,仍按以上经验去商量办法,首先让大家讨论,咱们村里为什么每年光挨饿?大家都说,村里地太少,人口多,再加上不好好干,所以粮食不够用。我们又叫大家想办法,最后商量出来,组织起来开荒,多上粪,这样就把大家开荒的劲头鼓起来了。但过了一些时候,大家仍是迟迟延延不动手,我想了想,原因大概是干部没先干,所以群众等待着。阴历二月二,我与指导员及几个民兵就动手开起荒来,这样很快把两个组带起来啦,接着我又开了一个小组长会议,提出'争取今年不挨饿,使光景上升'的口号,全村男女全半劳动力都给带起来了。一年得到的成绩,是每人平均增加四亩多地。这里边我又得到一个经验,就是群众自己讨论决定的事情,自己定是'肯干',干部动手做模范,就能把别人都带起来,我就把这个经验运用起来。

"后来我把与群众多商量、自己动手做模范两个办法用到其他事情上,如动员打□秋□□,也都沾了。"

(《晋察冀日报》1945 年 3 月 11 日)

平山民族英雄贾玉

羽山

贾玉，二十三岁，平山××庄的游击小队队长，是一个在抗日战争中长大的小伙子。四三年他村的游击小队作战一百〇一次，打死敌人七十一个。在第一届边区群英会上，边区党政军□□给二等战斗英雄的称号。

四三年反"扫荡"后，敌人在离××庄七八里的黄金寨上修了四个堡垒。从此，他的家乡就处在第一线上，敌人经常袭击包围瓦口川上的村庄，环境恶化。区里成立了基干队，贾玉刚从边区群英大会回去首先就参加了。在他影响下，青年们纷纷报名，很快就发展了二十二个人；把基干队成立起来，贾玉担任了副队长，同时，还领导着他村的游击小队。

贾玉回家的第五天，康金堂和黄金寨的敌人二百三十多于拂晓时□路包围了陈家院，他闻讯后便和基干队与游击小队飞快地赶到陈家院的南垛上，而敌人早已在搜村了。贾玉坚决地说："今天这个战斗不打光子弹、手榴弹，死了也不准退。因为咱们牺牲一□个不□□，陈家院的五六百老百姓被敌人包围住了呀。"接着，他们的枪一齐打响，八十多个敌人便向他们冲锋，□□三□敌人被手榴弹打下去，八个敌人带了花。第四次敌人增加到一百二十多，在机枪掩护下冲来，贾玉三枪把一个射手打□，机枪不叫了。冲锋的敌人"哗"又撤下去。第五次敌人用小集团队形向上冲。这时，他们一人只剩下二三颗子弹□一个手榴弹，贾玉带着两个队员绕到敌人后面，□□□□□□的六七个敌人打死一个，占据了石板□□□□高点，村里和冲□□敌人怕被包围，便一齐向康金堂堡垒撤退了，他们解放了陈家院□百多群众、一百多只羊、六个牲口,敌人伤□□□□□□□□的也没有,群众把他们接入村里,□□□□,□□□激地说:"要不是你们,咱们都给抓走了。"而黄金寨的敌人因为怕他们,直等到天黑才偷偷地跑回去。

此后的三月六日,他和游击小队,曾伏击企图到苏家庄与红领北抢掠的一百三十多个敌人,在樊土沟的袭击战中,把正在堡垒下乘凉打麻将的敌人□打得连堡垒也上不去了。结果敌死四伤三。三月里,一百二十□敌人□□路到陈家院东沟抢粮食,贾玉他们十四个人一阵排子枪,把敌人打得扔下了抢着的二布袋粮食、一捆被子。敌人在高处用机枪向他们射击,他在机枪换锁子时打死机枪射手。后敌另分一路从他们屁股后面绕来,他们坚持了二个钟头又打死一个敌人步枪射手,伤敌一。又一次敌人八十多包围王□沟,他和七个队员跑步赶去,□□了村北高地的敌哨,敌人慌张撤退,把绑上的三十二个老乡,七八个孩子,和几布袋粮食全扔下了,他们一直追到堡垒根。敌人对民伕说:"你们知道的有,这是十七团。"敌人非常怕他们,常说:"人少了可不敢下堡垒,下去怕就回不来了。"从四月以后,敌人再也不敢到瓦口川来扰乱了,人民的生命财产得到安全,也能放心大胆地□种□。

贾玉和他的小队,武装掩护着第一□的生产,白天××庄的岗哨和堡垒遥遥相对,敌人一出来就能发觉。队员们白天也下地,有情况贾玉在房顶上一吹哨,他们□扔下□□扛起枪杆去打击敌人。晚上,他们在一起睡觉,通到堡垒的大小道上,都用绊雷封锁了(三天换出来晒一次),雷的附近就是岗,有情况除地雷外还打手榴弹。他们和别村的联系很好,互相制定设雷和警戒的区域,互相在晚上派坐探,拂晓有两个哨在通堡垒的道路上巡逻,只要警戒线上不发出信号,没有游击小队的通知,无论白黑,就是在村外落几个炮弹,人们也很安然地耕种或睡觉。老早,××庄的战时群众转移就组织好了。

为了掩蔽群众生产，他们曾经连着五天封锁堡垒，他们发觉敌人在堡垒根的泉水里汲水吃，晚上就背了一筐粪倒在泉里"格搅"几下，使敌人喝不上。第五天，十几个敌人押住三个民伕下来担水，贾玉和他的小队埋预伏在泉水边，一排子枪放到敌两名，敌还枪后，又打倒他一个。结果，堡垒里的机枪、大炮掩护着，敌人才撤回去。

他经常教育队员们怎么样埋雷和射击，他们自己曾经拿出钱，买了四十几粒子弹，他们研究出一些射击的办法：平地五十步远，准心瞄准敌人的膝盖，正打到胸口，一百步瞄脚，二百步□□□五尺□□都可打中。游击小队五天开一次会检讨，常常开娱乐晚会。维护群众利益，不违反群众纪律，则是他的政治教育的中心内容，上级奖他的步枪、八音子、自己买的六轮子都交给队员，还拿出四百元做中队部经费，一千元买了一架望远镜。

他把游击小队队员分散到各个拨工组□□□□员多给别人拨些工；战斗时队员出去，别人□他们的□□□□家□也满意。堡垒附近的地都是游击小队掩护着种上的。□秋时，××庄实行了割一块，收一块，打一□，藏一点，四天半中就把全村麦子收割干净，坚壁出去了，五天完成了大秋作物的收割。压绿肥时，男人们割，女人们连铡带压，堡垒附近草厚，他和队员们一手镰，一手枪，把堡垒封锁住，一边掩护群众，一边自己也割，他们把堡垒附近的荆芽全割完了，十天内完成四十七万斤绿肥。

秋□□的一□编乡的□角沟，离堡垒很近，□人很□，他领导着□□□□和一些青壮年二十多人，去帮助收了□□庄家□□□□□。后来，□□的人们从□□把□□给他们，当时，一天一工七十元，他们只要了□□□□。□□帮助□家庄收割五天，前后□□□□□□。

两个月中，游击小队□□□□，□□□□□给的二亩地，十五个人□□□□□□□□□□游击。

一年中，战斗及□堡一百□□□□□，小队打死敌十名，伤敌十一名，配合部队打死敌十三名，伤敌八名。其中贾玉自己打死五名（机枪射手二名），共埋地雷四十次，破坏敌人水井七次，割电线二次四十多斤。

四三年的反"扫荡"，□□庄七顷多地有一半没耕种。四四年春天，在贾玉提议下，全村把牲口和农具集中起来互相使用，一天连人□牲口耕二亩地算三个工，光牲口两个工，使的人喂牲口顶一个半工，耕一亩算一个工，耕三亩则算三个工。

拨工组开始是以人为单位，只有一个组，在他们的影响下，以后发展为二十六组，贾玉被选为拨工大队长。每个季节以前，全拨工队开一次会，讨论工作，拨工组五天一记工，十天一清工。他们把一天分为十分，早二分，上午四分，下午四分。以人为单位时，轮流给一人拨一天，谁的活儿最紧当便先给谁做。后来，改为五家一组，五家人的男女老少都可互相调剂使用，谁要多少人通过组长，有时一天可以给二三户做营生。在拨工的□□下，□少的三个人一天可以做出四个人的活儿来。

过去，贾玉是不常下地的，当了英雄以后，他积极劳动，使家人对他的不满消除了，同时，他还改造了两个懒汉。在大生产中，他和他的家庭，样样走在头里，他家最先开的家庭会议，影响了别人，并帮助了□家。大□□□、压绿肥、组织妇女拨工，都是从他家开始，逐渐推广到全村的。

他把自己的牲口给抗属推碾、种麦，组织儿童给抗属割绿肥一千斤，组织队员经常给抗属担水。□公粮时，他听到戎冠秀推三遭米，便在群众大会上向大家宣传，回家监督自己家推，并向干部挑战，使往年半月才能完成的公粮，三天就完成了，而且都做到"没糠，没沙，没烂米"，成为全区的模范。

去年共收粮食二十四石,超过计划四石,比前年多打六石多,全家一年够吃了。

(《晋察冀日报》1945年3月11日,《英雄与模范》专栏)

旧历年关在北平

程翠

北平的旧年，在悲惨中度过了，"那是什么过年哪，简直是过鬼门关呀"。在小米三十元伪币一斤，水一元伪币一担，公务员教员们每月薪水仍不过三二百元，他们只好在公余课余卖纸烟（伪市立八中教员集体地搞），拉房□，起早到晓市买卖破烂，维持生活。伪北大教授沈某夫妇俩冬天屋子连火都没有，穿着破棉袍，走来走去的，饿得五分钟讲一句书。因为他不会做买卖又没有兼差，月薪四百元，过年连肉味都未闻见。

敌人狰狞的面孔鲜明地暴露出来，公开抢掠了。去年下半年三次"献铜铁"，每户至少五斤。住户的门环，商店门窗前的铁栏杆，连警察局的栏杆都被拆走了。旧年前后一月内敌人公开抢掠毛衣裤毛巾等物，在西单、东华门、前门等地拦挡行人，把妇女拉到附近商店内脱毛裤。有的妇女没有裙裤，便把居住证留下，回家脱了送来，再换回。无耻的匪徒们竟到西单裕华池等澡堂把客人的毛衣裤一扫而光。原因□说是敌人征了一批新兵，服装没有预备。

前门十几家大布店如亿兆商店等全在"罚款""征布"等变相抢掠下，旧年后停业了。

在"物资奇缺"下敌人只有大量地印发纸币。据确悉，千元一张的伪币银票已预备好，三月底就要发行了。最近伪《华北新报》载一篇以《厂甸去不得》为题的速写，作者说一个老太太携他的孙儿到厂甸绕了个弯，买了一个花枪一个木刀，吃了点东西，连来回车费，花了二千五百元。书价顶贱的二十元。作者最后感伤地说"生活太难了"。一般人听到千元票子快出来，更想到未来的日子太难混了！

盟机最近的两次轰炸平郊，大大地兴奋了北平同胞，人们都在盼望着："八路军快进城吧！那时候就有我们的了！"

（《晋察冀日报》1945年3月15日）

赵贵说边区

田流

赵贵参加边区群英会回来，刚到家，还没抽一袋烟的工夫，两间的大窑洞，人们就挤了个满当当的。

"见咻毛主席啦吗？"

"准见咻聂司令了。"

"宝孩（赵贵的小名）可见了咻大世面啦。"

赵贵回答了乡亲们亲热质朴的询问后，就说起边区来：

"……边区□面可大啦！东边的英雄整走了半咻月，咱这南边的走了七天，从南到北少着也得走它个把月，这还是——还是——"他忘记了那叫什么地方，他觉得参加趟子群英会，连边区多么大全不能告诉乡亲们，实在不应该。心里一急，他那从小挖煤熏黑了的诚朴的脸上，就冒了小汗珠。一下子，他想起来了，满面红光地说："最远的冀热辽军区，因正反'扫荡'还没来呢！"

人们听说边区这么大，全惊呆了，好一会子没人说话。人们的眼睛兴奋得像天上的星星发着光，还没等人们缓过一口气来，赵贵又说道：

"咱边区真是□人强马壮，从咱家往里走吧，越走兵越厚，这村在下操，那村又打靶，山沟里河滩上到处是兵马！"

"怎么不给咱多派股子来？把娘子关、羊圈凹的鬼踢踏了就安生啦！"王福子快嘴快舌地插进这么一句，打断了赵贵的话。

"别着急，时机到了这不愁！"赵贵回过头来告诉他，"不用说从敌人手里夺来的各样的枪炮，光说咱边区给民兵们造的地雷就不知有多少种：有在山坡上炸的，有在河滩里炸的，有专打炮楼的……"

这回是民兵们来了。他们顾不得人们制止，就讨论起"像咱黄统岭用山坡炸的雷对劲！""多该发给咱点……"接着赵贵说："参加群英大会的还有外国人。外国人说在中国找这坚决抗日的多年啦,老蒋老是不说,不愿意叫找到。年上才找到咱毛主席,来到边区,他们说将来把鬼子打走全仗咱八路军啦!"

"当然全靠咱八路军啦。"小和尚补充了一句,"咱别指望着老蒋啦。"

"到反攻的时候咱民兵也有一份!"

"那还用说,到反攻时八路军和老百姓齐心合力,一下子就把鬼赶跑了……"

大家欢笑得不行,指手画脚地说□反攻时自己要担负什么任务——好像是在开反攻准备会,直到赵贵又说起来,大家才安静了。

"首长们实在爱护咱老百姓和英雄们啦!程政委、宋主任、于副议长都亲自找我谈话,手拉手地走进他们房子里,亲自给我倒茶,双手送到跟前,问咱村乡亲们怎么过日子的,问拨工队、民校……各种工作,问敌人给咱的遭害……"

"你说边区首长们多操心哪——边区这么大地面!"小和尚两手在半空里狠狠地画了一个大圆圈,"准备吃饭睡觉的工夫也没啦!"

"三十年上大旱,聂司令就整三天三夜没睡觉,老是到房顶上、山头上看天气!"不知是谁从屋角里送过这句话,大家正在用眼睛寻找,又听赵贵说了:

"程政委、宋主任要咱今年好好闹拨工队,生产要和战斗结合,做到三年有一年的存粮!"

夜深了,三星早跑到西山背后去了,鸡叫两遍啦!大家还挤在赵贵房子里,商量着本村的事,他们决定,明天就整顿拨工队,准备春耕。

一九四五年二月于平定

(《晋察冀日报》1945 年 3 月 18 日)

五台的合作社

韩绍白

一九三九年五台合作社才建立，但因当时不少干部对合作社缺乏正确的认识，发展上极混乱，不以合作社性质为名而大都冠以发起合作社之团体为名（如武委会组织民武社，农会组织农民合作社等）。股金的来源多系摊派性的，干部也未经社员选举，社员也未分过红，因此群众对合作社的认识也是模糊的。这样缺乏坚强群众基础的合作社，在一九四一年敌寇大举"扫荡"，制造"无人区"后，合作社即大部塌台。

一九四三年虽恢复四十个村社，但多数是形式的，总共只有股金一万二千元。去年，由于党政民及合作社全体干部一致努力的结果，才在大生产中作出了成绩，而合作社也向前推进了一步。

那时"无人区"群众灾荒是很严重的。政府帮助群众生产，去年冬天即贷给十二万元的运销贷款。群众即自动成立运销合作社，社员拿出山药集中起来背到盂平卖了，向合作社入股，并从盂平买回土布，利用亲戚朋友关系，到敌占区换回粮食。敌占区群众也跟着我们的运输组到根据地运销运输，随着这一工作的开展，将其他工作也伸向了敌占区去。在农忙时，在不少的变工组内有些人因没吃的不能长期变工，因此每组抽出一人仍组合起来运销，赚下钱按变工组的人数均分，这样没吃的人也有了吃的，地也能按期播种与锄搂，使变工一直坚持到底。自敌人制造"无人区"几年来，谁家过七月十五也吃不上白面，去年七月十五日却没有一家不吃白面的了。运输运销工作开展的方式方法在一、二、三"无人区"大致相同。据不完整的统计，参加人数二千二百余人，共编成三百八十五组；畜力五百四十八头,共编一百四十八组;共获利一百三十余万元,基本上解决了贫苦群众的生活困难,奠定了大生产运动的物质基础。

春耕开始前,各区都有计划地组织了铁匠炉。炭由合作社供给,保证农具的不感困难。因"无人区"平地较少,特别需要的是镢子,凡合作社组织的铁匠即以打镢子为中心,群众社员往铁匠炉上送镢子,又是与变工组结合。如十几家修镢子,即有一人将大家的镢子背上送到铁匠炉,今天送去的,将昨天修好的背回来,往返记一个工,变工组内给顶一个工。在合作社有组织的领导下,保证了农具不感困难,价钱比一般的要便宜;还解决了铁匠工人的失业。

特别是一区"无人区"的群众感到农具没办法解决,王槐同志即抓住群众的需要以制造农具为中心,把合作社组织起来,使群众称便。合作社为了解决耕畜的困难,组织了贩牲畜小组,到外县购买,共补充了牲畜一百二十三头。其次籽种的调剂,除政府贷粮六百八十石,由合作社掌握调剂籽种外,不足之部合作社又到外边购买。如五区办事处到代县一次即买回二十余石莜麦种子,节省了老乡的许多工与路费。

合作社较健全的村社员小组与变工小组是统一的。除了一般变工之外,变工压肥与合作垦荒更有成绩,解决了瓦匠等失业工人的困难。全县除变工以外,合作垦生荒七千六百八十三亩,消减熟荒一千六百一十亩,修滩一千零七十四亩,合作压肥七十五万斤,压肥中也照顾到一些抗干属及病人与老弱无力的压肥。如三区鹞子河将压肥地区有计划地划分开,首先是那里的蒿子厚,离抗属的地近即归抗属所有,任何人不能去割;另外给病人及老弱者留下村边里,壮年好人到远的地方去割。这样组织起来适当地解决了肥料问题。

群众有困难,来找合作社解决。如养老与安置难民问题,铁堡村王炳富,因年老体弱,有八亩地无力耕种,即找合作社主任给他想办法，结果让他将八亩地入到合作社给贫苦社员耕种，租子多少由合作社负责交他。王炳富非常高兴，解决了他年老吃饭问题。恰巧阜平逃去了二户难民，也去找合作社主任，当时就把王炳富入到合作社的地租给每家平地一亩（本村平地相当少）。二人也高兴地参加了变工组，参加开荒，秋后每家除了一年的消耗，剩余粮食一石六七斗、菜一部，明年的生活已有了保证。其他如实验合作社、民办学校、代交公粮建立义仓，都有了初步的经验。

在创办抗干属妇纺训练班及优抗工作上，曾着重发动极贫苦者参加，从纺棉、纺毛、卷烟着手，逐渐走向织棉布、织毛布毛口袋等手工业，以此训练班为中心逐渐开展全县的副业生产。现已有八人学会纺棉，回本村推广技术。班内还有二十九人积极学习，吸收学员分二种形式：一种是极贫苦的抗干属，经过介绍手续到训练班长期学习者伙食由合作社负责；一种是短期轮训性质，学会后即返回本村（不一定贫苦）推广者即由选送的村庄自带伙食。另外为了提高抗属地位，并在物质上给以实际优待，今年过旧历新年全县合作社卖给抗属货物一律九扣，出卖七天，并决定今后平时一律按成本卖给抗属。

在全体干部的一致努力及党政民协助下，五台合作社出现了新的面貌。一年的奋斗由四十个村社、三千个社员、三万五千元股金，发展到现有村社一百七十七个、社员三万七千名、股金一百四十万元，连上公司存贷款的活动资金共有四百八十万元。从数量上看，村舍增加近四倍半，社员增加十二倍，股金及活动金增加一百三十六倍；从质量上看，资金百分之八十用于生产，百分之二十用于消费，并逐渐走向以组织群众闲散劳力、增加群众收入为合作社主要内容。

（《晋察冀日报》1945年3月30日）

繁峙高易璞与民校

周秀清

高易璞是北辛庄村的民校教员,是一个二十一岁的青年。事变前因家穷没有念过书,边区创办了冬学以来,他每年都积极参加,用心学习。他学习有恒心,下苦功,保证每天认二三个字,平时多问多写多复习。这样,三年多工夫,就学会了二千多字,学会写信和契约,能看懂群众报。去年他被该村群众推选为民校教员和村社经理。他把全村男女青壮年都动员起来,男学习组和拨工组相结合,妇女按居住相近来分组,每组五户至八户,由组长每天挨户教生字。当群众结队运销、背公粮等外出时,组织临时组,这样不致回来忘了生字。高易璞动员的方法,主要是启发群众了解不识字的害处,用许多实际例子来说明,使得群众感到迫切需要而自愿自觉地来学习。他非常了解壮年们学习的实际困难,如记性赖,认了字不会写,所以他教字非常耐心,经常捉住别人的手一笔一画地教他写。又如以"用物记字"的办法,帮助人们记忆。他首先拣群众最需要的字来教,讲政治课也联系本村实际,比如讲反法西斯就和本村国特破坏活动事实联系起来,群众反映:"这样上课,咱们容易懂啦,也不打盹啦!"三年来民校每年只有十来人,这次却有六十余人,一般的都学会一百以上的生字,像高成元三个月识了四百二十生字,最少的也学会四十多字。有的青年说:"咱上过三四年民校,不如今年一年识字多啦!"同时,高易璞民校不但提高了群众文化水平,而且经过教育,改造了好些人的懒惰习气,提高了全村群众的生产情绪。

(《晋察冀日报》1945年3月30日)

九支长枪的奇迹
——记围困南唐梅堡垒的片断

野明

唐梅南山的三个炮楼,高立在黑山上,已经一年多了。

旧历年前(一月三十一日),我军某部选了八个战士、一个通讯员、一个炊事员,带着九条长枪,一支短枪,就一直开到了南唐梅村里。炮楼就在四百多米远的头顶上窥视着。

部队到了。王队长四处检查着修工事,利用破房挖了枪眼,用碎石片垒了掩体,在交通要道修筑了土堡垒。

三十一日晚上,在统一的指挥下,村里的老百姓将水井都填上了,除了游击小队留下配合警戒外,老百姓都转移了。

七天头上,四百多敌人从外线进来了,扬言要来解围;可是事实上敌人没来解围,只是在最南边的一个堡垒上运了些给养,送了些水又回去了。当时有的人说:"敌人不敢来了,那么多人才送了些给养,都不敢到这边来!"这样人们有些疏忽了。十一个人的队伍队长带着五个走了,只剩六个人在村子里坚持。

二月十三日(大年初一),战士们正在工事里吃饺子,李小发几天没打上仗闷得慌了,他说:"过年还不叫打两枪呵!""他不下来今个也得打两枪!"

忽然瞭望哨报告,四个鬼子下来了,一挺机枪架在山坡上的工事边,人们从枪眼里看得很清楚。离我们最多只有百十米远,可是我们都没打,想等敌人走得再近一些再开枪。

村东工事里的田贵秋、赵银山也发现敌人了,敌人在挖村东的水井,房顶上还站着两个哨兵。当时就瞄准哨兵打了几枪,没打准,哨兵还直挺挺地站在房顶上四下张望。

李小发急了，一枪，随着就倒了一个敌人，另一个马上伏在房角里了，战士们都笑起来，有人大叫："打得好！"敌人的机枪向着一个小楼房响起来。这对我们没有一点影响。呆了很久，那一个该死的哨兵又爬起来了，刚一露头，李小发又一枪，以后就再也没动。

一会敌人想转移到小西坡的后面，小西坡上石头块很多，还长了很多小树，敌人以为这里是很好的隐蔽地。可是我们看得更清楚了，正像李小发说的一样："这一下更近了！"当好多敌人往小西坡上爬的时候，随着李小发的枪声，一个鬼子头钷在地里了，两只手尽管抓土，很想挣扎起来，可是李小发打出去的子弹已经打中他的要害了。接着大伙又打了十几枪，敌人再也不敢动了。

敌人无法发现目标了，高山上的重机枪小炮一齐打起来，打了单发打连发，子弹和炮弹都落在我们工事的外边，打的石头乱飞，打了好大一阵。

太阳快落山的时候，敌人抬着六个尸首上山了，当晚王队长也赶回来了。

好几天敌人也没敢下来。有一次又想下来搞水，走到小柏树旁边就叫我们打回去了。敌人没办法，在一天的夜里摸到老和尚沟去弄水，可是那里没水，仅仅偷了几块冰淇就跑回去了。

十天以后（阴历正月十一），更激烈的战斗展开了。

正吃早饭的工夫（天□□□），王队长一抬头看见炮楼□有一个人在修□事。

"不好，快把机枪给我！"

枪一响，那修工事的停止了，一直有半点多钟都没动，大概是死了。

"今天敌人可能搞鬼，这是修重机枪工事哩！"王队长告诉大家注意。

"下来了！下来了！"敌人一步一步地用□子看着往前进。

新战士韩三群和两个游击队员投手榴弹，开始在院子里投，很快又跑出去投，在敌人□房子的外边，连着打了十几个手榴弹，打得敌人直叫唤。

田贵秋朝南坡打了一枪，就嚷："队长，队长，打死了一个！"韩三群马上跑去看。

"拉哩！拉哩！"

韩三群"叭"的一枪把拉死尸的打死了，两个尸首在黄土坡躺着。

"你们两个保险，不叫把这两个尸首拉走！"队长把任务交给了韩三群和田贵秋。

一个提机枪的又去拉死尸，刚放下机枪，一拉，韩三群的子弹又飞进去了，他趴在地下屁股一动一动的，三群接着又是一枪，打得他翻了个身，再也不动了，钢盔丢在一边的石头上，"嚓啦"一声。

另一个山坡上出现了一个日本指挥官，衣服颜色有些发黑，一副白手套，拿着望远镜在瞭望。

"我打吧！"赵银山说。

"我打吧！"韩三群话没落地就是一枪，打得看不见了。

敌人的重机枪在炮楼上不住地叫，打得我们四周房上的毛柴都燃烧起来了。

这样从天明打到天黑，十三个敌人又回了老家，这一仗，敌人的收获只是挖开了一个水井，偷了些水。

第二天，天一亮，彭庄儿就报告打着两个敌人了。小发他们在工事里正休息，一听响声，骨碌就爬起来了，一看敌人正在修工事，就又打起来。

马连三和田贵秋并肩地瞄着打。

"我打着一个！"田贵秋说。

"我打着一个!"马连三也争着说。

结果两个人瞄的都是一个敌人,打死的也是一个敌人,队长说:"也许他一个人中了两粒子弹呢!"

第三天,除游击队员老虎打死一个敌人以外没有动静,人们都急得要命:"这怎么移呀?也摸不着打啦!"

第四天(是阴历正月十四),□□树修工事的敌人叫我们打回去了,我们没有敌人好打了。白天,在院子里没事,王队长想了一个办法打炮楼上的敌人。因为我们的枪不好,就找了一个隐蔽的地方架着梯子瞄准炮楼上边,把枪绑在梯子上,一看见炮楼上有人就扣枪,这样打死了四个敌人。

过了正月廿日,完成了保卫老百姓过年的任务,这支精悍的队伍才安全地撤出了南唐梅,只有一个受伤的战士。

(《晋察冀日报》1945年3月31日)

最后的战斗

周文□　林采

十一月二十九日。

在□县。

猛烈的西北风横扫着大平原。

在蒙蒙的晓雾的笼罩下，糯米庄被密密丛丛的桑条围裹着，安静地躺在沙岗上。

似乎有人在桑条下走动。

"谁？"军事哨大声地发问。

"拾粪的！"果然有几个背着粪筐的人在那边走着——但是不只这几个人呢，步声杂□的，后面还隐隐约约地跟着一大堆。

军事哨开了枪。

大队迅速地向村外转移，又派来第一班增援，和担任军事哨的第九班一起。现在有两个班的兵力，一共二十三个人，由排副张文翠指挥着。

敌人一窝蜂似的涌上来，看来有二百多。两个班被迫退到村西北的独立院里固守，敌人就将独立院团团地围住，机关枪在东边的房顶上交织成严密的火网，不停息地向独立院里扫射着。坦克车在院子的周围绕动着，用它的隆隆的巨大的声音威吓着。

情况很危急。

两个班集中到院子最北面的房子里，张文翠就开始他的动员，他举着拳头坚决地说：

"我们和这房子共存亡了！同志们，谁不怕死才是真八路军！"

停了一停他又说：

"我们必须顽强坚持，才能等待增援，或在夜间突围！"

张文翠是一个严厉的人，正像他直挺挺的高大的躯干一样，同时也是一个正直的人。战士们都信赖他。

"我们必须坚持到底！"张文翠用他锐利的目光，向四周环顾了一下说，"我们要像狼牙山五壮士一样，坚决战斗到底！"

他的话像是一把火抛到每个人的心上，立刻把战士的情绪燃得通红，他们激动起来，喊着：

"学习狼牙山五壮士！"

"坚决战斗到底！"

院里的老乡忙着收拾东西，有的立在门口看着。张文翠转向他们说："大爷们，快到窖里去躲躲吧！"接着他就发布命令：

"立刻做工事，准备打死走进院里来的每一个敌人！"

大家一齐动起手来——在窗台下面，在坑沿下面，在门后，在锅边，凡是可以利用的地方，都建筑起掩体来，都把枪架上去，准备射击。

坦克不停地在院子周围绕动着，轰隆地吼叫着，好像大地都在它狂暴的声音下震动着。

可以感觉到坦克在猛烈地撞击着后边的墙壁。

透过隆隆的坦克□□，支部委员赵印成说话了。他竭力地提高着嗓子。

"同志们！我代表支部向党员同志们讲话：我们党员要在最危急的时候，表现自己是个模范党员，我们党员要站到最危险的地方去坚持！"

支部委员是一个小胖子，很结实，他是一个模范的共产党员。

跟着他的号召，就有几个人互相调换了位置。这几个位置是比较险要的，这几个人都是党员。

但是有的非党员都不肯调换位置。经过短时间的争执以后，才安定下来。

坦克始终在猛烈地撞击着墙壁，还是撞不倒，敌人决心要撞倒墙壁。因为撞不倒墙壁，敌人是没有办法进到院里来的。就有三辆大坦克来帮助小坦克，大坦克和小坦克开始一齐撞击着墙壁，猛烈地撞击着，响得厉害。

墙壁动摇了，墙壁哗啦地倒了，那王八坦克就跟着滚进院里来，机关枪的子弹像河水一样向北屋里流泻。

张文翠挥动着手臂命令道：

"转移！"

大家沿着墙壁迅速隐蔽地转移到西厢房去。

东边房上敌人的炮和机枪也跟着扫射，子弹像雨点落向西厢房，墙壁被打得一阵阵地起着土泡，房土不断地落下，窗子也被打飞了。

房里的空间充满着尘土。摆在大柜上的大镜子和大瓷瓶中了枪弹，哗啷啷地碎成了一堆。大柜和墙壁也被打得蜂窝似的了。

有六个人负了伤。有两个人被击中头部牺牲了。

大家都一动不动地匍匐在工事里。但接着敌人的炮和机枪也渐渐的停止下来了，只是坦克还在院里和墙外拼死命地叫着。

"转移！"张文翠又发出命令，随即指定几个人把伤员慢慢地背出去，把牺牲的用棉被裹着□到柜里去。

一班长董孟文带着半个班转移到南门口去，搬弄着土坯，重新在那里建造了工事。

每一个人都守在自己的岗位上。

突然有人叫门，是一个老乡的声音。

不理他。

就从门缝里投进一个纸片来。

"大概是什么劝降书吧？"董孟文说，鄙视地瞟了那纸片一眼。

"不理他！"又重复了一句。

但是有个人悄悄地把纸片拾起来，展开来看，那上面写着："八路军诸君：你们缴枪出来，我们优待，保证你们的生命安全……"

张文翠愤怒地说：

"放他妈的屁！"

接着他又笑道：

"投降，缴枪，这是他们干惯的，让他们自己干吧！"

他是笑得那么严厉，大家也都笑了。

院里好像有声音……

就看见从萝卜窑里探出半个身子来，四面张望了一下。

原来是这院里七十多岁的老大娘。

她从萝卜窑里爬出来，向着那间被围困着的房子走去，用她的像雾一样慈祥的眼睛张望着，她看见了黄飞龙的血淋淋的小尸体。

"这日子怎么过呀，这不吓死人吗？我的天哪！"她自言自语的声音。

张文翠向她喊道：

"老大娘，这儿危险！回到窑里去躲着吧！"

可是这老大娘好像有什么心事放不下似的，又往前走，突然的，她似乎想起了什么，问道：

"你们饿吗？"

"不饿。"

"我给你们拿几个梨去。"她慢慢地向门口移动，忽然接连的两声枪□，老大娘软弱地倒了下去了，血从她的胸口上冒出来。她稀疏的白发在夕阳的光照里抖动着；有两个人，跳出去把她抱着拖进屋里来。

支部委员赵印成就趁机鼓动地喊道：

"同志们！老大娘为着我们——为着我们牺牲了！敌人打死了她！同志们，我们要给老大娘报仇呀！我们要坚持到底，等待增援来把敌人消灭！"他的声音有点发抖，他的眼里有泪水在闪动，大家都很激动。

突然从门口闪进一个人来。那是阎老头，是这被敌人打死了的老大娘的侄子，他有四十多岁，身体很结实。他看看他的婶子的血迹模糊的尸体，没有哭，只见用力地□着他那长年发红的眼睛，半日的不言语。

"不要难过呀！"有人在劝他。

"不！"他毫不犹豫地回答了一声，就坚决地向一班副要求道：

"同志，给我一支枪！"

停了一下他又沉着地说：

"我看也就是这样了，干了吧！"

一班副就给他一支三八枪，这是一位同志牺牲后遗留下的。

两个人就并坐在西边草房边的掩体后面了。

恰巧这时候有一个鬼子爬上了东边的墙头，阎老头迅速地发了一枪，那鬼子就骨碌着滚下墙去，把一支王八匣子丢在墙头上。

一班副称赞道：

"打得好！"

阎老头在过去也常常玩弄枪的，是一个有经验的射击手，他现在慎重地端着枪，那红眼睛只是瞄着那枪端的准星。

接着有一个鬼子上来取枪，先把两只手扒着墙头，脑袋刚一伸，"叭！"那鬼子又翻下墙去了。

阎老头迅速地推上第三颗子弹。就在这里，阎老头一连气打死了四个鬼子。

墙外的呼叫声嚷成一片，皮靴笨拙地踏动着，敌人很慌乱……

一班副董孟文小心地贴到东墙上去，接连地投出去七个手榴弹，一连串地起了爆炸的巨响。

敌人的炮和机枪又开始放肆地吼叫起来，弹雨一阵阵地落到院里和房上，在地上卷起一片浓重的尘烟。

可以感觉到坦克又在猛烈地撞击着驴圈后面的墙壁。

房土一齐落下,墙壁摇动着,裂开一条很大的缝,从缝里可以看到敌人在急促地走动着。

董孟文很迅速地跳到门边的工事里去。

"叭!"他对着那条在墙壁下裂开的大缝放了一枪。

但是有一辆小坦克从后门进来了,他小心地爬到西厢房的坍塌的后墙边,像蛇一样探起半截身子抓着倒塌的墙头,就一个跟头翻进屋里来,搜索了一下,又向东厢房滚去。

董孟文向别人要过四个手榴弹来,沉着地向坦克奔去,口把手榴弹一齐送到坦克的轮子底下。

可是手榴弹没有爆炸,坦克就向董孟文凶猛地冲去,董孟文跳进猪圈,坦克撞倒猪圈的墙壁滚过去,把董孟文压住了,董孟文的口鼻流出血来,他叫了一声,就一动不动地躺着了。

情势万分地危急。

张文翠发出最后的命令道:

"这是最后的战斗了。同志们!大家要准备拼!"

接着他又说道:

"快呀!凡是可以动的人,赶快去把枪掩藏起来!准备好手榴弹!"

他就抱着两支枪向房外滚去,一辆小坦克向他冲来,从他的右腿上压过,他右腿的骨节断了,可是他还是抱着两支枪滚到北屋里去,他又滚回来。他喊道:"打手榴弹!"

一个一个的手榴弹在坦克的身上爆炸。

六辆坦克一齐出动,在院里和墙外奔突着,很凶猛地撞击着。东厢房的后墙被撞倒了,房土和墙壁一齐压下来,把在那里掩蔽着射击着的,和受伤的人们压住了。

已经是黄昏了。

十八岁的杨少和好像在那里凝望着什么，凝望着天，天是无边的灰暗。突然他叫道："不能当俘虏！"

于是他看了一下紧握着手里的枪——那是他在上一次战斗中从敌人手里夺过来的一支新枪。

"绝对不能当俘虏！"他大喊了一声，就推上一颗子弹，再用小绳挂住扳机，把枪口对准自己的胸膛，他的脚蹬上绳子，枪响了，他的身体毫无牵挂地轻松地倒向一旁去了。

坦克在院里反复地滚碾着，在每个坦克的后边都跟着鬼子的步兵，挺着刺刀，小心翼翼地□伏地走着。最后坦克停在东厢房的门口了。步兵就缩手蹑脚地向前走。

"轰！……""叭叭！……"

一阵步枪和手榴弹的激烈的投射，这是负伤的人们从倒塌的东厢房里发出的。他们几乎每人都是负伤三次了。

在他们猛烈的投射之下，鬼子成堆地倒下去，活着就惊慌地抱头逃出院子了，坦克也跟着转了出去。

他们没有办法接近那几个受伤的八路军，他们有三百多人，六辆坦克车，而受伤的八路军现在只剩十八个，但是他们必须要消灭这几个八路军的，因为他们是"皇军"，虽然"皇军"的头上都是插着几个草。

他们就开始向东厢房放毒气，不放毒气有什么办法呢？

东厢房里受伤八路军停止射击了，因为毒气把他们熏得昏迷了。

敌人抓来几个老百姓，点上十来支蜡烛，让老百姓在前边照着，他们在后面跟着，小心地一步一步向东厢房走去。

铜色的烛火在黑暗里跳动，十八个受伤的八路军，在那里昏迷地躺着，满身满脸的尘土。有的还在□□地出气，有的瞪着发愣的眼睛迷茫地看着那摇晃的烛火。

他们已经无能为力了。

敌人把这十八个受伤又中了毒的八路军,紧紧绑起来,将他们的子弹带卸下,又搜索了半天,才把十四支连好带坏的步枪背走了。

这是他们胜利的收获,可是还有八支枪呢!敌人找不到。

"皇军"又把这十八个中毒昏迷的八路军弄醒过来,还企图从他们身上得到一些东西,但他们一醒过来就破口大骂。

支部委员赵印成向在旁边悲痛地看着的老乡演说道:

"把我们的话记住吧,大爷们!我们是已经——就要光荣地牺牲了,我们八路军是从来不知道投降的,我们已经对你们、对国家尽了最后的责任。你们好好地抗日吧,终有一天会把鬼子赶出中国去的!……"

坦克开动了,敌人走了,带走了四十多个死鬼子。

这村里的老百姓回到房子里去,重新把掩藏着的八支枪收拾起来,男人们叹息着,老大娘们流着眼泪,虔诚地用水洗尽了牺牲者的□身血迹,把他们用厚实的棺材装好,埋在村西不远的坟地里,在坟上烧了一些纸。

杨少和并没有死,他当时的自杀没有成功,他只是昏迷地躺着,盖着一身泥土,敌人以为他死了,没有把他带走。他回来,告诉我们这个亲自参加了的英勇的战斗。同时阎老头也没死,敌人没有把他杀死,他也给我们讲了一些必要的穿插。

这就是在这个"最后战斗"中生还的两个人:一个是八路军,一个是老百姓。

(《晋察冀日报》1945年4月10日)

保卫着祖国的领海

周文乃

我们去执行这么一个任务,听说最近有一批"山东八路军",他们从海路由海堡(南堡)登陆。开始他们说:"我们是山东的八路军。"他们装得还很像,也学着八路军唱歌,还装着有纪律,因为他们实在穷,生活上也像八路军一样朴素,于是堡上的老百姓就又像真见到了自己的亲人——八路军一样,殷勤地招待着,只要他们说出需要什么东西,就尽力地使他们满足。我们海上游击队长涂云山同志也像见□自己的兄弟一样的与他们联络。

可是,没有多久,马脚一齐暴露了:他们无止境地向群众迫要财物,甚至强掠、绑架、奸淫,无恶不作了。

于是老百姓敏锐地发现了,这不是真的"八路军"。

于是招待和一切都不像过去了。

涂云山是个忠厚、耿直、农民出身的同志,他不懂得甚叫"虚伪",似乎一切的人都应该像他的心,像他对党、对革命事业十余年如一日的洁白的心一样。他曾几度劝阻那匪队长熊飞,不怕麻烦地向群众解说着,因为那儿的群众都非常信赖他。

一次熊飞又无理地捆绑起十几个老百姓,涂云山仍然像过去一样地劝导。

"同志,不应该这样,他们犯了法由政府去处理,随便绑人怎么对呢?"涂云山认真地解说着。

涂云山的话似乎一句也没有被熊飞听到耳朵里去。

"请你别说了,我都明白。"熊飞不耐烦地说,可是涂云山并没停止。

熊飞一使眼色,上来几个人,将涂云山的枪卸了。

涂云山愕然了，他问："同志，为什么用这样的办法？"

"谁是你的同志？"熊飞眯缝着眼冷笑了一下。

涂云山同志顿然明白了。他恨自己为什么那样老实，他大声呼着骂着："老乡们，快跑啊！他们是土匪，不是八路军！"

熊飞不能制止他，于是才给他塞上满口棉花。

熊飞是个土匪出身的家伙，这次被日本收买去了，可是他也不得不为涂云山的正直、义气感动了，他慢慢地说：

"涂队长，慢慢地说。"他一副可怜的恳求的态度，"商量一下，你回陆上去，怎样？"

停了一会，他亲自给涂云山解开绑，掏出满口的棉花。

可是涂云山又像堵不住的河水注泻着他的愤恨。

"好吧！假若你有良心的话，还回我的枪，还回老乡们，还回你们抢的财物！"

可是熊飞是个被敌人收买了的土匪，他哪里肯呢？

于是当天，熊飞不敢在南堡住了，连夜带走了涂云山。

我们要去查清这件事。

我们除了带着枪和子弹，准备去消灭骚扰我们祖国领海的强盗外，我们还带着许多钱和慰劳品，带着许多信，我们想去争取那些无知的受敌人驱使的人。

我们住的村庄是一个常常被潮水侵袭的地方——刘赞。从这里我眺望着四周被夜潮偷袭过的湿润的大地，太阳从东方爬出来，远方的海水像镜子一样反射着光；透过望远镜，可以看到无数的高高低低的桅杆，和一片片白色的海鸭浮在上面。啊！我确已看到了海。

中午从运粮河上了船，船儿将我们带向大海里去。

运粮河里堆满了船，船夫们忙碌地收拾着船只，争先恐后地让同志们走上他的船上去。

一切都准备妥善了，队伍一个班一个排地走上了船，嘹亮的号音从一个船上发出来，被海风送到无边的地方去。

风逆着船，西北风放肆地在海洋上奔啸着，船桅上风向舵的箭头指着西北风，顶着风我们的船前进！

船友们好像是不怕西北风的，他们脱去了破皮衣，提起了撑杆，像虾米样地弯着腰，撑杆支着他整个身体，脚用力向后面撑船。

掌橹的船长——那个生在海上，长在海上，老了还在海上的白发老人，披着大皮袄，弓着腰，聚精会神地望着水势，看着风向舵，手一刻不停地紧抓着舵把，摆动着。

我们出了河口，进了海，风浪更大了起来。

西落的太阳，被海浪搏弄着，翻腾着金色的光彩。海鸭张着白色的翅膀，口含着波动的浪花，哼着长短的调子，有时他们集拢在一起，顺着浪头游去，有时将头伸进海里，去啄食小鱼。

远处的"小对子"（一种船名，很轻便，专事运输，细而长，两个船尖尾平的小船对起来的）满载着一天的收获轻快地驶向内海里去。

远处的船儿已渐渐地看不见了，只有红日下映着一片片的橙色的布帆，还倾斜着肩膀，有力地兜着风。

夜的口子慢慢地落了下来。

一个"小对子"驶来。

船长有趣地说："给你们要点新鲜的吃。"

他扬起了手拖长了声调喊："喂——过来——给同志们留点——"

那"小对子"头一摆动朝着我们的船过来，同志们拍着手欢迎它。

"同志们！辛苦啦！到南堡去吗？"

"是的，该要你们去了！几天回来？"

年轻的船友们热情地问着。

几个人在收拾着东西，一大篮子对虾、一大篮子虾米、一口袋升大的螃蟹，倒在我们船上。

"够了，不要啦！"我们嚷着，催着快开船，可是他们又尽力地送过一大篮子来说："新鲜东西，吃点吧！不嫌坏，下次多准备点。"

"小对子"顺着风向□们的背面飞去。

我永远记得"小对子"上的那个青年，他看到我们眼泪都快流出来了。

整个的大海被夜吞没了。

我们在后舱里，点上灯，下着棋，谈论着这次的任务，打问着老船长关于海上的生活及海洋的故事，老人拉着四股弦，我们一个上年岁的同志唱着影。

每个船上都是欢笑、歌唱。

我走出舱来，把住舵柄，望着被夜吞噬了的海。

左边的船上吹起了笛子。

远处的灯塔在发着光，在海风的吹动下眨着眼。

半弯残月升起，不知道那是海里出来的，还是从天上出来的。

夜深了，船长看了下北斗星，定了定舵，招呼所有的人："睡觉吧！"

帆有力地兜着风，风推船在无边的海上驶行着。

半夜，当我熟睡醒来时，感到要命的气闷，原来船友们都挤在一起睡下了，舱门也关上了，摸着黑，用力地顶开了舱盖，伸出头来，痛快地吐了一口气。

天是那样地黑，连星儿和眨眼的灯塔也不见了。

风无忌惮地呼号着，浪头碰击着船，发出巨大的惊人的声音，浪花溅在甲板上。

海很静，除了□□□□的吵闹和海风长长的尖尖的吹着哨子外，什么也听不见。

风更大了，激怒地推着浪，船就跟着倾颠起来，海浪立起来跳过甲板直扑向舱里来，同志们都惊醒了。

船友们忙碌着，大声地呼嚷着和别的船联络，点起了红色的灯和别的船联络——可是四面没有声音。

这时候是最要沉着的，同志们都安静地在舱里，有的露着头看，我们向同志们提出要求："谁也别慌乱，老船长有办法。"

船长也向我们作了保证。

可是接着雨又下来了。铁板样的天空沉重地压在头上。船长要求下锚，可是我们要想很快地执行任务去！

但是不下锚又有什么办法呢！

终于下了锚，船的倾颠才算好了些。

天亮的时候，风雨止了，我们的船又乘着长风，排开万里之浪，前进！

太阳升起来了，射出万丈光芒，光芒在海水里抖动着，鱼儿在海水里翻着身子，向着太阳吐出水泡，我们想起昨夜风雨给我们开的玩笑，那简直像一场噩梦。

因为昨夜耽误了时间，当船驶近南堡时，早潮已退了，但这里距南堡还足有十六里地，船因水浅就不能动了，我们下了船，水深不过二三尺，我们踏着海水前进。

这时所有的其他船也都停住了，一共十几路向南堡并进。

海水和我们都浴着温暖的太阳，我们肩着枪行走在金光辉煌的波浪里，队伍大声地唱着八路军进行曲和新学会的海军歌，歌声从四面八方唱起来，和那呼啸的海风比赛着。

对面走过来一群老百姓，他们肩着大渔网，挑着篮子，拉着自己的儿子和兄弟笑着走来。老远他们就招呼：

"同志！辛苦啦！"

"没有什么！你们受遭扰啊！"同志们关怀地慰问着。

"别提熊！就等着你们哩——"他们气愤愤地述说熊飞的事。

我们看到了祖国无边的海,我们看到了那些质朴勤劳的人民,给予我们的是难以言状的兴奋。

九点多钟我们到达了南堡。

南堡是海中的一个岛,四周被海水紧紧地包围着,堡为东西四条大沟贯穿着,上潮的时候船只可以自由地行驶在沟里,可是退潮的时候就不行了,堡上多是营商的、打鱼的和制造虾蟹油酱的。平津、烟台许多都是长期从此买货的商客,所以这里还算得个小小的渔港。

堡上风很大,非常萧索、冷落,令人有荒岛之感。

堡的中心是过去的警察局,房舍虽已拆毁,但一个大旗杆还立着,今天那上面飘起一面鲜明的旗子——那是我们的国旗,在迎风招展着,在风里骄傲地吹着哨子。

堡上的房屋都是高粱秸架起来的,风一吹动就摇摆起来。

顺着四条大沟里满满的是高低不齐的桅杆和指着一个方向的风向舵。

队伍上了岛子,老百姓自然地排成了队伍欢迎着,服装华丽的商客瞪着好奇的眼睛望着队伍一排排地过去,一挺挺的机枪过去,不止地说:

"想不到八路军是这样!"

"哈!八路军的事,你想不到的多啦!"一个打鱼老头笑着傲然地说。

那些商客纷纷要求和我们谈话,了解我们这支人民解放的队伍,他们感动地说:

"城市的人民假若看到你们,就是在狱里,他们都会终日笑的。"

"看这样,中国的希望,就放在诸位身上了。"

他们很感动,态度有些难堪,似乎他们有愧于什么。

一群群的青年们跑来,他们是雇工,专事拉网、补网、挑虾、打鱼等工作的。他们工作非常忙碌,从日出到日没,风雨不避地不间歇地工作，他们最爱了解我们的生活，他们也最爱诉说他们的生活。他们都放下了工作，围拢在我们屋里。东家也似乎可以认为这是例假样的允许他们放下工作，他们咧着嘴，歪着头听我们讲关于战斗、关于生活、关于学习上的事。听完了一段就深深地透了一口气，互相望一眼。

然后他们就该讲自己的生活了，他们都那样愤慨。

"同志！过去我们的生活牲口都不如，八路军来后好了，买卖好了，工钱加多了，再也不受那些狗东西的气了。"

不等一个说完第二个又抢着说，第三个也是这样。

"像我们这样当八路军要吗？"他们都争着问这个问题。

"那是再欢迎没有了。"我们高兴地答复。

有的高兴地说："罢了海（罢海即冬季海岸结冰不能工作时）都去当八路军。"

第一天就是在这样的生活里过去了。

接着我们调查关于熊飞的事。

没有哪一个不是首先对涂云山同志的气节赞扬地说："老涂那是真正的英雄好汉！""那真是为国为民死而后已的！"一个老年人感叹地说：

"好样的！那真错了是八路军，再也找不出第二份。"

可是涂云山同志为匪们绑去了，涂云山不止地痛骂着，向他们要还枪，要还老百姓，和要还财物，终于土匪们将他推下大海——我们的涂云山同志死了。

而熊飞又到另一个地方，照例地实行这种欺骗把戏去了。

我们派人去找熊飞，我们写信去善意联络，并且我们诚恳地告诉他们，假若是悔过自新的话，重回祖国怀抱，我们尽全力帮助，保证生命名誉等问题；倘若再无忌惮地骚扰人民，那即要用武装来清算这笔账目。

三天后派去的代表回来了，带回几个过去绑走的票，可是熊飞没有敢回信。因为对熊飞说来这也确是一封难回的信。

不多几天，熊飞并没有敢再到别的地方去，他该怕我们去找他算账，就快快地跑回塘沽到他们主子卵翼下藏着去了。

老乡们说得对：熊飞只要不上天，就有一天到我们手里。

我们在那里整理了海上游击队。

第七天我们要回来了。

人民和我们都抱着依依难舍的心情，他们尽量地给我们的船上装上点心，各式各样的鱼虾和大的螃蟹，当作送别礼物。

船开动了，他们还都聚在岸上招呼。

"一路平安啊——"

一直到船儿走出很远他们还在站着望。

南堡的国旗在蓝色的天海中飘舞着，愈远就愈看得清楚。

船顺着风箭似的飞着。

每个船上都唱着歌！

每个船上都欢笑着！

(《晋察冀日报》1945年4月11日)

平原上的歼灭战

陈英

赛过年

十分区中心区的老乡们,很早就把过年的东西准备好了,专等新年的到来,他们没有忘记为人民苦战的子弟兵,他们热烈进行劳军运动。子弟兵没忘记自己家里的老人、孩子、妻子、兄弟、姊妹们,都决心以自己的武装力量来保卫年节的安全,都捉摸着要在年前打个漂亮仗。

岗楼据点上的敌人早就穷得不像话了,年关到来,厌战消极情绪异常高涨,开小差的事件比比皆是。为了挽救这颓丧的士气,便组织了较大的抢年"扫荡"。大的抢年计划失败以后,又在据点岗楼附近搜村围集,进行小股抢年。

于是过年的竞赛开始了,敌伪到处抢年比赛,子弟兵到处开展政治攻势,组织反抢年的战斗比赛。

腊月二十三得到报告称:"固安独流镇绥靖军一个营,数日来带领一百人、一挺重机枪、两挺轻机枪,不断到东西小营抢年,寺上围集。"

得到情况后,××区队和五十六县大队,便商定了战斗方案,当天晚上就从三十里地以外,赶到郑家村一带隐蔽,准备天亮伏击敌人。是夜天气阴暗,没有一丝月光,寒风像刀子刮似的凉得人们不约而同地开始了急行军,刚到达目的地,就天亮了,可是飘下雪花来了,雪愈下愈有劲。"这样的天气,敌人不准出来了,仗大半是打不成啦!"大家都这样惋惜着。

夜晚，区队首长们一致认为敌人明天可能出来，决定今晚不动，拂晓前派一个大队埋伏在西小营，若敌人出来，就先以步枪粘住，然后运动兵力，围歼他。

占领柳林庄切断敌人归路

第二天拂晓，敌军刚到西小营，东北角的岗哨就已发现敌人，从柳林庄奔东小营方向来，我们这个大队即刻将部队布置开，另一方面赶紧地派人到区队部报告情况。

区□得悉后，随即由区队长和政委带着一个大队经马庄，在桃园打击柳林庄的敌人，副区队长、参谋长带着一个大队，奔西小营接援。

在西小营之我军，待伪军超过东小营后，就开始以少数步枪断断续续地向敌人射击，果然伪军后续部队三四十人，即返回东小营向西小营射击，警备队即全部返回柳林庄，随即出来一股，向西□进攻，与东小营之敌，把我在西小营的部队包围起来。

为了打回柳林庄出来之敌，我以一部兵力，占领西小营西北之交通沟，即时以机枪扫射前进之敌，然而敌人没有停止它的进攻，于是战斗开始激烈起来了。炊事员郭英良同志，向大队长请求参加战斗，大队长让他在后方留守，然而他再也不能保持沉静了，他把两个油瓶放在村子里，就跟着队伍冲上去了。郭英良同志及一分队的全体指战员飞快地从道沟里跳出，直扑坟堆。后面我们的歪把子像刮风一样，对准坟堆上的敌人扫射，战士们在机枪的掩护下，冲锋的信心更高了。郭英良同志始终在前头，不幸一枪打进他的腹部，立即躺下去了。新战士佟福来同志，冒着枪林弹雨，冲上去把他背了下来。当大队长问郭英良同志的伤怎样时，他还很自然地回答着："我的伤不要紧，你们赶紧地往上冲吧！"

敌人的机枪叫得更凶狠了，我们又有几个同志负了伤。正在这紧急的关头，突然间敌人后面开始纷乱起来。我们一拥而上，占领了这块敌人顽守的坟地，几十个伪军，正好找到了他们的归宿。

敌人后面的纷乱是由于区队长政委带着一个大队冲击柳林庄西北的缘故。当我们的歪把子瞄准向敌人射击时，二班长周雅带着一班人，勇敢地往前冲，村西南的敌人因见村西北被我袭击，不敢坚持，首先撤退了。村西北之敌便形成被我包围之势，开始动摇起来。周班长看明这种形势，便立即提出："同志们！敌人站不住了，咱们已快接近坟堆，快快地往前冲呀！"于是"唬"的一下，又占领了坟堆，把敌人压到村子里去。

为了争夺这个村子，接着政委和区队长就又组织第三次冲锋，并提出："这是伪警备队，战斗力弱，同志们大胆地冲吧！"刚说完队伍就冲上去了。在这紧急的关头，我们的机枪发生了故障，冲上去的又退了下来。七班长姚品一赶到，马上就提出："不要紧，跟我的机枪走！"端着机枪就扫射开了，后面的部队，一扑而上又占领了柳林庄。

伪警备队被我们这几次的冲杀，伤亡了三分之一以上，伪警备大队长三处负重伤，一个中队长当场毙命，另一个中队长被我们的机枪扫去了一条胳膊。

抢攻东小营动摇了敌人的军心

警备队放弃了柳林庄，东小营便被我们三面包围住，在抢攻东小营的时候，副区队长的腿部负了伤，参谋长带着队伍，冲进了村子。

一进街敌人都趴在房顶上，一露头"砰"的一枪，就打过来，我们因为不能上房，就一个一个地集结到敌人对面的院子里，隔着一条街和敌人对峙着，用步枪打不着敌人，于是就用手榴弹打，力气小的扔在街心里，气力大的刚□着房檐，就又很快地掉了下来。

正急得人们瞪眼跺脚的时候，管理员刘文禄同志一人抱着一抱手榴弹，冒着敌人的枪弹，摸过大街，偷到敌人房根底下，扔开了手榴弹，"轰！轰！"手榴弹一个一个地在敌人的房顶上爆炸了，手榴弹声和敌人的喊叫声，急坏了道北院子里的通讯排长。他因作战勇敢，战士们给他取了个外号叫张飞，他也收了一抱手榴弹，恨不得马上飞过去，可是因为敌人的步枪和手榴弹像下雨似的往下打，大家都劝他等刘管理员回来后再过去。正在他等得不耐烦的时候，刘管理员笑嘻嘻地跑回来了。

"没有事，敌人瞎打枪，大个手榴弹扔得满街满院都是，可是响了的只两三个，还有没拉开绳的呢！"他很得意地报告着情况。

讲完又收了一抱手榴弹，扭转身又跑了。

张排长跟着管理员的脚后跟也跑出去了，接着又是一阵炸弹的爆炸声和敌人的吼叫声，在这两院子里的同志们高兴起来了。

村西南道沟里的敌人，为了援助村子里的匪伴，把迫击炮也卸下来打了五炮，可是没有起什么作用，我们的步枪、手榴弹、小炮、枪榴弹都集中火力向敌人的高房上射击了，猛烈的爆炸声和密集的步枪声和敌人的哭叫声，把方圆二三十里地的村子都震动了。敌人没有办法坚持，便开始撤到村西南的高房上去，还没有站稳脚就又被我们刚上房的机枪扫了下来。于是全村均在我们火力的控制底下，敌人没有立足就又被我们压到村西南的大洼里去，因此东小营又被我们占领了。

大洼里的敌人，再也没有勇气和信心与我们作战了，带着被炸□的伤员和尸首，一个个地往道沟里跑，于是一百多个伪军，全被我们挤在村西南的道沟里。

猛追勇冲，吓破了敌的肝胆

逃到沟里的敌人还没站稳，王参谋长就又带着二三十人追到他们跟前，来不及逃跑，就不得不仓皇应战，双方相距不到五十米远，我们的步枪、机枪、小炮、枪榴弹像下冰雹、放鞭炮似的向敌人射去。敌人表面上打得很激烈，好多端着刺刀，嘴里嚷着"冲呀！冲呀！"实际上暗地里在撤退着，张排长看出这点，便向一大队的机枪射手说："敌人这几挺机枪非你们得不上了，赶紧地掩护着咱们冲吧！不然就跑了。"一大队副听了这几句话以后，带着二十几人就冲上去了。敌人在后面的掩护部队见我们开始冲锋，扭头急跑，我们就在后面死追，快到寺上时，敌人前头部队已经占领了寺上到辛房子的东西交通沟，又是几挺机枪对准我们追击的部队扫来。

参谋长从后面带着几个通讯员赶到，一看敌人占了有利地形，若是被其站稳阵地，发挥其火力时，我们便有被歼灭在沟里的危险。于是等不得后援部队上来，拔出匣子就是一排子弹出去了，口里喊着"跟着我冲！谁也不准留在后面。"通讯排长张飞立即带着通讯员，冲到参谋长的前头，后面二三十人也都紧紧地跟着冲上去了。

一百多敌人在道沟里跑，开始带着的死尸现在也顾不得了，乱丢一起，真是人挤人，人踏人，谁也想跑在前面，不断还有被打死和跑晕过去的，驮炮驮重机枪的牲口也被打死了，躺了一沟人畜的尸体，沟里跑不了就跳到沟两旁的麦地上乱跑，这样刚好在我们机枪的有效射程之内，死伤不少，就又跑沟里去。沟里被死尸塞满了，就又跳到地里来，我们的机枪射手就端着机枪射击敌人，于是敌人的神经错乱了，不知道分散跑，反而挤成一堆，真像一群遇虎的羔羊。

辛房子的截击

战斗一开始，五十六县大队就接到命令，跑步赶到柳林庄，接着又奔辛房子准备截击被我追击之敌,他们刚到村东头,果然敌人由村西逃来。

姚大队副迅速以机枪扫射逃来之敌,机枪发生故障就又改用小炮射击,一个炮弹打死了五个敌人。李海跟着乔大队长,一枪一个打死了好几个敌人,后来冲进村子得了七八条步枪和不少子弹。

敌人见前有埋伏,后有追兵,除了伪营长单人带着一二十人拼死命逃脱外,其余八十来人,躲到两所大院里,还想占领房舍,作临死前的挣扎,可是我们的追击部队和截击部队,以迅雷不及掩耳的动作,占领了房顶,封锁住大门,在"缴枪不杀""中国人不打中国人"的口号下,全部缴了枪。

模范的战场纪律和优待俘虏

当伪连长被我战士刘秀峰同志俘虏时,从口袋里掏出一万元伪币,想用他那无耻掠夺来的金钱,买通我们的刘秀峰同志,以求得释放他的目的,刘秀峰同志以严正的态度拒绝接受,并诚恳地告诉他:"我们八路军有钱花,我不要,你带起来吧!八路军是不爱财的!"

当我们胜利归来,经过大量杀伤敌人的交通沟时,有好几个咬着牙,闭着眼,装死的伪军,战士们看见了便诚恳地问他:"你哪里伤了?别装死,说了好给你上药。"这一问"死人"就回话了。

沿路被我打伤的伪军,哭哭啼啼,拉住我们,无论如何要我们把他带走,否则就有被群众活埋与砸死的危险,后来我们都把这些收容起来,经过对当地群众耐心地说服解释以后,释放了他们。

爱八路,恨白脖

在战斗开始时,就有群众提着茶壶来回地往道沟里送水,帮助我们送信。战斗一结束,棒子饼、蒸山药、白面□子、白面饼、年糕等

等都一篮子一篮子地送到村边来。到了村子还没住下,开水就挑到街心里放着,大人小孩都端着水给战士们喝,村干部问:"吃什么菜?白菜肉怎么样?""你们这样的队伍,砸活人脑汁来慰劳你们也值!"

俘虏一到个地方,群众就包围起来,非让看看不行,一看就生气,不是骂就是要打,到处要求枪毙俘虏,不管如何解释优待俘虏政策,讽刺谩骂还是免不了的,连几岁的小孩子都用手指头括脸皮羞他。一个老太太指着俘虏问啊:"以前你追我们,今天为什么不追了呢?"一个中年妇女提着白菜和肉去慰劳军队,路过俘虏待的地方时,立着脚,手指篮子里的白菜肉说:"有的是好菜好肉,就是你们这群狗东西没福受!"

晚上天气很冷,俘虏们的衣服单薄,我们便替他借被子,一个老太太把被子抱出来了,一看有穿黄军装的俘虏,便把被子收拾起来,问我们是借给谁盖,借被子的同志指着俘虏告诉她,只说了一句"借给他盖呀?"就很快地跑到俘虏跟前骂道:"真是不要脸的东西,我们的被子都给你们这群王八蛋抢光了,还想盖被子!"

(《晋察冀日报》1945年4月13日)

阎廷玉和鞋厂的文化学习

——二分区政工通讯

总政介绍的张友池的文化学习,给我们指出了改进部队文化学习新的方向,但这种方向至今尚未引起我军区各部队普遍重视。今特将二分区政工通讯朱静、齐建三同志写的《阎廷玉和鞋厂文化学习》一文发表。这一材料,不仅说明了阎廷玉与张友池的文化学习方法不谋而合,证明了张友池的文化学习方法同样适用于我们前方部队,而且提供了组织文化学习,具体实施张友池方法的创造和经验,希望大家研究,更好发挥,进一步改进我们文化学习。

——冀晋军区政治部

阎廷玉是二分区供给处鞋厂的模范工人,今年才二十一岁,家在平山卷棠村,从小缺吃少穿,跟爹受苦,没上过学。十六岁参加了八路军就努力学习,由于他的学习方法好,十六个月连升三级——由丙组升到国文组,从去年就能写通讯看报纸和普通文件了。年上坦白运动后,他领导的鞋厂乙组的文化学习成绩最好,并推动了全厂文化学习,造成热烈的群众性的文化学习运动。

学习方法好,十六个月连升三级

四〇年春天,爹送阎廷玉参加八路军。

不久,分配他到四团特务连当通讯员,开始编在识字丙组。上政治课时他看见别人拿起笔就记笔记很羡慕,自己写封家信也得求人,指导员又常讲学习的重要,他了解到学习是为了自己的进步,从这儿就下了决心学习。

开头，一天学三个字，什么出操、上课、送信……有空就学，人家睡午觉他学习，送信的路上也常想哪个字怎么写当什么讲，他不懂的字就问人，那时和他在一块住的县政府的电话员，就是他常请教的老师。

后来，因为他身体弱调到供给处去，头一次测验（参加部队不过两个月）就识了一百五十个生字了，上级表扬他，提他到乙组去，他有信心了。

他学着写日记，开始写从哪到哪送信，路上看见什么，如羊吃草、鸟飞、牲口跑……不会写的就空起来，虽说是一套"老流水"，可是他却把日常生活的用字学会了。

以后听课他就大胆地记笔记，跟不上硬口，不怕错白字多，反正自己写自己明白，他也学写信，给别的勤务员写，不会写的话就问供给员或指导员。

拿起《子弟兵报》，看不了三两个字，就有"拦路虎"拦住了，他把不识的字记下来天天问指导员，半年后就升到甲组。和他一时入伍的常明山，在家里念过三年书，识字比他多，现在日记还不如他写得通顺了。

四一年，他害疥住了八个月的医院，只要能拿笔就做日记，轻的时候，照常上课，他识字一天天地多起来，回到供给处，就升到国文组。四二年春天文化大测验，他能识一千零五十个字，这时他能看《子弟兵报》了。

积极向党报投稿，也提高了自己文化

"全党办报"方针提出后，连上培养工农通讯员，阎廷玉就积极练习写稿。他的第一篇稿子《残废了的朱庆瑞白天串绳晚上浇地》，在《子弟兵报》登出之后，在全厂工人面前读了，他说不出的高兴，此后他不断地向《子弟兵报》投稿。本厂自己出的《工人生活报》，差不多每期都有他的稿子。年上九月间突击鞋子忙着，阎廷玉扛着黑板报到各组去读讲。

去年十月坦白运动后，他的进步计划上写着："每天识一个字，学时事，每礼拜写一篇稿。"为了学写作，他识字注意联句，如"优"字下边就记出"优良作风""优秀份子"，看书看报时把什么"日美实力对比""各省简称""地理常识""拥政爱民的意义"等等都简明地记下。现在，一般文件、《子弟兵报》、日报，都能看懂了。

帮助别人学习，领导全组造成学习热潮

去年坦白运动前，他被选为学习组长。组里好几个不愿学习的，王成珠就是一个。有一次王成珠到队部领布，司库员要他开条子，他傻了眼；人家开了条子给他看，他也不认识，要他打手印只好打了，心里急闷得不行。坦白运动开始了，要坦白的事很多，记不住，能写的都写了坦白提纲。阎廷玉□李智写了一个，他在大会上拿来坦白，看看也认不清，人家一条条地告诉他，他也摸不着在哪块看，他涨红着脸着急。

阎廷玉抓住这两个为不识字遭了难的同志，趁热再讲一番学习的重要。不久，王成珠、李智就买下纸笔决心学习，阎廷玉就痛快地教他们识字，冬天天短，白天工作十来个钟头，没有空学习，王成珠和李维清伙买了一斤油。阎廷玉向黑板报上投了一篇稿，登出来了：《王成珠、李维清自己买灯油学习》。全厂都知道了，跟着齐会详、肖金山也买油，阎廷玉也买油，全组都买油学习起来。从坦白运动以来，到一月底全组买了十四斤半灯油。

阎廷玉组的文化学习方法

阎廷玉当过好几次的学习组长，也积累了些经验，他教人很耐心又对人的心思，比方：

一、他教人学"手底下的字"。乙丙组学使用的工具：刀子、剪子、锤子……□活动作：早操、讲话、生产大突击……也学一句话里的生字如"棉袄发下来了"中的"袄"字，侯金城说学手底的字又好记又用得上，就是忘了一看见一拿起那物件来，就想起来了。

开始人们总贪多，他劝大家哪怕一天学一个，但要"会写、会念、会讲、会用"，成绩就不少。

二、他主张"随学随用"。学了不用就会忘掉，学着也没劲，他教人联句，学写自己心里的话。有一次，开反贪污检查大会，黑板上写着："贪污腐化是分不开的。"阎廷玉就拿着一只掉了里的鞋帮子和王成林开玩笑说："这双鞋的里子，是你'贪污'了吗？"这样就学会了"贪污"两字。这种教字法要照青年鞋工靳步的话说，这是"要什么，学什么，教什么，用什么"。

三、阎廷玉教别人的方式很灵活。比如他教"贪污"二字，先给人们打个比方说："一个司务长把公家的粮票自己落起来，这叫什么？"大家说是"贪污"，他就把这"贪污"两字写出来，教会大家。他还创造了析字的教学法，他告诉人们什么是"提手"，什么是"竹头"，什么是"水字旁"。比如有人问他"早操"怎样写，他就说："一个日字下边一个十字；一个提手，上头品字，下边一个木字。"这对于开展识字有很大帮助。

四、随时测验。一个月他测验了三次，把谁写的生字做底子考问谁，李智最愿意叫测验，他说："这样记得住。"不仅程度高的测验低的，现在丙组有时也测验国文组了。丙组有的为了考验自己认得对不对，先问甲组或国文组来证验自己心里认得对不对，这种测验办法也是大家学习的好办法。

由于阎廷玉耐心、热情地教大家，所以两个月来的成绩很好：

先看识字

	齐会□	王生槐	李智	肖金山	王成珠	张丙文
坦白前	二五〇	三〇〇	一〇〇	九〇	一〇〇	三〇〇
坦白后	三六七	三□七	二〇〇	一八九	三四五	四〇〇

写作和阅读能力也提高了

	写稿	写日记	看报
坦白前	二	四	四
坦白后	七	七	五

阎廷玉组的学习热潮扩展为全厂群众运动

鞋厂在领导上接受阎廷玉文化教学的方法，鞋厂文化学习有了新的气象。

去年坦白运动宣誓时，张政委号召工人们特别是青年工人要好好学习，他拿自己文化程度低做比喻教育工人不识字的困难，他说："文化低受限制，时局一开展就没法领导工人。"他劝青年们把买烟吃的钱，买纸笔学文化，他说："笔可有用，有时比枪还有用，你看毛主席那支笔，写了本《持久战》，吓坏了鬼子，气坏了老蒋，把全中国的老百姓都叫醒了。"全处干部工人听了都很兴奋感动。

过去在一般工人眼里，总认为工作是要做好，学习好赖没关系，学习好了至多不过表扬一下，工作要是差点就得受批评。自从工会黄主任到厂后就提出：一个好工人不仅工作好而且学习也得好，行政上又把政治文化学习作为鉴定工资等级的标准之一，因此工人们转变了轻视学习的观点，把学习和工作看成同等重要的，一天没学会两个生字，就像没有完成工作任务一样难过。

黄主任时常在点名总结时表扬介绍阎廷玉组的文化学习，鼓励大家向他们看齐，并抓住了女工刘秀明看不懂男人给她的信，黄秀梅排戏不懂剧词等实例进行深入动员，工人们都感到学习是为了自己进步，不识字连个组长也当不了。侯金城就说："不学习赶不上社会的需要。"同时行政上帮助解决了教学工具的困难，因为大生产运动搞得好，给养好，坦白后人们心里愉快，向上的空气高涨，领导上按文化程度和住的房子适当分组，于是鞋厂的文化学习造成了热烈的群众运动。

过去，大多数工人的文化学习像推碾子一样，不推不动。上文化课大家都是写上几个字，就把本子丢在脑后。现在完全改变了样子：老工人关云峰从前一个大字不识，现在每晚学习两个生字，学不会就睡不着觉，最笨的乔玉兰也买了纸笔经常学起来，连伙夫班长□春乐老汉也常拿起司务长写账的笔练字。全队七十五个工人，只有六个学习不够自动。今年一月生产大突击，有时做夜工，一天干十二三个钟头的活，一下工丢下活计就拿起本子写日记，或在黑板上认字联句。各组都自己买灯油，一、四、五三个组就买了灯油二十五斤半。赠送纸笔，成了最高尚的礼物，特别是对新来的工人，成了一种风气。黄主任说："这比咱们在抗大时学习还起劲呢！"

全厂七十五个工人中，上过高小的只有两个，上过初小的有十七个，其余都是文盲或识字很少的人。从坦白运动到二月初两个半月的光景，最多的学会了二百四十五个字，最差的识了五十个字（全厂只有五个），只识二十个字的全厂只有最笨的□□□一个了。

□□□□□力也提高了，看下表

□

鞋厂的文化学习有了组织，□□□□□群众热潮是起来了，现在的问题是要领导上深入下层，倾听群众意见；了解群众需要，发现群众新的学习方法，适合地增添新的学习内容，在现有的成绩上更加巩固，更加提高。

(《晋察冀日报》1945年4月21日)

十来个民兵打一千多敌人的村落战

杨沫

一月廿八、廿九两天,新雄县×××打了个在十分区说来空前漂亮的村落战。十来个民兵,十四个男女群众,在朱同志的领导下,和伪治安军十八团一个团、雄县八十多个鬼子,共一千多敌人,灵活地打了一天半,共打死两个敌军(内队长一),五个伪绥靖军(指挥官一班长一),伤三个伪军,咱们毫无损失。

一月二十八日拂晓,×××村四面响起枪声,老百姓惊慌乱跑。朱同志知道又是敌来合击,就领导民兵,匆忙推倒各院子中间的障碍物,栓大门,留枪眼,检查枪眼——连在一起的六家房屋全通了,五个大门全拴好了。朱同志走到西南角上的枪眼前,向洼里瞭望,回头告诉通信员小曹说:"传达给民兵,一定要坚持!"

小曹走到中间院子,扭头跑了回来:"政委,东院已经进来敌人……"

"坏了!"朱同志端起小曹手里的马枪,冲过四层院子,到东北面屋里一看,没有敌人,这才放下心。可是打村落战的决心把他激恼了,他命令似的对小曹和村治安员说:"走!把敌人冲出去,顶上大门!"

两个人跟在老朱后面,端着大枪,盒子张着大小机头,匆匆奔向敌人撞门进来的东院。——敌人刚搜索了东院从南门走出,他们三人跑步抢上,两个开着的大门砰地关上,拉过大车辘轳,拉过梯子,顶上大门□上□,三个人跑着,窜着,喘着气,头上冒着汗珠。

伪军站在门外怀疑地嘀咕着:"哼,刚开开门,又上上啦?"

五个大门全顶好,□□小曹在西院警戒,老朱提着枪,走到东北墙角小小的枪眼旁边，两个治安军在街上向东走着，老朱马枪一端，前边的那个应声倒下，后头那个大□起来："快着哇！徐班长走了火，自己打了自己啦……"

一群伪军跑上来，奇怪地望着地上的死人，医生挟着大皮包，来到死人旁边，摸摸，摇头走了，带着皮帽子挎洋刀的伪绥靖军官们也来检查死人，研究死人的枪，奇怪地摇头："没有子弹皮，怎么会走火？"

小曹听喊"徐班长走了火"，赶快跑过来，从枪眼向外一看，看着老朱咧嘴一笑。

老朱却正着急，马枪在手里一跳一跳的，正瞄准那四个挎洋刀的伪军官，可是这汉奸们总站在南墙根下，枪眼角度打不着，急得心跳，忽然急中生智，告诉民兵们："拉雷去呀！有挎洋刀的！……"但是雷没有响。四个挎洋刀的，三挺机枪，一群伪治安军眼瞧着从雷上□过去——老朱又是气，又是急："这么便宜的买卖不做，还等什么呀？"可是他又想，"明天见吧！"提着马枪，含着微笑，又去巡视枪眼了。

那晚上，敌人三千多休在离他们半里路的××村和×庄，决心"扫荡"一溜×××村。当晚老朱就耐心地动员了民兵和村干，组织了明天的战斗：除了布置警戒，老朱自己带着治安员小曹和三个民兵外，把其他民兵部署守射击点、打冷枪和拉雷。晚上，又把五个大门顶得更结实，院墙上多掏了许多枪眼，房上也做了掩体。民兵和十余个男女群众忙忙地参加战备工作，烧水、做饭，大家脸上全带着紧张和必胜的笑容。

廿九日的上午七点多，老朱正在东北角大枪眼上观察着，比画着，大群敌人来到了。

"嘿！枪眼！"敌人怪喊一声，拔出刺刀就向枪眼奔来，接着一个手榴弹从枪眼扔到屋里。老朱一翻身从凳子上窜到里屋，手榴弹就在旁边爆炸了。小曹跑过来,从院里还击了敌人两个手榴弹,炸得敌人乱跑到隔街的东边房上,骂着街,向枪眼这边疯了似的扔手榴弹,打机枪。

老朱命令:"张××,冲到东南面枪眼那里去!治安员到射击点内去掩护!"张××听从老朱的指挥,悄悄地端着大枪,冲过敌人机枪、手榴弹封锁下的两层院子,枪弹在身旁呼啸,站到东南角上的枪眼旁边去,瞄准着敌人……

老朱站在东北角的枪眼前,把马枪端起来,瞄准东面房上正走着的两个伪军,后面的一个,被老朱一枪打得一个筋斗,仰面朝天栽下地去了,皮帽子飞了,三八大盖扔得很远。忽然,一切枪弹声全停止下来,顿时是奇怪的肃静,只听见轻轻的、悲痛的小声:"呵,看不见人,尽打死人。"

老朱可笑了,喊过治安员和小曹:"看看去,街上有个睡觉的。"

两个人笑眯眯地跑回来:"政委,哪儿是睡觉的?那不是个死人嘛!"

房上敌人一探一探地爬着走路,再直不起腰来;地上的,也变成蛇形跑步,那股惊慌样儿,使你不能不笑。两个"报奋勇"的伪军来抬死人,又飞来了一颗子弹,从一个膀子上穿过,那个没受伤的,扔下死的,就拉伤的,听见拉拴声,扔下伤的,扭头就跑;伤的也跑,一大群伪军也乱跑。各处敌人全像见鬼一样惊慌大喊:"别走那趟街呀!——有枪眼……枪眼……"

老朱重新布置民兵,坚决守这六个院,但当他巡视到南院大门跟前时,忽然墙上露出了一只绿胳臂,接着一枪打过来。老朱一下窜到旁边磨棚里,乘敌人倒子弹皮的空儿,扭过身朝上就是一枪,敌人又来了一枪,于是你一枪,我一枪,一气就招呼了七枪,小曹站在旁边直流汗:"政委,咱们快冲回去吧!"

敌人占了制高点,火力控制着整个南院。走到院子,敌人就在房上。这是多么危险的境地呀,可是老朱真沉住气,从磨棚冲出,跑向东,呵,东边房上也有敌人;扭头向西,后边一个手榴弹打来。趁着白烟他和小曹一下穿过敌人火力封锁下的二十多米远,跑到北院。迷迷糊糊的敌人,愣在房上,没开枪,也没追。老朱笑了起来:"小子们,你不打我,我该打你啦。"小曹,这忠实的小鬼,也高兴起来。

敌人已经上了房,最后激战就在屋里展开,大伙急急忙忙,可是非常肃静,轻轻地掀着屋里地上的砖,轻轻地用大板凳堵了二门,用桌子堵了通东院的墙窟窿,用板凳和锤板石顶上屋门,搬砖堵窗台做掩体。一切动作快当、利落,叫敌人听不见一点声响。老朱指挥着,里里外外检查。掩体有的还没做好,敌人已经上了东南邻的房,一个挎洋刀的日本指挥官,在房上用手指挥着,老朱垫上炕桌,站在做好掩体的窗户前,瞄准一枪,指挥官翻身扔下房来。

老朱把枪放下,端起凉粥一边吃着一边指挥。接着一个日本鬼上了房,向院子扔砖——想试探这些怪枪倒是打哪儿来的。老朱放下饭碗,把枪一端,日本鬼又叫枪子请下房来啦。紧接一个伪军像喝彩似的喊起来:"好哇!精□盖京南!"老朱叫小曹赶快传给大家:"又打死两个日本。"

小张□和两个青妇,笑嘻嘻地□着眼睛。

老朱的母亲也悄悄地嘱咐儿子:"不行了,可早点撤下来呀。"老朱笑着说:"这不是打仗,这是和敌人闹着玩呢。"看看表,正十一点,已经和敌人"玩"了三点多钟了。

两个鬼子死后,敌人完全吓呆了,看不见人也听不见作何声音,可是,尽打死人。这时,敌人的枪声又停止了。

悄悄地用绳子运着死尸,东院房上再看不见一个敌人。

老朱在屋里和民兵挑起战来:"张××,你们三个跟我一个比赛,看谁打死鬼子多。"

"行,比比吧!"张××勇气十足地应了战,"打村落战,谁也是越打越有信心呀。"

忽然，火光从东西南三面燃烧起来，南房上三挺机枪，一梭紧跟一梭的子弹，像暴雨一样向北屋里打来。在火光和枪声中，还加上一种号叫："'同志'们，'老乡'们，——缴枪吧，看这火呀！"伪军的手榴弹扔下来却没顾得拉弦。可是屋里没有回声，他们三个人只望着敌人机枪射手缩着头闭着眼。子弹全从房上飞过去。

这时，东南射击点内活跃了，村副一枪打跑了点火的那个家伙，张××一枪打伤了一个伪军，接着南房灶筒后面，闪动着一个伪军指挥官，老张又一枪没有打中，老朱端起枪，不客气地又叫这位军官从三丈高的房上摔下来，立刻带来了十五分钟的沉静。

老朱三个人决定还要坚持坚持，就在屋里擦着枪安静地等待着，果然不久又热闹起来，除了呼呼地向窗户密集射来的机枪外，敌人的特等射手也上了台，在西房上一枪一枪向屋里瞄准射击，窗户上的掩体渐渐少起来，打碎的灰砖块，在屋里飞舞，三个人的脸上全被碎砖块敲出了血斑，可是老朱还站在窗户旁边想找机会再打死他几个。

最后六七尺高的掩体叫敌人的子弹打得剩下一尺了，手榴弹也打到屋里来了。看看表，已经下午一点五分，他们三人太累了，于是最后三个人向窗外的敌人望了望，好像说："再见吧，我们该休息了。"就不忙不慌撤出战斗。……而敌人呢，还在紧张地射击着。

（《晋察冀日报》1945年5月13日）

被难的烈士们和烈士们的被难

王刃

敌人占据南甸两河区二年又二十五天,给人们留下的只有悲痛与仇恨。在四月十六日那天,人们站在庆祝会场的锥形烈士塔前,作着沉痛的追悼,和失声的痛哭,几千人的头都低下来了。

这个朴素而庄严的纪念塔上,记录着八十九个区村干部的名字,其中大部分都是光荣的中国共产党党员,另外,还有七百六十多个老百姓,他们都是在和日本法西斯强盗的英勇斗争中牺牲的。

几千个人的悲痛的心在追记:日寇残酷的血手,在王母观山下的迪山北、范土沟、葫芦峪、上庄、□□□的每一个血腥的场面和时日。

一九四四年春,范土沟五个村干部七个老百姓,死于敌人的机枪扫射之下了。

同年秋,迪山北四个村干部和三个老百姓,被敌人毒打而死。

同时葫芦峪五个村干部被刺死,二十五个老百姓被杀。

今年春,上庄九个村干部,被敌人用水□柴火蒸烟熏死在密洞中了。

他们的"罪名",在日本法西斯野兽们的黑册记录上是:"拒绝支应。"

几千个人的悲惨的心在追记:一个年青的共产党员谷有林同志,被敌人熏死于王陈庄的地洞中了。时间是今年三月中旬,他用枪刺伤了下洞来搜索的两个汉奸,他用辱骂拒绝特务们的诱逼,驳斥了敌人的一切诱降。

几千个人的悲惨的心在追记:薛考祥同志是中共平山南甸区的党委,为了打击南甸堡垒的敌人,配合部队作战,被敌包围于耿白雁。

为照顾党的文件，出门时敌已进村，他跑进一个厕所，一面将文件销毁，一面用手枪抵抗敌人的追击。敌人喊话："投降！"他的射弹击中了一个敌人和一个伪军，最后，弹尽，七个敌人扑近他，他负伤了，野兽们，再用石头击碎了他的头部。死时是今年三月五日。

几千个人的悲痛的心在追记：孙元福同志，十一区的区青救主任，一九四三年的三月四日，被敌包围在单杨河，藏井洞内，敌人利诱："上来，不害你！"他回答了敌人一粒子弹。敌人利用密侦李殿村（和孙元福同志的叔伯舅的关系）去劝降："上来，保你的生命，不，就填埋你在井里。"他回答的，又是一粒子弹，子弹从李殿村的头部擦过。最后，敌人逼民夫去捉他，孙元福同志，在井中响了第三枪，他不是射击来人，而是用最后一粒子弹洞穿了自己的头。

单鸿福同志，忠诚的工人伙伴，十一区的工人领导者，也被捕于单杨村。单鸿福同志，没有回答敌人任何诘问，虽然他被□□，三□□毒打得眼睛红肿，青紫了全身。觉到一只亲热的手，在抚摸他的头部的伤痕，从迷离中睁开眼睛来，望见他的同时被捕的弟弟鸿□，他没有失却他的坚强："离我远点，我一定是死，为我报仇！"

几千个人悲惨的心在追记：年老的劳动英雄，南白雁的唐庆云同志，他尊爱儿子的抗日工作，曾受过敌人的火炭烙背，烧去了毛发，滚过敌人设的火炭地，焦灼了全身，但他保持了一个可尊贵的气节，没有允诺叫儿子归降的话，反给特务报以痛骂："我死也是为抗日死，你们呢？死也是当汉奸死。"之后，他不能支持过重的伤势而死于敌人的地窖。

几千个人的悲痛的心在追记：今年，今年一九四五年的一天，十六个英勇的游击队员和村干部们的头，在同一时间，同一地点——南甸，同在一个法西斯强盗的刀下倒下来了，这兽性的刽子手名字叫"小胡子"。

同时，几千个人的心在愤怒，每一个惨案，每一个烈士的牺牲，敌特、国特都扮演了最丑恶的角色。

上庄惨案就是国特康绍祺暗中鼓动敌人，杀了被拘在南甸堡垒上的抗联主任康元适、抗联委员康妮和、中队部指导员范豹子，然后他公开投敌，引敌人□开了密洞，造成九个村干部的重大牺牲。

南甸堡垒中，国特康家孙儿、父子四个，是著名的屠杀南甸、两河人民的帮凶，每一个惨案、每一个烈士的牺牲，都有他们的血手的印迹。

几千颗愤怒的心在沸腾，几千个拳头举起来控诉日本法西斯强盗们的屠杀，控诉国特的阴谋帮凶，向牺牲的烈士深深地哀悼，而高呼"复仇"！

立刻一队人，从人群中涌出来了，他们的名字是"上庄复仇队"。他们飘展的旗帜是"誓死复仇"，他们笔直地站在锥形的朴素而庄严的烈士塔前，高举起手，宣告上庄复仇队成立。

（《晋察冀日报》1945年5月13日）

围困安平城

区队政委 白正刚

紧跟着邢邑据点的迫退,敌建"定安新联防区"计划的毁灭,围困安平饶阳的斗争便展开了。五月六日,八分区子弟兵布满饶阳城郊。在五月七日夜,安平城的围困也开始了,几千只子弟兵的眼睛死盯着城里的动静,而且渡过了护城河,把北城门楼炸塌了一大块,门楼上的伪军像木鸡一样一动也不敢动。"城"变成了一个监狱。民兵们顾不得吃饭,每个人把枪口死对着城门楼,碉堡不再点灯了,敌人白天谁也不敢进岗楼。

夜里,民兵进攻的号角声里,有时敌人打出三两声迫击炮打到城外来,游击小组们给它叫"草鸡炮"。有几个鬼子和一股伪军,硬想乘着天晚的时候,出北门去抓老百姓。城门刚一开,便挨了一个排子枪,扭头便跑回去,从此再也不梦想出城了。伪军们吓得整日啼哭,打发自己的老婆从城上跳下来去联系,他们都害怕"活活地闷死"。鬼子怕这些伪军们逃跑,把枪都下了。当我们告诉他们"有家的快回家"以后,一个夜晚便跑出了五十多个。城内混乱成了一团。

打　援

"……饶阳安平如实在不能立脚时,饶阳撤至大田庄,安平撤至旧城……"这是经过三天三夜的围困后,深县敌联防司令部给安平饶阳敌伪的指示。在围困的第四天,从石家庄、辛集、衡水、□头,总共抽来了三百多个敌人,配合着深北的伪警备队四五个中队,共七百余人,向安平饶阳解围,上午十一时就出发了。

民兵们在主力的支援下,惯用着他们"雁过拔毛"的战法及麻雀战，使敌□兵队崩了群。大部变成步兵队，没有出来八里地，便尝到了我们主力的三次伏击与侧击。大车赶散了五十余辆，钢盔顶在脑袋上，脸朝地趴下不动，有的就钻到大车底下。我们展开了打"活人靶"运动，这样一直坚持到天黑，起了□□，敌人才趁着黑森森的天气，向着安平方向蠕动着。

"宁使敌人后退一天，不叫敌人轻易前进一寸"，这是我们的行动口号。节节打击，使敌人四十里地的路程走了半天和一整夜，才到了安平城。大车本来是空车，现在完全变成了拉死尸的担架床。

伏 击 阵

安平、饶阳的敌人，前一天就把行李装上车准备着撤走。

辛集敌人没有停脚，第二天大清早起就进到了饶阳城，饶阳的敌伪像安平一样期待他们接撤。

子弟兵有着旺盛的战斗情绪，一夜行军三十里进入了伏击位置，给饶阳撤走的敌人安排下迷魂阵。

战士们虽然连续地阻击敌人都忘记了疲劳，每个人心坎里都记住了"争取分区并肩作战的模范"。四连的战士不睡觉全部磨刺刀，二连一排长张国华提出来要给他们的机枪"配个对"。战士们的心情像燃烧着的烈火，二连的司号员恐怕冲锋号吹不响，拔出一个号嘴子来，在草棚子里不睡觉一直练习了老半天。炊事员把米交代给病号，非向连长要个大枪跟着冲一冲。

十三日下三点，饶阳的敌人全部撤退了，总共敌伪八百来人，大车七百辆，出西门奔安平，打算着一齐撤回去。一出门民兵和区小队就死盯上了，紧接着就是第一道地雷封锁线的开花，敌伪发了蒙，慌忙拐向麦子地里，并把敌军主力完全移到后卫去，伪军和大车赶到前面来。接着便是第二、第三道地雷封锁线的爆炸和主力的尾追。

深县联防司令部，认为最得意的骑兵中队五十来个，一个一个像疯狗似的在敌伪最前头窜进，向两翼搜索与警戒；他们狂妄无忌地飞跑，马蹄子刚进郑庄的村沿，李庄、北京堂、东西两洼的伏兵机关枪像一阵暴烈的冰雹，骑兵的行列立刻便是一片人马翻天，十几匹马立时成了我们的通信工具，人被我们生擒了，地面上的马不是死的，便是无缰地奔跑，点缀着这一激烈战斗的开始。

鏖　战

六路并进的七百多辆大车，被敌伪驱使着直扑韩家铺，一直拉了四五里地远。后卫敌之主力，刚进至马厂屯便遭到三面夹击。韩家铺的主力冲出村外的坟地，把先头的二十多个鬼子及百几十个伪军消灭了一大半，大车被火力拦阻住，车夫们经不起这样的战斗，把牲口□起来向着八路军的阵地跑过来，车辕子都朝了天，伪军们钻在车底下蜷伏着不动。三百多个敌人占领了马厂屯的村西口及村北的坟地，拼命向我们二三连的阵地冲击，想越过我们的阵地去支援先头的敌人。我们的机关枪五十多分钟没有间断地吼叫，"不让敌人窜过一个来"，这是当时一致的呼声。"监视着敌人，动摇时把他冲出马厂屯的村南去！""我们要发扬小章战斗的冲锋精神！"这是二连长许建华同志的鼓动口号，十六岁小号兵急得眼发红，总想要吹冲锋号，唾沫不住地湿自己的嘴唇。一连的识别旗，从马厂屯正北的道沟内向着二三连打招呼。饶武支队从东面赶来，他们就在敌人的屁股后头发动了夺取马厂屯的激烈的进攻战斗。敌人的机关枪挡不住我们的冲锋道路。冲锋反冲锋往返两次，终于占领了马厂屯的东、北两面，接着冲进了敌人的坟地，一股三十多个鬼子被我们解决了，留下了十具尸体，十几条新三八式和一门油黑小炮留在了死尸旁。"后边的捡枪，前边的冲呵！""缴敌人的歪把子！""路南是八分区的兄弟部队，要和他们比赛呀！"杀声动天地，我军集成了一股铁流一直倒向敌人脊梁骨，路南北京堂李家庄八分区子弟兵也迎面冲上来，败退的敌人将成了瓮内之鳖，歼灭战便展开了。

"两面夹攻才能打得胜，三路夹攻才能打得赢……"

这是战士们冲锋的歌唱，就这样把敌人消灭了一百多个。

当我们阻击与歼灭敌后卫主力时，韩村铺部队同时爆发了冲锋的号角，战士们望着几百辆大车，一扑面子地冲上去，大肚子的伪饶阳县长双腿跪在麦子地里，脑袋像鸡啄米一样不住地磕响头："我是个伙夫哇！没有做过坏事呵！"他屁股后头的一个小伪军，却拉着胖子的屁股不住叫："县长……县长……这……"二百多个敌伪军和三百多辆满载的大车被赶进了韩村铺。

剩下的六七十名鬼子和一百多辆大车，被控制在李庄村西北，走投无路，枪炮也不打了，好像是期待被歼灭似的。天气阴黑了，我们发出最后的手榴弹、刺刀消灭敌人的命令。正当这时，一阵粗风急雨打得人们抬不起头来，敌人就乘了这个机会，像水鸡子一样地跑回了安平城。

英雄的人民

战斗开始，韩村铺、东西两洼一带的老乡亲们早想拥上战场，被我们的警戒拦住了，急得跳起来，担架队像一溜长蛇阵，有五十多岁老大娘抬担架，有十来岁的儿童送干粮。老六是两洼的一个老乡，五十来岁，当火线最激烈的时候，他为了督促担架运输，送饼送水，忘了一切，他光着上身，一连气背了四个重伤员，他满身都染成了血红。西洼到马厂屯往返六七里地，他一来担着一担豆汤，提着一竹篮子白面饼，回去的时候背伤号，抬担架。战士们看着老六，分外亲热。当敌我往返拉锯冲锋血战的时候，老六一定要求给他一支大枪参加战斗，他说："我家的房子都早被烧光了，到了我报仇的时候了！"一面说一面指划，好像立时要冲入火线。大家告诉他："这点敌人有我们就沾了……"他眼巴巴地和战士在一个散兵坑内，看着二连一排战士们的冲锋。一排副王福庆的肩膀子被一颗子弹穿透了，血流满身，仍不下火线，率领冲锋，两个战士饮弹倒在麦地里，二排又从伤号的身旁越过，一直消灭了这股敌人，占领了坟地。老六非要跳出掩体去抬伤员，被战士们给拉住了。"……哎呀……真杀真砍……好……真好……"一面自言自语，还不自禁地流出两眶子的眼泪，"我活这么大年纪，没看见过这么铁实……勇敢的军队！……俺们老百姓们这可□□看好哇！……"伤号从前面抬下来，老六又亲自督促抬担架，他和乡亲们说："不要怕，弟兄们流血，咱们要多流汗！饶阳城连一个敌伪也没有了！这是八路军给咱打下的天下□！"道沟内的老百姓，为争□□伤号，还吵起嘴来。两位五十多□□大娘终于抬走了一个伤号。道沟内一个挨一个，白面饼一篮子紧跟着一篮子，战士们的身旁都堆满着鸡蛋。敌人南窜了，老百姓也跟着冲上去。

错把游击队，当作大兵团

次日清早，民兵们和游击队十来个人，一面走一面乱喊叫！"……冲呀，捉活的！……缴枪呀！……"高兴得不知道先迈哪条腿了，这声音听得很远。

突然一个小独立房子内，出来了三十个伪军，双手举枪，朝着民兵们走出来；民兵们刚要撤走，伪军们都一个挨一个跪在汽车路上了："我们缴枪呀！我们是被丢下的……专等投八路……哪位是团长呀？"像顺手牵羊一样，三十个伪军被抓住了。在总的胜利上又增了三十支大枪和一个掷弹筒。

人民的英雄

王福庆，二连一排副。在"坚决阻击敌人不放过一个"的命令下,他带领一个班,始终坚守着阵地,敌人的迫击炮掷弹筒打遍了他们的阵地,全部始终镇静。"你们隐蔽,我监视敌人",这是他给战士们的口号。王福庆一贯勇猛,善于冲锋,当第一次发起冲锋时,他的肩膀头子被子弹穿透了,血淋淋流了满身仍不下战场。连长叫他休息,他说:"算不了什么,一冲就不痛了!"一直又参加了第二第三次冲锋,终于把敌人冲垮,夺取了敌人的阵地,他才换了一回药。他自己打死了两三个鬼子,他这样一直坚持到战斗终了,最后组织用手榴弹歼灭敌人时,他仍担任突击组长。他从西洼村一开进时,早就把上衣脱光了,光穿着一个裤衩,天黑时下起大雨,满身如洗,雨水和血水,遍满了全身,始终不怕挨冻和劳碌,战斗了一整天,撤出时已到夜十二点。回来后,又自动担任继续打扫搜索战场的任务,好几夜不睡觉,情绪始终高涨。

　　张小卯,二连一排长,和副排长王福庆一样,上次小章伏击战,他种地去了,没有摸着参加,听说别连得了机枪,他着急得啼哭了一天。因此第二次伏击邢邑敌人时,他自己追着十多个敌人一挺歪把子,一直追进了围村沟里去。这次开始冲锋时,首当其冲,率领两个班一气冲出去,地形不利,敌人发起了反冲锋,他一个和另一个战士掩护大家撤退。他一支枪就打了四十粒子弹,敌人不敢前进了,他在火线上搬运伤员,自己抱不动,把自己的皮带弄成圈套,先套上自己的脖子,再把伤员的脖子放在套里,嘴对着嘴地把伤员拖了下去,他一连弄了两个,一气参加了三次冲锋,不懈劲。正要消灭敌人,天气下大雨了,他急得几乎流了泪。

　　韩桂锁,是个入伍半月的新战士,他站沟内,一点不害怕。当敌人运动时他在沟内急得跳脚。"朝着拿白旗的射击",话没说完,他一枪把那个敌人指挥官打死了。发起冲锋时,排长让他掩护,他啼哭了,"好几十里地出来,不让冲一下",结果冲上去,"别给咱们年轻的×××区队丢人呵!"一面冲一面鼓动全排。第二次又发动冲锋时,和王顺德挑战,"看谁先占了敌人的坟地",结果又是一马当先。

张殿荣,第一次冲锋时,一个炮弹落到了他的眼前,把耳朵震聋了,他仍然监视着敌人。敌人反冲锋,他听不到枪炮的声音,自己在后面掩护一个组撤退。他的一支枪灌上了土,打不响了,用三个手榴弹阻击敌人,当一排长拖伤号时,他对伤号说:"不要紧,我用手榴弹掩护你们!"后来让他休息,他总是摇脑袋不下火线,坚持了一天。

卢俊山,是第一连的卫生员,刚十七八岁,二排栓胜负了伤,敌人封锁道沟不能过去,他总想完成救护任务。他把一个战士的枪探子拔下来,上面挑着一个军帽,包上了一个白手巾,叫一个战士举出了地皮摆动,敌人的机关枪,一齐向这顶帽子开了火。他个子很小,一滚便爬过了这一个断绝,给伤号换了药,打了绳带,还进行了安慰:"我们正准备消灭敌人,你不要着急,稍等一会,天黑时,再把你抬下去。"以后他终于把他抬下去。

张国华,是三连的战士,第三次进攻敌人时,一个班突上去,没有地形可利用,被敌火力控制了,又不能撤退,他单人独马用滚进的方法上去,把一个班掩护下来,还背回了一个重伤号。

五月二十二日安平前线

(《晋察冀日报》1945年6月3日)

曲阳孝墓村落战

邓康

五月六号拂晓,"清剿"下河一带的敌人转移出发,沿着坡根、河沟、麦地里分作好几路扑向孝墓村来,战斗的布置立刻传遍了全村。

我们勇敢的孝墓村,已经经历过两次的村落战了。在这里我们曾使敌死伤了六十三名。在工事里,在各角落里,枪、手榴弹、手雷什么都准备好了,老年的人们、妇女们争着嚷着要手榴弹。

"来了,咱们一块拼吧!"这是万众一心的呼声。

敌人接近了村庄。"轰"第一颗雷响了,立刻我们便发现几个敌人倒下了。

诡诈的敌人在这里吃了好几回亏,知道这村的厉害,立时有几个敌人就上了房。但西河沟方面的枪打响了,两个敌人倒在那里,一个伪军小队长立时死在了那里。

敌人立时分散开了,但随着敌人的分散,接着在小庙那里地雷又响了,手雷从小房里扔出来,七八个洋鬼子死的死,伤的伤,乱作一团。

羞怒的敌人,急躁躁地都上了房,沿着墙头,房串房地活动。一个戴着眼镜挎着东洋刀的洋鬼子呜呀呜呀地乱叫,小炮机枪一个点地向着我们高房射击开了。高房里的人们用枪还击着,青年妇女高门珠、王俊巧的手榴弹毫不畏惧地从里面扔出来,枪火与手榴弹威胁住了敌人,使敌人不敢接近,战斗集中在这里叮当开了。年老的农会主任一面督促着大家,一面把手榴弹往外抛。在这里,大家铁一样地团结着与敌人对战,男、女、老、少全成了战斗员。终于敌人的小炮炸

坏了楼板，尘土狼烟地动地起来了，小炮接连地向着这里射来，就在这样情况之下我们的中队副福根始终坚持，他亲手打死了一个冲过来的敌人。接近高房的敌人最后不得不把机枪逼近我们的枪眼，向里射击，胆小的敌人才敢接近高房，把柴火往里面抛入，高房起了烟……

联村阻击敌人的游击小队，围满了孝墓村四面的山头，枪火不断地从各个山头响起来，胜利的雷声枪声鼓舞了我们，成千成万的人民在我们的后面看着我们作战，不惊慌也不紊乱。

我们的神枪手绕近了敌人的哨，一枪，一个敌人的哨兵倒下去，接着我们又接近了孝墓村敌人的山头哨，三枪把敌人的山头哨冲了下去。村里面西河沟的工事里边，看见了这一切情形，三枪又冲倒了两个敌人，村里村外打成一片。敌人急了眼，组织了一班人向着我们的山头冲上来；区教导员的手枪和步枪一齐响起来，一阵排子弹过后，我们清楚地看见两个敌人蹲着倒了下去……敌人伏在山坡上不敢动了。

教导员用着一件破棉袄，包着一块羊肚子手巾，在山口上往外一探，敌人就是一阵子枪，这样我们消耗了敌人五六十发子弹，队员乐得不行，教导员也乐得低低地哼着军歌。这里充满了兴奋与勇敢的情绪。

战斗还在村中激烈地进行着。我们从高房里转移到村西的阵地，敌人隔着五六米远支着机枪向阵地射击、冲锋，但让我们一阵手榴弹就打回去了。游击小队队员们以及战勤队员们都立在高地上与敌人对战，四个敌人倒了下去。我们清楚地听见伪军中队长骂着："他妈的，受伤活该，往上冲！"

但敌人冲劲是不大了，只隔房扔过来八九个大号手榴弹，一个也没响。我们紧跟着回敬了我们边区造的黄药手榴弹，一个个响亮地叫起来，这工夫敌人不能不退下去。

一部分敌人已开始向×××村方向移动,山头上我们的小队喊起来,嚷着:

"冲啊,冲啊!"

教导员领着一部分小队准备追击,村里面的敌人开始动摇,嚷着:"村西上来了!""村西上来了!"

一个洋鬼子中队长正指挥着机枪射击哩,一听讯早乱了手脚,一脚踩在埋在墙脚的地雷上,"轰隆隆"的一声四个洋鬼子倒下去了,中队长早炸得没了人形,望远镜粉碎了,东洋刀两截了,皮鞋炸得几半,那挺机枪也就炸坏了,永远不能射击了。

战斗结束了,敌人驮带着三十三个死伤者悲惨地逃回城里。让我们永远记住那个贫穷的老人老亢向我们干部说的话吧:

"你们打吧,我给你们凑个钱买子弹!"

(《晋察冀日报》1945年6月6日)

解放了的任邱城

燕浴波

"任邱解放了!"

这消息比无线电还快,而且传得那样普遍——老头、小孩、老太太们都知道了。

四面八方结成了队列,老头、小孩、背手榴弹的民兵,参加了围城斗争的青壮年们,套四五个牲口的大车,纷纷向任邱城进发。县城二十里以内的村庄,更像全村动员似的,络绎不绝。他们都是要到解放了的任邱城去的,现在他们有权利自由地去了。

胜利的愉快中夹杂着愤怒,人们诉说着几年来受的侮辱和在鬼子屠刀下流的血。

人们说着,走着,小孩子们跟不上,老走几步,又跑几步,一直看见岗楼了,这才把话题转到:"这小壕,是咱们村挖的,那个放机关枪的地方是我弄的呢!"

"你瞅瞅吧,北关里都叫八路军掏通了!"

更近了,城墙上站得像蚂蚁似的人群也看清了,北门楼已倒下来。

六七年来别了的任邱城,重又出现在我眼里了,多了这些刺天的岗楼子,使我觉得分外生疏。

过了七年奴役生活的城关老乡,瞪着两只眼,陌生地看着来往的八路军和一片片民兵的队伍,仿佛从小不认识娘的孩子会了面那样。

一进城门,便有我县政府的大布告,和告城关同胞书贴在墙上,很多人围着看。

铺子,依然都开着,而且招呼得更殷勤一些。城关的同胞们,虽然有些陌生,然而人们都在笑着。昨天这时候,也许他们在关着的门板缝里偷看抓牲畜、抓车的两脚兽,而今天呢,他们看见八路军了。

我们顺着人群,流到了城防司令部,就在伪警备司令部的旧址,玻璃窗、板壁、藤椅、裸体的相片,还未变换,然而它们的主人换了,这里已有新的称呼和礼节,新的笑脸和忙碌。扛镐的庄稼人到这里来和县长平起平坐的,商量拆城的事,不是"新"的事吗?

围城三十里的乡村,任邱城的四门,每一条大街的一切活动,都按照城防司令部的指挥。

这里有一座最高的碉堡,还未动手拆,我们从扶梯上上去,任邱城站在我们脚下了。我想日本鬼子不知曾有多少次站在这里,看着我祖国壮丽山河,向着他这二十五座铁桶似的碉堡点头微笑;然而今天,在这血腥的"五一突变"节日的前一天,我们却以胜利的主人资格生活在这城市里了。

有一个战士指着西北面的一个楼说:

"这是汉奸李秀春住的楼,我们的炮弹曾经在他楼上爆炸了一个,他还强打精神,夸奖我们练兵有成绩,可是今天在追击中,他不说什么了,比兔子跑得还快!"

"还用炮弹吗?"那一个战士说,"叫他看看今天这挤破了街筒子的扛镐的老百姓,就得吓死他,不用动手,光压就得压死他。"

就是这些拿镐的和带枪的人们,为了继续战斗下去,直到最后的胜利,他们以高尚的劳动热忱,破坏着敌人的军事建筑。一夜车声没断,东方出太阳了,老乡们还没停工,除了两个完整楼,其余都短的短、碎的碎了。我们走出北城门时,已可从城里看见原野上的麦田了,路上还依然不断有上城里去的人群。

(《晋察冀日报》1945年6月6日)

狂欢在冀中平原

本报特派记者 张帆

德寇无条件投降和中共七代大会开幕的消息传到冀中后，适逢子弟兵解放任邱、河间、饶阳、□□全境，围困文安、安平等城，全区军民无不欢欣鼓舞。任邱于五月十日□连开三天祝捷大会，三四万群众齐至□场，成千成万的子弟兵、民兵的行列，威武地进入会场，城里的人们惊奇地问："以前他们在哪啦？怎么一下子就这么多！"十一日九分区首长讲话后开始狂欢，大鼓齐鸣，祝捷的炮声震荡着平原，成群的人扭着秧歌，各色的旗子遮蔽了天空。一个四五岁的小孩，高兴地在母亲怀里跳跃起来，他一定要母亲给他买一块白毛巾，像八路军一样地包在头上，母亲这样做了，他高兴地笑着："这回我可得啦，成了小八路咧！"城内的妇女们有些还留着辫子裹着脚，当她们看到老解放区的妇女后，她们小声地说："咱们什么时候才能像人家呀！"晚上，数万人举行提灯游行，城里许多人狂热地加入，清真寺小学的学生也来参加大会，手里拿着小旗或者提灯。人们从这条街欢呼到那条街，"庆祝红军解放柏林""庆祝中共七代大会开幕""庆祝子弟兵解放任邱"，欢呼声从这里流荡到那里。在这初夏的狂欢之夜，星光闪烁，人们忘记了战斗的疲劳，他们尽情游荡在这灯火辉煌的任邱城里。一个城里的老太太拉着一位子弟兵的手，说："同志这个会可和去年鬼子召开的反共誓约大会不同啦，那个会把人们饿了七天，回来有的病了、疯了、死了，这会人们翻身了！"子弟兵问她为什么不看戏，她答道："不看戏也乐啦，早些点灯纺线也纺不下去，肚里总觉着有块病，□怕鬼子，这回八路把鬼子赶跑，比吃什么药还强，一下就治好了！"在河间十六、十七、十九三天的祝捷大会上，人们也是尽情地狂欢着，抗日政府布告安民，重申宽大政策，并发放大批急赈粮款，减免灾区一年的负担。数千民众奋力拆毁敌人工事。"这回可不叫鬼子回来了！"一个民兵痛击着敌堡垒上的砖头说。城内抗属见到子弟兵更□格外地兴奋、愉快与亲热。一个老太太流着眼泪叙述她被一个伪属妇女拉去打牌，她赢了，但那伪属说："你家小子可是八路。"她再也不敢要钱了。狂欢的景象同样呈现在饶阳城，十八日全县二三万人民齐集前伪警备队操场，部队踏着高□，军政民干部和群众合组的秧歌队扭着，人们跟在后边，欢呼着一致要求结束国民党一党专政，成立民主联合政府。街上虽然残留着敌人破坏的痕迹，但我们新的整齐的标语立刻出现在街头，面目一新。饶阳县政府、抗联会、合作社、武委会等机关团体的牌子也挂到大街上。伪饶阳财政科长（霸县人）夫妇在战场上被击毙了，但他六岁的小孩子还活着，这个小孩子不愿再有人提起他的父母，别人问他："大了干什么？"他很清脆地答："打日本！"政府已把他送到学校了。在连续的祝捷声中，九分区子弟兵又解放了天津南的新镇县城，九分区的军民也沉浸于欢欣鼓舞中了。

(《晋察冀日报》1945年6月8日)

秦 庄 战 斗

——桑干河南岸村落战

戈华

秦庄是应县城西十五里的一个村庄,近靠桑干河南岸,是敌人的老"治安区"。群众的苦痛是无法形容的,他们早已盼望着八路军来拯救他们。当我军到了这里,老乡们个个都眉开眼笑。有的说:"这回可有盼头啦!"有的说:"八年的光景没有见过中国兵。"男的、女的、小孩们一堆堆地跑来看我们,看看我们的战士,看看我们的枪,讲道:"好家具!"

房东们忙着给我们做饭,蒸黍子面糕,熬粉条,战士们一面收拾着枪,一面向挤在屋里的老乡们报告着胜利的消息。

饭熟了,热腾腾的面糕、鲜红的咸菜、小罐的油炒辣椒、煮裂了嘴的山药蛋、粉条山药烩菜,摆满了一炕。

战士们围在炕上就吃就同老乡们拉搭(谈话)。房东说:"咱们真像一家人。"

正在这时,岗哨跑来:"报告!副连长,发现敌人向这里来了。"

副连长很迅速地布置着战斗,向战士们讲:"同志!做好工事,围守村子。"

战士们进入了指定的岗位,子弹上了膛,目不转睛地监视着敌人,看得清清楚楚:敌人有二十五个骑兵,三十八个步兵,从四面包围前进。

战士们心里像火一样地燃烧,每个人都摩拳擦掌挤眉笑眼地说:"狗日的,这么几个人也敢来,非叫他尝尝咱们的厉害不可。"

敌人的队伍呈散兵线前进,他们好像很有信心,来消灭和活捉我们这十几个便衣队。他们出发时就向城里的敌人夸下海口了。

先是敌人的一支三八枪打着,接着敌人的机枪也无目标地开始射击。

副连长大声喊着:"同志们!敌人接近了村子再打,沉着打!"

"注意了……敌人到河边了,你看……敌人要过河。"一个战士告诉着连长。

"小炮,小炮……打,打……"连长下的命令。

炮弹打出去爆炸了,但打近了一点。

小炮手重新定了一下标尺,炮弹又打出去了,炸了。

"好,好……这一炮打得好!"战士们喊着。伪骑兵队长郭玉凯骑着的红马屁股炸飞了,两个家伙被炸了个脚朝天。

敌人的指导官仍督促这些胆小鬼过河。

敌人过河了。四班的排子枪像爆豆一样向过河的敌人射击。敌人躺倒河水里去了好几个。

副连长大声喊叫:"四班同志们!敌人接近你们的院子了,用手榴弹打……"

战士们的手榴弹一连串地扔出去。

疯狂的敌人,集中火力向这个院子冲过来,四班同志机动地撤出了这个孤院子,转移到村子里。

村东南角过河的敌人有三个上了房,村北的马队进了村东口。战斗吃紧了,村外烧盐的工人和拔大烟苗的老乡们,担心着我们的胜败。

固守的战士瞪着两只黑眼睛,准备射击接近的敌人,手榴弹的丝线挽在手指头上。

一班的一个新战士扔出去了一颗手榴弹,把东南角房上的三个鬼东西炸得滚下去。

敌人冲到我们固守的房底下，敌人手榴弹向房上扔，我们的手榴弹向房下扔。正在吃紧的时候，村北敌人屁股后面响起了枪声，村西边也响起枪声。"同志们！沉住气，我们的增援兵来了！"战士们更精神了，敌人却动摇了，手忙脚乱地想退。

增援的战士像野马一样追赶敌人，守房的战士有的站起来射击狼狈溃败的敌人，也有的跳下房去追赶。

退却的敌人滚成了一个绵羊蛋，有的扔了鞋子，有的丢了水壶，过河的敌人光着屁股乱跑，郭玉凯的马队比来的时候跑得还快。

我们的战士和群众喜欢得不行。

司务长骑上一匹缴获的敌人的青马追击敌人。

敌人跑远了。

老乡们一群一群地跑回来。

大家看到敌人一匹红马躺在地上难受地用两只脚扒地，战士们拿着新缴获的枪支子弹，副连长身上挂了两个水壶……

五月十五日

（《晋察冀日报》1945年6月10日）

韩村铺歼灭战一角
——战斗英雄段廷美指挥下的警卫连

张帆

上级估计饶阳城八百敌伪在我强力围困下,必经马厂屯、韩村铺退安平城,因此命令战斗英雄段廷美指挥下的警卫连和××区队二连到韩村铺伏击敌人,以便与追击部队配合,予敌伪以毁灭性的打击。

段廷美接到上级命令后,半夜便集合全连出发,到韩村铺天就明了,他一面看地形,画了战斗地区,一面领导战士们修筑工事。警卫连的战士们没有参加过大的战斗,但战斗情绪却极高,都说:"这回一定要叫人们看看咱们的战斗力。"他们跳上房顶,进到壕沟,踏过破墙,挥着汗,不停地修建个人掩体,挖掘交通沟。一位老太太前天才被敌人打伤了胳膊,现在跑来对战士们说:"你们只要打鬼子就行,我这新房交给你们了!"邻家老头知道我们要在这里打仗,颤动着胡子说:"你们愿搁哪(间房)就搁哪,我这有被子,也有锅。"

第二天(五月十三日)七点钟,安平城八十多名敌伪到韩村铺村西,接饶阳城八百敌伪退却,××区队梁参谋长对段廷美说:"你拉一个班一挺机枪到村西南角,敌人接近就打。"

段廷美去了,看见敌人主力留在坟地,另分出两股,一股被××区队打回去,一股向他走来,到二百米的距离,他便命令机枪扫射。敌人也射来五炮,炸的战士们满身土。段廷美说:"不要紧,敌人不动不打,一动就打。"这样敌人便被我控制在一块洼地里。

"东边饶阳敌人退过来了,参谋长叫你回去。"通讯员对段廷美说。

段廷美接受了参谋长的命令,便带一个机枪班、三个步枪班,顺

着交通沟到村西南的阵地中去。

远远的三十匹敌骑，可以看见了。

段廷美知道马不过道沟不好打，一打就会返回，过了道沟再打，准往××区队方向跑。

现在马近了，段廷美对战斗英雄孙中印说："打！打不住可要负责任，别慌。"孙中印架好枪，瞄准了，"哗"一梭子，打得敌伪人仰马翻，狼狈卷回去，孙中印可高兴极了，跳跃起来，忘记了疾病。（他的病是因回家看时，藁无大队拿南四公据点，他听到枪声就出来参加战斗，领□□兵，首先搬自己的秫秸，□□□□□□□□累病了。）上战场前他还吃病号饭，枪都几乎荷不动，但他一定要参加战斗，叫他留守，死也不肯。

"缴枪吧！不缴看咱的小机枪吧！"孙中印快活地叫着，敌人骑兵跑了，但后边的百七十名步兵与二三百辆大车却成了目标。

战士路小朋连打三个掷弹，都射到敌人群中，敌人伤亡十几个，战士们都高兴地欢呼："打中了！"可是敌人却吓坏了，三十多个连滚带爬地往大车底下钻。战士们看到这种"不败姿态"，更高兴了："爬呢，爬呢！"连打几个排子枪，给了敌人一个大的伤亡。

段廷美总想发起冲锋，因为不冲锋不能消灭敌人，但××区队二连老是不来，他跑回去问梁参谋长："怎么还不冲？要冲就冲，不冲就退！"

梁参谋长说："快回去。顶住敌人。不要敌人前进，不准敌人跑掉！"

段廷美义回去顶着，敌人一动我们就打，战士们专等着冲锋。

中午，梁参谋长带着二连顺道沟来了。用火力压制敌人的号声和冲锋号音响起，二连全冲出去了。

段廷美急似星火，来不及向战士传达冲锋的命令，喊了一声

"冲呀！"就跳出道沟，战士们如战马飞奔，跃上道沟，向二三百辆大车附近的敌伪冲去。三个掷弹手打完了掷弹不肯回去，也随着队伍冲上来。

见到"小老虎一般"的子弟兵冲来，敌伪吓得回头就跑，战士们追得更有劲，都喊："缴枪不杀！"

战场混乱起来，战士的呼声、敌伪的哀求声、枪声、马匹的嘶叫声混成一团。

"我可没打枪，我净在车底下来。"一个伪军对战士说，旁边一个民夫也证明这点："他的枪早缴了。"

战士没有管他，又往前冲去了。这时战场形成这样的场面：成群的敌伪不顾一切地往回逃跑，成群的战士不顾一切地追击；好多战士从后边抓住了敌伪的枪支，好多伪军跪下缴枪。而在他们背后是投降的伪军一群一群地被押下战场。

残敌七八十名往东方的马厂屯溃去，那里遇上被我主力追击的数百敌伪，他们会合了，占领了有利地形，兵力比警卫连和二连大三四倍。这时警卫连的战士最少的缴获一支步枪，多的到六七支。段廷美看到这种情形，很难再组织冲锋，于是决心撤出战斗，他一咬牙，往后退了几步。全连战士的眼睛注视着他。他把战斗旗一摇，战士们就"呼呼"地撤下来，那边连也往韩村铺撤去了。

撤出战斗时，转变好了的兵痞支建民，负伤了，他背着四支步枪、一支手枪，艰难地移动着脚步。刘祥生二次身负重伤，还背着四支大枪，也不肯扔掉，段廷美背着七支步枪向道沟走来，看见刘祥生受的伤重，便叫王授成去接他，王授成原来背着五支步枪，现在背到九支。

跳进道沟，段廷美看到三个伤员。陈纪拴两腿受伤骨折了，但他没有哭涕，咬牙往回走；白有臣一定不坐担架，他说："叫重伤号坐吧，我能走。"另一个伤号的胳膊用小战士刘镇河的新毛巾裹着。"快跑吧，村里有咱们的部队！"伤员听到连长段廷美的声音，得到很大的安慰，一个伤员将一支步枪交给段廷美，于是段廷美背着八支步枪，领着四个伤员最后回到韩村铺。

到了村里，段廷美重整自己的队伍，进入原阵地与敌对峙，溃败的敌人在我四面包围之中，总想占领韩村铺，但总被打回去。

黄昏的时候，敌人施放毒气，掩护撤退，但风向不对，没有效力，而我们的手榴弹又将村边的麦秸垛炸着，敌人一动我们就能看见，四面的子弹就会向他们袭来。因此敌人不敢动，夜间十一点下了雨，八百敌伪仅剩下百多个，乘漆黑的夜色抛弃数百辆大车的军火、给养、赃物，仓皇逃往安平城。

战斗结束后，段廷美总结了一下：全连出村作战人数四十余名（四个班），由于猛打猛冲，毙伤敌伪六十余名，生俘伪军三十二名，缴获步枪四十四支、手枪一支、土炮一门、机枪身一个；我战士十六名负轻伤，八名光荣牺牲，死者八名中，七名为共产党员。战后连队战斗情绪更为旺盛，田青林左臂中伤，还对指导员说："我前方工作不行了，到后方种菜去，非抗战到底不回家！"

一九四五年五月，于安平城

（《晋察冀日报》1945年6月20日）

怀安人民从敌人铁蹄下站起来了

夏蓝

> 怀安城虽又被敌占领,但这篇通讯却反映了察南新解放区人民生活的一般,故仍予发表。
>
> ——编者

怀安川的群众是空前地被鼓舞起来了,他们将永远忘不了五月十二日夜里枪声和手榴弹的巨响,这响声震破了察南广大沦陷区长久的沉寂,人民从敌伪统治的黑□□□里,□□□□□下的喘息中看到了斗争的火光,他们立刻感到有人来拯救他们,翻身的时日快到了,于是,都愉快地走出房来,欢迎人民的八路军。

一个老头子说:"咱们这七八年是亡了国,老百姓都当了亡国奴了。你们是救国军,这会儿算把咱们救出来了。"因此到处都称八路军为"救国军",队伍每经过村庄,都说:"救国军来了。"

我们走在路上,这是个天气晴朗的早晨,路上碰到了满心欢愉的人们,一个赶着大车,上面载着五六口袋粮食,另一些人背着口袋,有一袋豆子撒在地上了,正在一点点地拾起来。这就是从敌人的"收粮处"搬出来的。这个"收粮处"曾经吸取了周围数十里地村庄成万石的莜麦、小米、黄豆等农产物,敌人要□□□□和地主每年拿出全部收获物的一半或三分之二送到这里来,却只发给他们百分之十以下的代价,这就是所谓交"官粮",敌人每年把它送出境外,供它作"决战时期"的用途。他们宁愿老百姓饿死也不能少交一点。在伪"收粮处"里,各种杂粮和谷类堆积成山,有很多粮食已发芽腐烂了,敌人糟蹋了我们人民血汗换来的果实,使每一个去背粮食的人心痛和越发感到敌人的心狠。

赶大车的兴奋地挥着鞭子笑着过去,他向我们说:"家里刚断了粮,这会儿有了你们,家里再也饿不死了。"

"人不该死总有救。"另一个说,"今年眼看老百姓活不过去,八路军就来救咱们了。"

"嘿!这是——"他们大声叫□,跷起大拇指,"咱们八路军再好也好不过这个了!"

据估计,参加这次分粮的,至少有一万人,七千多户的人家得到了救济。

我们部队开入怀安城。男女老幼拥挤在街头巷尾,他们久久地、不满足地看着和跟着我们,想法和我们说上几句话,只要有人一开口,立刻就有许多人围过来。家家的门都开着,欢迎我们的战士进去喝水和谈话;告诉他们边区的故事和八路军的故事,他们总听得津津有味,旁边不曾发出一声的喧闹和咳嗽声。他们看到我们很多战士口袋上插着识字本子、挂着水笔,感到分外的兴趣和敬佩。许多人围着标语和布告大声地诵读,孩子们也很快就和战士们熟惯了,常常要求教他们唱歌子。

怀安城里约有五千户人家,一万九千人口,商店原有二百来家,敌人统治这里以后,只剩下五十多家了。他们对敌伪背着沉重的负担,一年里要把一半以上的收入交给敌伪。伪警察在城里横行霸道,他们可以随便在一家买卖家住上十天半月,这一家便要无条件地用上等白面、大米、肉、酒和鸦片供养着这群流氓们。许多小贩和市民群众围着我们述说敌伪的暴行,他们之中很少没有挨过敌人的打骂和侮辱的。一包卖十元伪蒙币的纸烟,碰到警察最多给你五元,如果要向他们索回本钱,他们就一脚把你的货摊子也踢翻了——这就是他给小贩们最后的报酬。所以做买卖倒闭的,一天比一天多,连剩下这五十家商店也有不准备再做的了。在敌伪统治下的人民,他们不论原来富有者或穷困者,生活都走着□□□□□□他们的生命和人格也将随时受到敌人的污损。这就是他们全部的生活。

没有比刚从重重苦痛中走过来的人们更能对我们感到亲切的了。晚上,家家点着小油灯到街上来,欢迎我们的部队到屋里去住。他们给我们在城上站岗的战士送酒送菜吃,但战士们拒绝了。群众感动地说:"汉奸打着骂着要咱们的东西,你们一点酒都不喝,真是天下的好军队,国家有了这批军队,一定有望了。"群众之中正流行着一句新歌谣:"宁叫八路军住一年,不叫汉奸警察打一尖(吃一顿饭的意思)。"

群众普遍要求我们开群众大会。在城里,我们共开会十次,约有六千余人听了我们的讲演。每次开会,人总是越来越多。有十多个小伙子,立刻报名要求参加部队。城内外的人,很快就动员起来,破坏敌人的工事,把城墙破坏了十七个缺口,约有五千人参加了破城的工作。敌人虽于二十日调遣较大兵力重占该城,但为我们破坏了的地方很难修复,尤其难以修复的是"人心"的裂口;人们已经认识了共产党和一支历史上没见过的为人民的军队,并且相信这支军队终究会来解救他们,把他们带到胜利□□□□□优待和释放了的伪军,沿路赞扬我军的英勇、纪律严明和对俘虏的惊人宽大,他们想到敌人已近于日暮西山的时候了。

在村里,房东问我们:

"你们带有中国票儿吗?"

我们说:"有。"

从身上掏出一张边区票子给他看,他高兴得了不得,双手接过来,翻来覆去地看了半天,他说:

"这票子真好,咱们八年没花过中国票子了。"他很自信地说,"以后咱们也花这票子了!"

我们在路上碰到不少从城里赶着大车来的人，上面载着被子和家具。

"上哪儿去，老乡？"

"回去，八路军来了，乡下没有土匪了。"

这些人，有的是财主、商人，几年前他们因为害怕土匪的打劫□□□□□城里，可是城里的敌伪对他们的敲诈比土匪还要苛重，现在他们终于从城里搬回乡村去安居了；另一些人是在城里种地的农民，他们受不了敌人的奴役，也纷纷离开城里。在最初的十天里，至少有二百家搬出了城外。

现在，怀安川已开始活跃起来了，仅怀安境即有二百七十多个村（阳原还有四十村属这个县）抬起头来，有的村政权得到了改造，群众组织已开始建立。群众自动□□□□□部队，□"甲公所"常常有二十来个青年小伙子为部队送信抬担架，运送战利品，一封十里地以外的"鸡毛信"能在一个钟头就送到了。他们很快就会被发动起来的，他们正为反对敌人的奴役，为着自身的解放而战斗。

五月二十八日于怀安

（《晋察冀日报》1945年6月23日）

曲定路上歼敌记

姚远方

曲阳到定县的公路，东西长五十里。朝南望去，是一片发着金色的麦田伸展到目力不及的远方，在东面那地平线的尽头，那时时发着火车汽笛呜呜悲鸣的地方，就是平汉铁路。

五月九日，暑热的上午，在这公路的两端，相距不及三十里，赵村和田庄两处响起了猛烈的手榴弹爆炸声，地雷破裂声，冲杀肉搏声，以及钢铁和钢铁相撞击的声音，有四辆由日本士官候补生押送的装粮汽车，在距定县城不及十五里的地方，被八路军的主力歼灭了。两小时前，另一股由日本樱井中队长和伪曲阳县长张寿昌带领的，携带轻机枪四挺，担负着接粮和抢麦双重任务的伪曲阳讨伐队，被另一股的八路军的主力歼灭在田家庄堡垒的跟前，砍了樱井捉了张寿昌。号称"精锐"的曲阳敌卅七大队五中队以及伪警备队一、二、四、五、六中队的精华，几乎全军覆没，永远埋葬在曲定路上。

晌午的烈日，残忍地曝晒着。血和尘土，难闻的汽油和火药的气息升腾着；敌人的尸首，在公路上，沟壑里，积土的旁边，横七竖八的，张着嘴，龇着牙；砍断了的头颅，爆裂了的胸膛……这一切景象，显示着这一场胜利是我们英勇的子弟兵经过多么紧张、激烈、艰苦的搏斗之后而取得的。这胜利的消息，很快像长了翅膀一样向平原，向山地传扬得非常非常之远。在田野上，辛勤劳动的人们听了之后，浇园拔麦都会加上三分劲的。

执行此次胜利战斗任务的是两支兄弟部队——"神仙山"部和"沙河"部。一旬以前，在灵山周围及曲行平原上数次击溃了敌人，他们亲眼看到惨败了的敌人用棉花裹住马蹄，乘着黄昏暗夜逃走了。

我军乘胜伸入到平原上，班和班，连和连，个人和个人，相互在竞赛着；许多战士，伤口还在流血，有的在肌肉里还留着敌人的子弹，但他们一直坚持着，向前挺进，迎接新的战斗。

铁的伏击圈

天半明子，梢头的鹨鸡刚打拨，部队就以隐蔽的行动，进入了曲定路旁的村庄，田家庄的炮楼，就在村子的前面狰狞地立着。

太阳一竿子高。曲阳城敌人出发经七里庄向高门屯前进。在田家庄堡垒的跟前，樱井中队长用望远镜向东刘德的方向，作了半小时的观察，但各村的炊烟和往常一样，敌人终未发现什么重要迹象，接着就进入我们的埋伏圈了。

我们埋伏圈的布置，像三四把大钳子，从南北两面的开阔地向公路上伸出，把敌人紧紧地钳在包围圈中，置于无可挽救的地位。我军的健儿们掩蔽在村沿沟边和南面的小树林，与敌人相距不及百米，我们重机枪位置与敌人的距离也不过六七十米，这一切的布置都显示着我军是决心以白刃肉搏来歼灭敌人的。

敌尖兵过去了，骑马的挂指挥刀的也过去了；战斗将开始而又未开始的一刹那，战士心像火烧，呼吸有点窒息，观察着敌人的部署，点数着机枪，一挺、两挺、三挺……突然，指挥部的重机枪叫了，急促的号音响了，尘土飞扬起来，小炮弹爆炸在马群里，马滚着，飞奔，喷着白沫。四方八面的八路军英勇战士端着雪亮的刺刀，发着震慑敌人神经的喊杀声，从四面八方涌到公路上来，伪军看见刺刀就动摇了，鬼子和鬼子滚作一堆。我们三连和一连两路包围，二连拦腰冲上，敌人一切的火力集中到二连的方向来，像大雨打着尘埃，敌人的机枪打成一条火带，封锁住沟的道口；二连三排长刘维新坚决执行命令，率领全排冒着激烈的炮火扑上去，向敌人作了四次的冲锋，突过敌人火网。刘维新中弹扑地,后面的战士们,没来得及照顾他与十一个同志负伤的轻重,一直跨过去继续冲锋向前,终于把敌人截成两段。敌人混乱了。

老鼠钻进了捕鼠器

伪军伪警,像老鼠钻进了捕鼠器,被我军紧紧地捏在手心了。机枪手肖配虎端起机枪猛烈地反击扫射;一连一排和三连的王国辛排,从南北两面插上去,从前、后、左、右,闪着光的刺刀,逼近了伪军。一班长康景祥和王永祥呼呼地跑上去夺取敌人的火力点,看见敌人一挺机枪正卧上准备射击,王永祥一口气追上去,这时我们的人四方八面都赶到了,两颗手榴弹一响,敌人蒙了,王永祥猛扑上前,抓住了机枪的腿,把机枪从敌人的手里夺过来,扛在自己肩膀上了。和这同时,一排长高松山正和伪小队长打交手战,在相距不及十米的地方,他一个箭步上前,夺了敌人的指挥刀,顺势把伪小队长砍倒在那里。这时候,曲阳伪县长张寿昌,这个老朽的汉奸,早已翻落在马下,被我们活捉了。伪大队副马尚树在乱枪中被击毙。惊天动地的吼声、枪刺声和手榴弹的轰鸣继续地涌上来,伪军们在地下匍匐着,有的把头伸向土里,有的把枪刺倒朝着自己胸膛:"啊,啊,缴枪,只要不杀,不打……"除了七八个伪军向田家庄炮楼落荒逃去外,全部的伪军人枪,连那新的捷克式机枪,都成了我们的战利品。

夺取最后的火力点

伪军既已歼灭,我们的一切力量,转锋朝向电线杆一个凹坑里——那是日本鬼子的最后火力点。

这火力点,有一挺机枪、一挺小炮和十余支步枪,由樱井中队长指挥着,机枪朝着正在冲锋的我们二连扫射。

冲锋号再一次地吹起，苏双才带领的第一排，勇猛地冲上前，和敌人相距有六十米远了，苏双才拿起了四颗手榴弹，用他在练兵中投弹七十一米的姿势，向凹坑里投去，有三颗正确命中，手榴弹的浓烟从凹坑里冒起，敌人滚出电线杆的凹坑了，在浓烟里我们的部队就势冲向前；二连从旁边、从后面压过来，夺取了机枪。这时候，苏双才一个箭步，扑向樱井中队长；从他的侧面突然蹲出战士甄兵儿，一枪刺中樱井的胸膛。苏双才以连他自己都不知道为什么那样快的速度，夺过樱井的指挥刀，樱井像野兽一样，张着口咬他，他就势把樱井的脑袋劈成两半了。樱井已死，余下的敌人企图顺着沟逃脱，但被王国华排的刺刀和手榴弹截住，都滚到沟里去。最后歼灭敌人的时刻就开始了！

敌人不投降就消灭它！

负伤的野兽还在壕沟里挣扎着。在那沟上和沟下，积土的两旁，我们和敌人扭杀着，两军相隔不出五个单步，面对着面，我军的雪亮的刺刀戳破铁盔下面的敌人的脑袋，头脑浆滴在沟里，血都溅到战士身上。这时候已听不见机枪声了，只有敌人的惨叫、呻吟。直到最后一刻，敌人还用沙土在掷我们，牙还咬着我们，这样持续了几分钟，使我们不能不把敌人消灭。枪声渐渐地稀落了，有逃脱的敌人，被警戒的部队截住，俘获了三个日本俘虏。

从始至终一直紧张的一点一刻钟的激战，我军获得全胜了。

地雷爆炸，第二个歼灭战开始了。

话要分两头说，当这战斗结束之后的两个来钟头，在这战场东去二十余里的赵村，响起了地雷爆炸声，从定县城驶出的敌第一辆汽车炸中了。

地雷的响声就是战斗发起的信号。我军主力越过封锁沟，越过封锁墙，向那滚下车的敌人冲杀。其突然好似从天而降，使敌人猝不及防。除了落在远远的第五辆汽车逃窜外，全部陷入无可挽救的包围圈中。我军在优势的火力下冲入敌阵，把敌人分成数截。我们一连的冲锋队，勇猛干脆地，几分钟之内把第二、三、四辆汽车的敌人歼灭了；剩下的第一辆汽车的敌人，还凭着凹坑构成火力点顽抗，我们四连和二连从南北两面冲锋，在辛庄战斗打死十二名敌人的赵双喜，夺过敌人的枪把敌小队长刺死了。（直到他战斗下来，刺刀上的血尚未干！）敌人扔□下的水壶、帽子、皮囊……满地皆是。"不要捡东西，消灭敌人呀！"战士相互鼓励着，向前冲去，终于最后解决了敌人！二十三具日本兵的尸首和四辆破汽车留在公路上。我们子弟兵烧了汽车，掩埋了敌人的尸首，把两个负了伤的鬼子抬回来。

　　四外的民兵游击组，不知道从哪里钻出来的那么些人，都围上公路，不知道从哪里来的劲头，不管是年轻的年老的，不论是军队或老百姓，一个人扛着两三袋镇江造的洋白面，呼呼地来回运着。你看！那金黄的麦田里绿黄色的军服衬着雪白的洋面袋，老远就看清楚了；路上那燃烧起来的汽车恶臭的汽油味，老远的乡村都闻到了。

为了什么？

　　子弟兵从生和死搏斗中凯旋了。村庄、田野、街道，充满男男女女，乡亲们流露敬爱的眼光，看着那洋马、钢盔、战刀、白朗尼机枪，端着饸饹，盛着白面，用着各式各样亲密的话儿慰劳他们。老太太和年轻的姑娘们站在负伤战士面前，滴着难忍的泪珠，亲尝冷热，一口口喂着伤员吃饭。这里的人们充满了骨肉之亲，因为他们知道这些带枪的子弟，他们流血，牺牲，千辛万苦，不是为着别的，只是为着我们，为着我们老百姓，为着那熟了的麦子，那快要吃到口的白面。

可不是嘛,我们这几次战斗,用刺刀和手榴弹把敌人抢麦的计划粉碎了。据俘来的伪曲阳县长供称:他这次冒险出来,是为了"视察"麦子,要抢麦的大车,他的身上,还带着一大卷"武装征麦"的条子呢!现在曲阳城紊乱着,城门紧闭着。

(《晋察冀日报》1945年6月27日)

战火燃烧到蔚广平川

杨浩　王栋　和平

蔚（县）广（灵）平川老百姓很少见过穿军装的八路军。

十二日晚，突然从南山里涌出一支队伍，像潮水一样浩浩荡荡越过了胡流河，团团包围了七八千户的敌伪大据点——暖泉镇。

十点钟，枪、手榴弹、飞雷和炮声，冲破了寂静的黑夜，在镇的周围咆哮起来。"缴枪吧！缴枪不杀！"清脆的喊话，从我们干部、战士的口里送到堡垒上伪军的耳鼓里去。

很快，第一个堡垒点起了火，这是我们占领后发出的讯号。接着，第二个、第三个……堡垒、镇公所、警察所都点起了火。漆黑的天，火显得特别红。

一会儿，七十多个伪军伪组织人员和三十多匹马在火光的照耀下，先后一个挨一个地被送出村来。

战斗已经过去了几个小时。

敌人，被我们从围墙的堡垒里逼出来，集中到伪团部和北堡顽抗，我们逼到北堡跟下，手榴弹、飞雷，不断地在堡子里爆炸。

轻机枪声，不时地由南往北、由北往南从头顶上掠过，这是敌人打出的南北声援的枪。

天快亮，蔚县城敌增援来了，我们撤出了战斗。

第二天，部队到东庄头休息，敌人偷偷地集结了□□百人——有鬼子，有伪满军——突然□袭，企图报复。

"砰！砰！"警戒在村边打起了枪，这时部队正在吃下午饭。

三连的小伙子们一听，简直气破了肚，把碗筷一放，跑步出村，像一群猛虎，一个冲锋就把敌人压下去，一直冲到距敌人六七十米的

地方，敌人的重机枪差一点没被我们的战士抓住。整个部队展开了追击战，几百个敌人连滚带爬，头也不回跑出了二三里，始占领高地顽抗。

东边，二三里地的上宫村，潜伏着的几十个敌人，想救救他们的伙伴，几次地伸出头来试探地前进。但刚一露头，我们二连的机枪、小炮就毫不留情，不错时机地打过去，枪弹和炮弹落在他们人群里，他们又不得不连滚带爬地缩回去。那种丑态，使我们的战士不时地发笑！

骑兵，在离我们远远的大道上，急忙地东西来往奔跑，大概是在通讯联络吧。

黄昏，敌人拖着几十个死尸和伤员丧气地跑回去，他们没有想到今天会碰见这么一支强硬的八路军。

十五号，太阳将落未落，我们的炮和重机枪，开始向下宫村呆呆站立着的白色堡垒怒吼了。一个炮弹不偏不斜地落在一个堡垒顶上，堡垒坍了，燃起了火，大家不禁情地齐声叫好。

已经是五月天气，前天却下了一场大雪，战士们穿着两套单衣，在离下宫村五六里的地方等着打浮图村敌人的伏击，同志们用胜利的希望抵住了冷。

下宫村的火又起了，接着一个、两个、五个堡垒都烧着了，最后冒起了大火，火光照耀到几十里之外。下宫村完全为我们占领了。但敌人钻了地洞，我们搜索了一夜。

天亮以后，十几个还没有跑掉的敌人，小偷一样地伸伸缩缩，张望了很久，趁我们部队离开该村的时候，抽了个缝子，连滚带爬一拐一跛地逃走了。据说他们身上、脸上、衣服上到处是血，狼狈不堪。

浮图村的敌人，上午得到伪团部的命令，要他们自己决定出路。四五十个伪军，听到这个消息如获救命丸，一分钟也没犹豫，收拾收拾就跑了。米淘好顾不得下锅，枪和电话机也来不及全部拿走。

十一个小大堡垒，霎时冒起了烟，被平毁了。

蔚县城的敌人，见势不好，派三百多步骑兵前来视察，但他有什么办法呢！只有无可奈何地照原路而归。

中午的时候，下宫村西面几里远的西庄头据点也冒起了烟，敌人跑了。

东西一线平行的三个据点一齐冒着烟。一天以前，它们还在骄傲地耸立在那里，现在威风已经成为过去了。

老百姓满面含笑地伸出了大拇指说："你们真行，你们真行！""这一下我们受欺负可受够了！""该我们多活几年了！""再也不给他们当夫去了！"老乡们不知说什么好，只是笑嘻嘻地让我们喝水，让我们吃饭。

整个蔚广的敌人震动了。小据点急忙收兵，北面的敌人吃不住劲儿，乱蹦乱窜不知如何是好，着急地往城附近大据点搬家，集在一起。暖泉的敌人，自那天挨打以后，跑崩了群，几天之后，还东一个、西一个未集合好。

大军越过胡流河，矛头指向北山每一个有敌人的地方，北山的扫荡战向着敌人开始了，十四个敌伪堡垒已为我攻克，一百九十六个村庄，六万四千余人口，四千一百二十七平方里的国土被解放了，邵庄、直峪、留老町等据点的寿命也不长了。（按：以上三据点已为我攻克——编者）

（《晋察冀日报》1945年6月30日）

赤崎的罪行

一石

下町据点方圆几十里的老百姓，把这个据点的日本指挥官赤崎叫作"毛驴"。一提到"毛驴"两个字，人们比什么都痛恨，都憎恶，都恐怖。许多村庄都有被他杀过的人，有被他拷打过的人，有被他淫污过的妇女。他一手所造成的恐怖，像一种毒气一样，普遍地钻进每家的门口，钻进每个小孩子的心里。直到今天，当他们一说起"毛驴"的时候，还有的人脸上变色，或者声音发颤，尤□从小孩子的眼神里会立刻看出一种恐怖的痕迹来。过去，人们只能在痛苦的□□中挨过日子。现在就把一切想说的话，一切屈辱、穷苦、受难的历史，一切对这个日本人的诅咒，都从心里翻出来，讲给我们的战士和工作人员，正像对着公正的审判人一样，来控诉这个日本法西斯凶手。"你们捉住'毛驴'，就交给我们来处置！"——人们普遍地这样要求。一个老太婆说，捉住"毛驴"，要用锥子扎死他。

现在，□□是被围困在下町据点内不敢出来活动一步了。在不久以前，他还做了这样一件凶事：五月九日他把大□号一个姓吴的青年捉去，在傍晚的时候，他亲手杀他，用他的军刀在这个姓吴的□□上□了两刀，以为他已经砍死，就回到炮楼去了。□□的人后来又慢慢爬起来，用手托着下颚，转过□□西□□向北走，走到炮楼的西北角上，上面□□□□□喝问是谁，他答说是刚才被砍的某某，□□又向下町村里走，一手□着下颚，一手抓着一家的院墙想爬进去。这时赤崎派了几个伪警察来用枪把他打死，他自己在围墙上站着大笑了一阵。赤崎喜欢亲手杀人拷打人，打到没有力气时，就唆使他的洋狗咬。密探一报告说谁"通红"，他就捉去用各种刑罚拷打，最后多半是砍头或刺死，刺人的时候，他先刺一刀，再叫两个伪警察上去刺。他曾亲手杀死三百多个人。关于被拷打的，就很难算清。凌云口的村长说，村里十个人有八九个被打的，这其中有男的，也有女的，有老太婆，也有小孩。有一次他从山里"讨伐"回来，经过凌云口时，人们一见他来就跑，他派伪警察们追着捉，说凡是见了他跑的，都"通红"，被捉回来的人，都遭到一顿毒打。他平时在炮楼闲着没事，就把坐"留置场"（监狱）的人叫出来审问。他能说中国话，不大用翻译。他绕着这个"犯人"周围转，一会打一个耳光，一会又踢一脚。有时他对着这个"犯人"练习扫堂腿，有时他捉着这个人的两手，用背一颠，把他反摔在地上。他用这些"犯人"来训练他的狗，他指哪里狗就咬哪里。他除去两只洋狗以外，还驯养着七只中国狗。他用烧红的铁条烙人，男的烙背和两掖，女的烙乳和下部，这些他都亲手干。

三合号村的老实农民王荆家已成绝户了。赤崎最亲信的爪牙冯子栋（老百姓痛恨这个凶恶的特务和痛恨"毛驴"一样）报告说他"通红"，就被捉到炮楼上。赤崎用水灌他，用麻绳吊他，用铁条烙他，同时王荆的二十岁的儿子也被捉到炮楼上，用各种刑罚弄死。王荆的儿媳妇，硬被逼着嫁给特务，剩下王荆的老婆和两个小孩子就逃到口外去了。凌云口的木五是一个贫苦农民，因为浇地得罪了一个伪警察，就被以"通红"的罪名杀死。郝永□也以没有那回事的"通红"罪名，被赤崎活活打死。赤崎曾在罗康用机枪把三十多个老百姓全部射杀。——正如这一带的老百姓说的："这样的事是太多了，说不完的。"赤崎一喝了酒，就一定把衣服脱得光光的，到处奸淫妇女，这是一个比任何兽类都下贱的畜生！"留置场"的女子是很少幸免的。梁姓的女子，她的哥哥是抗日军人，赤崎把她的全家捉去，一天喝醉了酒的时候，就把这个十九岁的女子叫出来，他自己脱得光光的，当着一百多人的面前把她奸污了。事后这个女子想跳井自杀，赤崎叫伪警把她看守起来，一直强占到今天。他经常叫村里派青年女子伺候他，轮流奸污她们，他还从浑源城里找一些妇女来，过几天又赶回她们去。曾有一次他到城里去，喝醉酒后，就撞进一家老百姓家里去，把一个五十岁的老妇人奸污了，事后人们发现这个老妇人死了，身上并没有其他伤痕。西仿城一家罗姓的地主，阴历正月十五娶媳妇时，请赤崎去吃酒，另外还有四五个日本人。喝醉了酒以后，赤崎又把衣服脱得光光的，到处跑，这家的亲戚朋友的女人们想走，他就叫伪警察们圈住，赤崎和这四五个日本人，这一夜中把这家的新媳妇、女儿及亲戚家的女人，全都奸污了。从此以后，赤崎一到"闷"了的时候，就骑着马到西仿城去。他去南山"讨伐"时捉来许多女人，就分配给伪警察当老婆，对这些女人他随时可以奸污。他叫许多警察和女人们睡在一个大炕上，像禽兽一样对待她们。老百姓把他们住的房子叫作"驴圈"。一个老太婆说，前些天她去给被押的丈夫送饭时，看到"毛驴"赤光着身子，要几个青年女子给他洗澡、端饭、倒茶，他用各种方法为难污辱她们，对她们讲一些模仿浑源腔的不堪听的话。有时他使用他的狗……人世间所想象不到的一些淫秽卑污行为，赤崎全做出来了。

赤崎的性情很猜□狡诈，有时见到一个青年女子，他会突然问她："你的妇救会的干活？"最初他还只是戏弄的态度，后来他就会变得暴躁狂野起来，□她、打她、污辱她。他任性地对待任何一个中国人，没有什么理性。在他的内心里有那么一种兽性的冲动，一发作起来就要伤害他当前所遇到的人，他的全部"工作"就是杀害、淫秽。有时（如在下祖安村）伪青年队给他送信去，他留下他们，随后就忘记这回事了，这样他们就要在炮楼待上十天八天，有时到三五个月。以后他又会来审问拷打他们，以至把他们杀死（如在下祖安村）。

去年的十一月十二月到今年的正月（□□），三个月中，他使用一百二十多个密探，□□村普遍地搜查白洋、大烟和布。不论老百姓家有没有这三样东西，只要哪个密探随便一报告，没有也得拿出来。这三样东西，使老百姓受的害太多了，许多人被敲诈得倾家荡产，这一带群众生活的穷苦情形，是难以形容的。群众身上披着的那种脏污的破布片，在别的地方是很少看到的。许多人没有东西吃。据一个密探透露出来的消息，赤崎有专门一间房子窖藏着白洋和大烟。去年他把白洋砸成碗盏和各种首饰器具寄回本国去。

这是一个典型的法西斯野兽！在杀害淫秽之外，他从来不忘记抢掠。上千万的老百姓，在他的脚底下呻吟、痛苦，有的惨死。在所谓"蒙疆"地区，这些法西斯凶手几年来所造成的血海与穷苦灾难的深渊，是难以测量的。

现在，在三十米的近距离上，战士们挖好枪眼，准对着这只野兽的巢穴。群众的每一句苦诉，在八路军战士们的心中燃起阵阵怒火。他们发誓，一定要活捉这个残暴的法西斯凶手，交给这一带受苦难的父老姊妹们去审判他。

（编者按：下町据点已被我军攻克，赤崎亦已就擒。）

（《晋察冀日报》1945年7月6日）

十一号战斗

江波

十一号是下町据点（浑源）北面的一个小村子，离下町一里多地。

前线部队到了十一号附近的一些村庄，老乡们看见这么整齐的八路军还是第一次。每到一个村庄，老乡们便围着，要求替他们报仇，活捉"毛驴"——赤崎。

当天，有一个老太太来找部队，她流着眼泪，□□□地说：

"同志们，要替我的儿子报仇呀！"

她的儿子是一个二十二岁的青年，是在部队到达这里的前两天被"毛驴"杀死的。

老太太因为□儿子已经半疯了，最初她看见这群带枪的年青人，只是发呆，后来她弄清楚这就是人们天天念□的八路军的时候，她才敢大胆地说话。

"同志！你们捉住'毛驴'，叫我恨恨地咬他两嘴，出一口气！"

听到这个老太太的苦诉，战士们一点声息都没有，最后连长说了："你们看，这位老太太多可怜呀，我们三连一定要为这位老太太报仇——活捉'毛驴'！"最后这四个字，他说得特别有力。

"对，一定要为老太太报仇！"所有的同志都激动起来，大家一齐安慰老太太说，"不要难过，老太太，我们一定会替你老人家报仇的！"

第二天——六月九日，浑源城派来一百多敌人到下町增援，他们是专门保"下町"的险而来的，因为下町在八路军围困下已经惴惴不安了。

这股敌人到下町附近的时候，三连还在三合号。二十九名伪骑兵已□汽路过去，大队还在后面拖拖拉拉地走着，三连就趁这个空隙，一个跑步赶到十一号以西的沙岗后面。

情况发生以前，连长因事到团部去了。战斗便由副连长陈秀理同志掌握，他反复地向大家叮咛着："同志们，沉住气，叫打再打！"

三班长王□庭同志也乘机鼓动起来："没问题，警察队都是大烟鬼，一打就垮！"接着，这个年轻的班长就向他的三班宣布命令，"三班注意，把刺刀准备出来，冲它狗仔哩！"

他的话像一把火，把大家的□□都烧着了，接着五班长朱清孝也□□□的同志号召道："咱们也要学习三班，同志们，把刺刀和手榴弹都准备□□。"

敌人的大队从汽车路上摇摇摆摆走过来的时候，战士们都稳稳地端着枪，瞄着准，谁也一声不响，大家都记着副连长的话："叫打再打！"但是敌人一发觉我们，便散开了，并且一个个匍匐在地上，准备向我们射击。

副连长喊"打"的命令刚一出口，架在两棵大树中间的那挺机枪便首先向敌人咆哮起来。机步枪子弹像雨点似的打得敌人抬不起头来。

"中国人不打中国人！"

"缴枪的是朋友！"

三连的战士们经常是一边打，一边喊着口号的。

敌人听见我们喊，也喊："目标——前进——冲呀！"但是敌人刚组织起十几个人，便被我们那又叫又跳的子弹给□回去了。第二次敌人刚站起脚来，战士们即刻喊着："好呀，投降来了！"一阵□□又把敌人吓了回去。敌人反复四次冲锋，都被我们的喊声和枪声打垮了。

现在，只给敌人留下最后的一条道路——逃跑！

事后，战士们说起敌人逃跑时，四班长周香池说："敌人被我们追着，像□羊似的，当时只想笑又不敢笑，尤其敌人拉马的那副怪姿势，真是笑不得，哭不得！"敌人的马被打得掉在后面，敌人想去拉又怕挨打，最后他们才想出这副拉马怪姿势——两个人趴在地上，一个赶，一个拉，跪一步，拉一步，马的蹄子不住地踢着前一个的屁股。

事情也就凑巧，三连正在冲时，团的主力也赶来了，他们从远远的地方就吹号，敌人不知道有多少队伍追赶他们，一齐跳进汽路旁边的一条道沟里，道沟太浅，站起来跑不行，跪着爬又太费劲。这个当儿，手榴弹找到了好目标，手榴弹从这边打，那边便立刻堆成一个大疙瘩，再从那边打，这边又堆成一个大疙瘩。敌人成群结队被俘虏的原因就是由于敌人这个"疙瘩战术"造成的。

战士们，当敌人连续组织冲锋失败以后，大家都不等发出冲锋命令，便自动地冲了出去，在追击中，大家又自动提出缴枪比赛。四班长周香池跑在最前面，敌人溃退以前，他就喊："机枪班长，你的机枪一响，我可就冲啦。"他追着敌人像赶羊似的，手榴弹把敌人赶过来，又赶过去。最后，他觉着手榴弹不顺手，就从敌人手里夺过一支步枪来。企图抵抗的，都被他的步枪打倒了，跪下作揖说是好人的，他便笑一笑说一声："把枪撂下没关系！"就又追上去了。

动人的场面几乎都是在同一时间展开的，七班长焦满户一冲上去，□缴了一支枪，敌人打伤他的左腿，他□用右腿拐着跑，一直到他刺死一个□□又缴到一支步枪以后才心满意足地回来。五班长朱清孝一枪放倒敌人的□□射手。在同一时间，他把自己手里的步枪扔掉，和八班副王全保一起去抢敌人的歪把子，王全保两手抓住歪把子的两条腿，向正在紧紧搂着枪身子的朱清孝喊道："班长，可还有我一份哪！"

战斗中，害着疟疾的杨润田和肚疼了三天的李克同志也都冲了上去。副连长陈秀理同志在战斗将要结束的时候牺牲了，他举着手枪指挥部队做最后的冲锋，"冲呀！"两字刚从他的嘴边脱落，他便倒下了，这是三连战士们所念念不忘的一个损失。

这次战斗，我们共缴歪把子一挺、步枪七支、捷克式轻机枪身一个、马三匹，在战斗中，毙伤敌伪廿余名，俘十九名（内警察队秘书一）。我们仅亡一，伤五。

战斗结束后，附近村庄的老乡们都站在房上、街口，欢迎这支胜利军，有的人竟兴奋地拍起手来。他们从俘虏群里想寻找那个人人恨之入骨的"毛驴"，但没有找着，因为，战斗刚一开始的时候，"毛驴"曾率领他的部下出来应战，后被我们的机枪一打，他便喊着："不行，后退！"于是缩进下町炮楼里，再也没敢出来。

和"毛驴"唱对台戏的还有另外一位指挥官——王保。他是指挥这个战斗的主要角色。战斗刚一打响，他还喊着："冲呀——前进！"以后，战斗真正展开时，他竟在匆忙中，骑着马向南面炮楼溜走了。

这就是敌人在"十一号战斗"中最出色的两个人：一个是"前进"指导官，一个是"后退"指导官。

六月十四日于浑源前线

（《晋察冀日报》1945 年 7 月 6 日）

活捉"毛驴"赤崎

江波　一石

下町据点，是浑源线上敌人的大据点之一，其中的伪警察，敌人称之为"模范警察"，"毛驴"赤崎就住在这里。

六月十六日夜，我军到达这个地区，即开始围困该据点。我们部队一进下町村就把地形街道看好，做了必要的工事。第一天，赤崎和伪警察们的抵抗，表现得很顽固，还敢探出头来打枪，但不久，我们的特等射手们就把他这股疯狂劲打下去。第三天，赤崎曾一个人向外打了三十几枪，打了三发枪榴弹，却没有使我们遭受一点损失。我们初时喊话，上面还有人骂："苏联走狗。"后来喊话时，就有人小声说："听见了！"在围困的当中，战士们写了几封信，用箭射到堡垒里面去，□个战士从院子里往堡上打手榴弹，比赛谁打得远。战士们的情绪是非常高涨的。经过我们军事、政治各方面的进攻，敌人终于感到出□不很大了，开始有些动摇，但不想投降□□□从墙上吊出来的送信人，两次被我们捉住，□内粮食不多了，剩下的唯一希望就是外援了。

二十三日，浑源城内出来增援部队，共约敌伪三百（其中日军一百），携钢炮一、迫击炮一、重机枪□、轻机枪十□挺，分两路向下町前进；经东□□之□——这是主要的一股，在三合号附近的树林中被我抵住，一阵急□的机枪与步枪□□□的敌人射过去，敌人慌忙卧下。因树木□□□多，敌人的炮和机枪都打不准确，□□□□很沉着地卧伏在已经占领的河堤上，敌人□□，枪弹就很准确地打过去。后来四连又从□□迂回过去，敌人更加惊慌，虽然打了不少炮弹和机枪，可是从上午十时一直到黄昏，敌人始终未能前进一步。敌大队长岩田被我打死，敌人意志全失，黄昏时两股敌人全向大沟□□□。这一日的激烈战斗中，共打死敌人约□□□人，我轻伤七人。

敌增援部队的炮声一响，下町堡垒上的敌人就高兴起来。赤崎□伪警察们吹牛："大兵到来的有，大大的太君到了。"在过去围困的几天中，赤崎曾□□□□地消沉下来，最后就整天地钻在屋子□□□□，这时就又兴奋起来，又向外打枪。□□□警察从墙眼里向外摇白旗子。

但当太阳□□□□，枪炮声渐渐消失，这个堡垒也就跟着沉寂下来。

夜晚到来的时候，围困该炮楼的部队准备作最后的猛攻。准备工作细心完善，一直到战斗发起前的刹那，各班排还在细心□□自己的战备工作所达到的程度。

夜晚两点，堡垒的围墙在朦胧的月下垮下来，炸药强烈的爆炸，将地下围墙的一角翻倒，高大的围墙立刻出现了两丈多宽的一个缺口，给战士们开辟了□条很好的前进道路。担任攻占东北墙角小炮楼的四班前半班即刻冲了上去，后半班紧跟着把梯子推下围墙前面的外壕。外壕有一丈多深，冲上去的战士们来不及下梯子，便争先恐后地跳了下去。因为跳得太猛，几个战士把腿跳坏了，但是他们立刻翻过梯子爬上外壕。这时敌人的机枪、炸弹、地雷和毒瓦斯……凡是能够搬得出来的力量，都集中于围墙的缺口，组成严密的火力阵地，阻止我们前进。

我们设置在堡垒周围的机枪、土炮、掷弹筒也立刻集中起来向敌人开火，敌人无法抵抗我们火力的进攻，它用以对外射击的堡垒枪眼，反被我们的密集火力封闭起来。四班即刻突入围墙，将东北小炮楼占领，夺占小炮楼的战士向后面陆续冲上来的部队大声喊道："同志们，缴到敌人的机枪了！"他们将新缴到的机枪递下来，在小炮楼上架好自己的机枪，向东南的大炮楼开始射击起来！

后面部队听到四班已缴到机枪，士气更为高涨，同时，小炮楼亦被占领，火力压制了敌人的射击，所有的部队便鱼贯而入，接着西南和西北小炮楼上都先后发出被我占领的信号。之后，火力便逐一地转向东南的大炮楼上。

冲进敌人营房的部队，用炸弹消灭敌人的抵抗，一班冲进赤崎屋里，只找到了他的老婆，□没"毛驴"的影子。后来才知道他是在大炮楼上，昨天晚上钻进去始终没有下来。

这正是黎明时候，烟火高数十丈，老百姓都到村口观看。

现在整个堡垒，除东南的大炮楼外，其余全部被我占领，枪声已经停止，全体战士开始喊话，争取伪军打死"毛驴"反正。我们的政治工作人员把赤崎和伪警的老婆也聚到大炮楼跟前喊着：

"陈队长（伪警队长）赶快叫弟兄们下来吧，八路军优待你们。"

"把'毛驴'打死，下来吧，这里有王通，和老唐（区干部）不相干。"

"八路军救下俺们的命啦！你们也不是盼着这个啦！"

伪警在炮楼里坐卧不安，子弹已经打光了，眼看就要活活地被困死。伪警问班长："怎么办？"班长问队长："怎么办？"只有赤崎一个人沉默着，他拿着一条麻绳在手上缠来缠去，听见外面喊"杀死毛驴"时，脸上就露出一个无可奈何的苦笑。这个脸上经常带着狰狞微笑的法西斯匪徒，在中国人民复仇的军队的面前，恐慌起来了。但是，他没有用自己的手结束他在中国人民中间所制造的丑恶的历史，因此战斗的结局给人民带来了意外的兴奋。赤崎是被活捉了，他并不是情愿投降的，他是在数十名伪警的威逼下，不得不把枪投出来，并和他们一道走下炮楼来。

（《晋察冀日报》1945 年 7 月 17 日）

狂欢之夜

□□人

毛主席八月八号的声明和日寇无条件投降的电讯在十日夜半到达本报编辑部,全体同志再也不能睡觉了。大家在黑暗里跑动着,欢呼着,不知说什么才好——也实在没有语言能够表达出人们心中的欢欣。一个同志关于组织临时宣传队的提议,马上得到大家的赞同,火把燃着了,锣鼓响起了,宣传队就在胜利的火光中星夜出发。

军区同志们用无边的掌声欢迎这支宣传队。他们站在窑洞上面的山上,欢呼着,与驻地的孩子们一同,燃起了一束一束熊熊的火,枣树林全被照亮了。

司令部敲着集合钟,到处嚷着:来听,报社同志报告大消息呀!来听,毛主席的指示呀!……

人们围着火把聚拢来。宣传队的同志出现在凳子上,他们朗读了毛主席声明的全文,报告了日寇无条件投降的消息,一阵掌声、口号声像狂潮一样在火光中澎湃。

分局党校的场面更使人兴奋不已!他们早就起床,许多人还赤着脚就□广场上集合起来,举着火把在唱着,在跳着;各样的歌,各样的舞。宣传队去了,当报告消息的同志说:"毛主席给我们的指示来了……"他们都跳起来高呼:"毛主席万岁!"火把一直在空中飞舞。

分局驻地的后山上一□最大的火把在燃烧。周围一堆一堆的火照亮了整个的山。河那边,一列烧着熊熊火把的队伍从山坡往下走,那是边区政府同志组成的宣传队,他们也到附近村庄去宣传了。

分局驻地的老乡们,一听到宣传队的锣鼓声就往外跑,他们太兴奋了。一位老太太来不及穿起她的上衣,也满不在意地跟着大家一块走。一位七八十岁的老汉颤抖着他的全身,高呼:"毛主席万岁!"实在,要不是那根拐杖,他准会兴奋得摔倒的。

已经是深夜一点,宣传队还过河爬山到了边区政府的驻地。每一排窑洞都响着掌声,欢呼着要报社的宣传队去报告详细的消息。在大礼堂背后的山上,一盏绿色的汽灯下原来就放着一台锣鼓,宣传队来了,两台锣鼓合起来又敲打了好一会。

宣传队回到报社,已经是三点钟了,不久东方就出现了启明星。真难以想象这一夜人们是怎样过的。但确定的是他们和记者同样,彻夜兴奋得不能合眼。

十一日拂晓

(《晋察冀日报》1945年8月12日)